# 单车骑行去西藏



梅里　TT　著

## 西藏湖区骑行指南

百花洲文艺出版社
BAIHUAZHOU LITERATURE AND ART PRESS

图书在版编目（CIP）数据

单车骑行去西藏 / 梅里，T T 著．— 南昌：百花洲文艺出版社，2017.11
ISBN 978-7-5500-2487-8

Ⅰ.①单… Ⅱ.①梅… ②T… Ⅲ.①游记－作品集－中国－当代 Ⅳ.①I267.4

中国版本图书馆CIP数据核字（2017）第262441号

# 单车骑行去西藏

梅里　TT　著

出版人　姚雪雪
责任编辑　袁　蓉
封面设计　末末美书
版式设计　书情文化
出版发行　百花洲文艺出版社
地　址　南昌市红谷滩新区世贸路898号博能中心A座20楼
邮　编　330038
经　销　全国新华书店
印　刷　北京美图印务有限公司
开　本　720mm×1000mm　1/16
印　张　15
字　数　241千字
版　次　2018年2月第1版　2018年2月第1次印刷
书　号　ISBN 978-7-5500-2487-8
定　价　49.80元

赣版权登字：05-2017-394


邮购联系 0791-86895108
网 址 http://www.bhzwy.com
图书若有印装错误，影响阅读，可向承印厂联系调换。

# 推荐语

成人后，允许自己犯错的机会越来越少，原因是你不敢诚实地面对自己。于是，你画地为牢。骑友的“一错再错”，如月光适时地出现，照进你的梦。

——苫布

骑行，是关于梦想的冲动，更是关于生活的态度。骑行者的世界是空灵与沉静的，只要在路上，就是活着。你的选择决定了你生活的样子。追寻梦想的种子一旦埋下，终有一天一定会开花。想要感受骑行西藏缺氧的快感吗？那就先来看一看这本书，看那一幅幅照片中的蓝，感受那蓝的心醉抑或心痛。

——大步朝前

胸怀着对西藏高原的梦想，一路向西，翻越高山，历经颠簸煎熬，为的就是一睹那片洁净蔚蓝的天空，用心灵感触那群雄壮磅礴的大山。他们用近乎疯狂的执着，初心不改，几进西藏，勇闯“一错再错”，用毅力和生命去享受高原之美，再用朴实的文字将这种美丽和感受带给大家，给人一种广博空灵的美感！

——离离原上草

# 序

这是我的第三本关于西藏的书，原计划写成藏地骑行三部曲，到今天算是实现了。

时间跨了四年，中间历经百事，仿佛走过了整整一个世纪。依然写的是骑行西藏的故事，目的地依然是拉萨，只是轨迹不同了，风景不同了，人和事也不同了。依然是带着家人的挂念、朋友的祝福，依然是一身疲惫地归来。归来后，沧海已干，明月在天，原来花早就盛开了。依然是两个大男人同行，没有女主角。TT让我虚构一场多角恋，或者写一段被藏家女孩的男朋友骑着摩托追杀的故事。我没有，因为我怕你们当真。

每年暑期将近，总有骑友问我，今年还去西藏吗？好像西藏对我来说，就是抬抬腿的事。其实单车进藏是件非常消耗体力的活儿，也考验着人的意志。特别是几乎少有骑友走过的“一错再错”，经受着高反、低烧、咳嗽、营养不足，那些看不到头的烂路，还有对荒野猛兽的恐惧，每一个都可能成为阻止我前行的理由，我却一一将之摆平。因为我相信，一个人跋山涉水，只要心存希望，即使身陷暴风骤雨，也会觉得丰满充实，乃至一往无前。所以，希望是有的，希望是个好东西。

三次进藏，换了三拨同伴，除了桑木拉达坂失联那次，我和

TT 始终一前一后相隔不远。藏北的荒漠中，队友就是另外一个自己。我们一起栉风沐雨，有着共同奔赴前方的信心与勇气，又相互照顾与打趣。这才邀请他同写，将那些折磨和心跳骤停的时刻，铭刻于案头的这本小书。

“一错再错”的过程不好写，包括攻略，错综复杂。我在写这本书的过程中，几次写不下去。那种艰难，仿佛是把这“一错再错”重新走了一遍。那些我忘记的，TT 做了补充。TT 自己经历的，写成了《最高垭口的生死骑行》《铩羽而归，也是英雄》《嘎啦是座山，嘎啦是条狗》。攻略及装备部分全部由 TT 写作，我只做了一些润色工作。这是目前为止最为详尽的“一错再错”路线攻略，相信会对后来的骑行者有所帮助。

对单车进藏迷得这么深，至于还会迷多久，我不知道。我的性格是痴迷的，也是冲淡的，有时败在冲淡，有时又成在痴迷。人生很短，越来越短，能直达我内心深处的东西少之又少。正因为少才入心之深，才会痴迷成癫，比如对西藏，比如对有些东西。我的痴迷是有道理的，因为在这个孤独的人世间，正是那些为之痴迷者，给了我极大的力量。那是生命里的一束白光，它以澄蓝为底，坚定而温柔，静静地将我从头到脚地照彻，让我面对人生的磨砺时，还能笑出声来。

# 目录

# 目录

GIANT

# 缘起

佛说，世间的一切都是缘。缘起缘灭，缘聚缘散，一切都是天意。这个暑假的“一错再错”缘起何处？且听大神 TT 是怎么说的，毕竟他是发动者，我是响应者。

神山圣湖，在藏地宗教中占有极其崇高的地位。藏地雪峰的雄浑早已为世人所知，而散落藏区各地，大大小小的湖泊，其风光的迤逦也足以震惊世人。比如已经广为人知的青海湖，拉萨附近游人如织的纳木错、羊卓雍错等。然而在藏区大地，尤其在海拔更高，自然条件更恶劣的阿里地区，以及靠近羌塘无人区的西藏北部，深藏着的那些湖泊却少有人知。有些湖泊无论从面积，还是在藏地宗教中的地位，都极具吸引力。当骑完川藏线 318、新藏线 219，以及珠峰路、中尼公路，并经过长时间的地图研究后发现，我完全可以骑着单车，顺着某种脉络，将这些散落在西藏北部的巨大湖泊，连同珍珠般的小湖泊，连接起来。

这些美丽的大湖，隐藏在藏地深处，湖与湖之间多数只有车辙路相连。每年的寒暑交替，车辙自然也会发生变化。要在如一团乱麻的车辙印中串联起这些湖泊，是非常困难的事。如果没有准确的定位，极易迷路。故而这次骑行的路线名称，被业界尊称为“一错再错”。

2012 年我徒步冈仁波齐时，碰到过很多印度教徒在转山。他们从樟木入境（现已毁于地震），包车沿着中尼公路、吉隆、萨嘎，到达冈仁波齐山脚下的大金，然后步行，或者租马骑着转山；我还碰到过更多的青海以及西藏那曲地区的藏族朋友在转山。他们是走哪条线路来到神山脚下的呢？国内的旅客多数是乘飞机或者火车到达拉萨，然后从拉萨坐班车或者包车到大金。但那曲地区的藏族同胞如果来转山，就需要先到达青藏公路 109 国道，沿着 109 到拉萨，再从拉萨沿中尼公路到拉孜，然后从拉孜沿新藏线 219 到达神山脚下。这样走的好处是全线都是柏油路，弊端是几乎绕了一个大圈。而在中尼公路和新藏线修好之前，绕路便显得毫无意义。因此，他们必然还有另外一条线路，不需要绕道拉萨。

▲当穹错

2012 年骑完新藏线之后，计划骑行的线路是从那曲地区的安多县到狮泉河的安狮公路，即传统意义上的阿里大北线（区别于很多人熟知的川藏北线，即国道 317 线）。这是一条典型的烂路，甚至部分路段根本没有路基，完全就是荒野里的无数道车辙而已。跟新藏线一样，阿里大北线全程海拔基本都在 4600 米以上，沿途补给十分匮乏。在网上搜集相关资料时，我发现了一条隐藏在广袤的藏北大地的线路。此线路 2007 年由骑友小胡子偶然发现。他从安多骑往双湖，再从双湖骑到尼玛，此后并没有沿着阿里大北线骑行，而是从尼玛往南骑到了文布乡，骑到了传说中本教的发源地象雄古国，以及蓝得无法述说的当惹雍错。但此后他离开当惹雍错时迷失了方向，在军仓、磁石乡中一通乱撞后，骑到了措勤，再沿着措勤——亚热公路骑到仁多、亚热，然后北上到雄巴乡回到大北线，再骑到狮泉河。他在游记中提到亚热乡是个交通要道，很多那曲地区甚至是青海的藏族民众都是沿着这条路到亚热乡，再从亚热乡继续往西南某个地方翻过冈底斯山脉，最终抵达到神山脚下。

这段对隐秘线路的描述引起了我的兴趣，此时两年内骑完川藏线、新藏线、中尼线、珠峰路后，我对藏地骑行已经算得上是略知一二。虽然在计划着阿里大北线的骑行，但此时膨胀的自信心让我对常规线路的骑行显得心不在焉，总想着能有一些不同的挑战。我看到上述资料的时候，不由得对这条隐秘线路产生了十分浓厚的兴趣，于是在网络上竭力搜集相关的资料。

不久，在网络上遇到了同年骑过新藏线的山东骑友飞云，她也计划骑大北线。后来，还通过她结识了骑友果皮。果皮兄年近五旬，是户外老前辈，尤其擅长无动力滑翔伞这种极限运动。那时他恰逢好友失事，心灰意冷地退出滑伞界，正计划骑新藏线。同时，他也看到了小胡子的描述，计划从新藏线骑到狮泉河后，沿着小胡子的线路反骑。

当年小胡子曾在磁石、军仓一带迷路。果皮兄为此对线路规划深感苦恼。后来他跟我联手，完成了从措勤沿扎日南木错，经过俄岗错，到达文布乡当惹雍错的骑行。至此，当年困扰小胡子的难题得以解决。果皮兄遂定于 2013 年 5 月份骑到狮泉河后，与飞云汇合，再沿着改则、雄巴、亚热、措勤的线路骑藏北中线；而我则计划 2013 年 7 月中旬和骑友好人锅，从神山脚下的霍尔出发，沿着隐秘不为人知的线路翻越冈底斯山脉，骑到亚热，再骑藏北中线。

2013 年 7 月中旬，我和好人锅先期拉练，从拉萨出发，重装翻越 4990 米的岗巴拉山，骑经“一错再错”中的第一个大湖——羊卓雍错，宿营湖边；然后经浪卡子到日喀则，从日喀则坐班车到达玛旁雍错湖畔的霍尔镇；再沿着圣湖玛旁雍错骑到一路之隔的鬼湖拉昂错。

隔日和好人锅从霍尔出发，从亚热路口翻过海拔 5515 米的冈底斯山脉无名垭口，然后一路骑行经过阿果错、仁青休布错、昂拉仁错、塔若错、扎布耶错，在骑过下嘎啦山的超级烂路后，我的单车后轮辐条断掉四根。由于没带备用辐条，我们只能提前中止骑行。

精心准备的骑行却半途而废，对我的打击很大。之后两年，我远离了藏地骑行，背起重装去了新疆天山，走狼塔、博格达、乌孙古道，去川西走蜀山之王贡嘎，爬四姑娘山，登牛背山观云海。可无论走到哪里，我心里仍然放不下那已经刻在心里的

▲扎日南木错

▲色林错

高山大湖。

三年后，即 2016 年初，我终于再次有机会重续“一错再错”的骑行梦想。经历上次的遗憾退出后，我深知藏北骑行的艰辛。这里要感谢骑行新藏线的队友，阳泉飞路自行车店的董哥，帮我重新组装了座驾，为我能顺利骑完“一错再错”立下了汗马功劳。

最初在规划“一错再错”骑行线路时，是以圣湖玛旁雍错和神山冈仁波齐为起点，以圣湖纳木错和念青唐古拉山为终点（即霍尔到当雄）。三年后的卷土重来，我并没有计划重新从霍尔或者狮泉河出发，而是选择从新藏线上的 22 道班沿着 S206 也就是小北线北上措勤。这样一方面可以骑行经过打加错，另一方面也可以翻越 5566 米的桑木拉达坂。尽管三年前我和好人锅坐车途经这里撤回拉萨，但能骑上去想必味道更好。

此外，还有一个附加计划，越过桑木拉达坂后，从一条岔路翻到更深的冈底斯山脉群山中。那里有一个 5830 米的世界最高的公路垭口。迄今为止，也仅有过一次骑行记录，即 2011 年由丁丁、孔雀和流氓发现并完成的骑行。

骑上 5830 米的世界最高公路垭口，在这个高度露营一晚，并登上旁边海拔 6000 米的山峰，再骑回措勤，按照原“一错再错”的骑行计划骑行扎日南木错和当惹雍错。到达当惹雍错北端的文布南村后，骑车去传说中本教文明的发源地——象雄古国遗址，放弃回头从文布北村骑到尼玛县城的常规线路，继续骑行环绕当惹雍错，最终翻越 5400 米高的达尔果雪山，骑经昂孜错、懂布错、张乃错、戈芒错到尼玛县城。

然而这个计划，骑行圈内知之者甚少，打算去骑行的人更少。因找不到队友，无奈之中，我到各大论坛发帖招募队友。历时数月，居然无一响应。偶然之中，发现有人在发帖约伴骑行青藏线和大北线。虽然线路不一致，但时间却能对得上。怀着试一试的目的，我加了这位名为“仗剑行天下”的网友。在我一番费尽心思的引诱下（差点就以身相许了），他放弃了自己原来的线路计划，决定跟我一起骑“一错再错”。

这就是老贾，我骗来的“一错再错”的队友，一位厨艺顶级、胆子入门级（老贾按：怕狗）、爬坡 S 级的队友。老贾是大学老师，笔名梅里，骑过滇藏线和新藏线，还以两次骑行经历写了两本书——《西藏是毒，也是解药》《西藏，一个人的浩浩荡荡》，比起俺这种没文化的二愣子不知强了多少倍。

于是 2016 年 7 月初，老贾先行一天到了拉萨。我隔日与他汇合后，从拉萨拉练骑到尼木检查站。我们从检查站坐班车到达新藏线上 S206 小北线入口的 22 道班，计划从这里北上措勤，继续 2013 年我未完成的梦想。

# 时光逆流

烂路，爬坡，雨雪交加。回头看看 TT，远远的泥泞处，他也在看我，目光是直的，听不到他在说些什么，声波被冷涩的空气吸走——也许他根本就没有说话。我希望他能说一句“我不想骑了”，可他似乎在等待着我先开口。就像两个互生好感的男女，四目对视，你不说，我怎好意思。总得有人首先打破沉默吧，可我希望这个人不是我。

低头继续推车，心中默默地数数，十步一歇。看不到希望中的垭口，看不到垭口的希望。前面乱石中突然窜出一头硕大的黑熊，我大叫一声，猛然坐起。压不住心头的狂跳，黑夜中，看不清那边床上的 TT。定了定神，哦，这不是荒野，也不是羊圈，这是拉萨的时光逆流客栈。我们到拉萨了！复又躺下，双手折叠做枕头。不用再骑单车的幸福感，踏踏实实地落在身上，却又睡不着。上铺如猫的呼噜声和呓语，和着窗外的滴答声。那是一场拉萨的秋雨，在不大的院子里，自导自演。

这是我的第三次单车进藏，却从来没有像这次那样艰难。长距离的烂路，长时

▼曲水

▲尼木

间地忍受高反的折磨，还伴有低烧、咳嗽。那年骑行滇藏线，只是略微有一些高反，我没有想过要放弃。2014 年的新藏线，骑行的第三天就强烈高反，骑行了 1000 多千米时，一度十分烦躁地想搭车赶路，到底还是老天照顾着没有搭上。这次计划外的西藏之行，虽然顺利完结，但是我似乎伤着元气了。

来拉萨的火车上，偶遇一帮老师。他们当时正要护送在上海读书的藏族孩子回家过暑假。他们中有人是第一次来西藏，有人已经来过几次，兴奋得像是一群孩子。我也是这样。一到西藏，就犹如投入母亲的怀抱，全身松弛，人随之变小，变年轻。

西宁开往拉萨的是特制火车，车厢内供氧，也有显示海拔的仪表。西宁海拔 2295 米，然后一路攀升，一直要升到青藏线上的最高点唐古拉山垭口，海拔 5072 米，然后开始下降，缓缓降到拉萨的海拔 3658 米。

这帮老师打算比一比谁更耐高反。依常理，只要安全度过了唐古拉山垭口，就不会再出现高原反应的症状。兴奋或是忐忑，每隔一会儿，就有个老师到车厢衔接处看一看海拔。他们眉开眼笑地回来，嚷嚷着海拔高度，得意地挥手说自己又安全了。我受到了他们的感染，也隔三差五地跑去看。是的，几乎是跑着跳着。我是如此地兴奋与忐忑，就像等佳人时一般上窜下跳。

坐了 30 多个小时的火车，进西藏了。像一只冬眠的虫子，我嗅到了春天的气息。

始料未及的是，当我安全度过唐古拉山垭口时，高反却悄然袭来。

我刚刚还在给第一次来西藏的老两口介绍经验，说什么，高反欺男不欺女，欺少不欺老，欺强不欺弱。说得有点得意忘形了，我起来喝水的工夫，一阵头晕恶心。我摇摇晃晃地打开洗手间的门，人已经站不住了，把所有的东西都吐了出来，又搭上了一口一口的酸水。吐完，身上全是冷汗。

早就有人开始吸氧了，我硬是咬着牙没吸氧，结果又是呕吐。这是一种什么变态的心理呢？免费的也不去用。就像在路上的某些时候，人那么难受了，还是坚持不吃据说效果非常好的抗高反的携氧片。最近这两次进藏，芊芊妈妈都给我准备这种神药，结果是只吃了几片就送了人。有人说我命硬，对自己太狠。其实我哪有那么坚强，我只是想看看，那个濒临崩溃的自己，到底还能坚持多久。

躺一会，坐一会，吐一会，一路死撑到拉萨。

我离得老两口远远地，怕遇到他们诧异的目光，也怕打击他们刚刚被我鼓动起来的信心。

从来拉萨的火车上算起，一直等到整整 10 天以后，高反的症状才彻底地消失。

转了好大一个圈儿，我们终于完成了“一错再错”的骑行。现在，我们又回到了拉萨，就睡在离大昭寺不远的时光逆流客栈。

所有西藏的元素，这间小小的客栈都有。地图、肥猫、涂鸦、唐卡、明信片、格桑花、牦牛干、慵懒的客人、散漫的大掌柜，以及不算漂亮的文艺女青年和若干骑行者。大掌柜人不错，细看眉眼匀称，可她让我们管她叫包子。好吧，包子就包子，可我希望是素包子。包子半躺在红砖砌成的土炕上。我每次看到她，不是在数钱就是在打瞌睡。土炕和包子陷在一座小小的吧台里。吧台也是红砖砌成的，墙上挂着一张油画，画着一个惊悚呐喊的光头男人，并非爱德华·蒙克的作品。

文艺女青年，一头如瀑布一般泻下的长发，怀抱一把五弦木吉他。如果不是美女，我会说她弹得很不成调；如果不是在拉萨，她不会弹一把断了弦、没有调好音的破吉他，毕竟实在太难听了。我决定还是积点儿口德，看在她送给我一片西瓜的分上。虽然瓜不是太甜，但她的笑容和心意是甜的。我和 TT 分吃了。TT 躺床上还一个劲儿问人家的长相。唉，这个饥渴的男人。

▲畜牧场

我喜欢漂在拉萨的文艺女青年，男的也喜欢，但不喜欢大昭寺前赤裸双肩，故意露出文身的女生，还有大声叫嚷的男青年。西藏是安静的、纯净的、宗教的，请不要用你们的所谓自由和个性污染她。

我又想起了当年的荷花。此时的荷花，已为人妻人母，幸福地享受着大理的风花雪月。有人就是那么配旅行，比如荷花，比如六水、燕姑娘。我喜欢和这样的人一同旅行，没有任何负担，也不需要计较钱财得失，看什么都快乐，就算是身体难受，有那么多的不如意，内心也是心甘情愿的、笑着的，因为有这么好的伴儿。

有人就没长出那张在路上的模样，再怎么捯饬，哪怕身在拉萨街头披着一身西藏服饰，也是局外人。看那群叽叽喳喳的游客就知道了，他们只适合宅在家里，饭桌与麻将牌才是他们最好的归宿。

也不知幽灵般的绛云现如今漂在哪儿。

衣着精简，心不外想，睡到足。过去的 20 多天，这无疑是我们的一个奢望！可幸福沿着“一错再错”，绕了一个大圈，才到来。于我，幸福是能够睡到足了；于 TT，是能吃肉了。

回到拉萨能够大口吃肉了，TT 很高兴。聊天要有知已，玩要有俊友，连吃饭睡觉也要能吃到一个槽睡到一张床上。我无法理解曾和我睡在一个帐篷的大神为什么不吃花椒，他也不理解我为什么对肉没多大兴趣。幸亏他是男的，我们才走完了这条艰难的天路。对不住他的是，一路没让他过够吃肉的瘾。如果 TT 是个美女，我倒挺愿他吃了我。也幸亏是与我同行，若是和新藏线上纯素的老刘搭伙，TT 会不会半夜变成狼人呢。老刘，好险！

入藏以来，我的灵魂始终徘徊在西藏的上空，无论是半夜，还是白天。

拉萨河，拉萨的母亲河，世界海拔最高的河流之一，藏语称吉曲，意为“快乐河”“幸福河”，位于西藏中南部，发源于念青唐古拉山脉，途经墨竹工卡县、达孜县，经拉萨市，汇入雅鲁藏布江。

第一次由滇入藏，最后一天的行程我们没有选择从松多一口气骑到拉萨，而是分作两天，骑行 100 千米到墨竹工卡县，沐浴休整，再由墨竹工卡骑行 68 千米到拉萨。那天的路面非常平坦，沿着水流极缓的拉萨河骑行，美丽的格桑花向着蓝天怒放，快要成熟的青稞颗粒饱满。出发时是盛夏，到达时已是初秋。我第一次见到布达拉宫时，心中如打翻的五味瓶，脸上挂着激动狂喜的笑，心里却流着平静而又委曲的泪。我想起了木心先生的一句话：“人总是以误解当理解，一旦理解，旋即误解。”

我的话，你从来不会误解，因为我不说，你也懂。若有这样一个人儿，我每天都要迎着太阳，为其点上 10 个赞。

时隔两年，沿着新藏线经浪卡子重回拉萨。布达拉宫没有变，我对她的膜拜与爱，没有变，但那种激动的心情已经悄然淡化。摄住我魂魄的是玉带状的羊湖，那变幻着的神秘的蓝，我根本无法修饰她的美。

又过两年，我再次来到西藏。

如果时光可以逆流，你将用来做些啥？这是贴在客栈墙上的话。因为时光无法逆流，随便说说也无妨。如果真给你一次时光逆流的机会，那些随便说说的，大概就不那么随便了吧。幸好时光无法倒流，一切发生过的，都将永远存在，无法改变。面对不确定的未来，我只存希望，与世界和好，并归于尽头。

还记得上小学时，有一次上课走神，不知老师问了个什么问题，我举起了手。当发现全班只有我一人举手时，老师发话了：“难道你从来没做过让你后悔的事？如果有，就把手放下吧。”到现在都不明白，老师给了这个暗示后，我为什么一直举着手，直到老师无奈地示意我放下。

我总是太笨，反应又慢。

没有逆流的时光，没有后悔的药卖，自作者自受之。

三次进藏，骑友换了三茬。滇藏线上的小友魏涛、阿柄，如今在读研。庆虎毕了业，小樊从了军，三知结了婚，成栋工作了，达超在清静地翻着

▲阿里，阿里

古书。新藏线上的老刘，流落四方。老树和碳碳，正享受着新婚的快感。而小宇，还在按梦中标准寻找她的男人。“一错再错”的大神 TT，继续回湘潭做他的销售。联系得很少，正应了“江湖儿女江湖见”这句话。青山不老，绿水长流，有缘，我们西藏见。

五年，去了三次西藏，不多，也不算少。身处西藏的那些日子，肉体的疼痛是真实的，精神的折磨也是真实的。而我，洗干净了脸，怀揣新的梦想，只愿在西藏的天空下，继续往前走，无论前方是劫还是缘。好在花了那么多时间，种下了如此大的一片花园，花开得正好。好在我还有回忆的能力，好在还能尝出梅子酒的醉意，好在还有一颗敏感的、不妥协的赤子之心。

有朋友曾劝我，单车去西藏吗，搞过一次过过瘾、装装那啥就行了。何必一而再，再而三的去呢。我无法对一个从没去过西藏，从没骑过单车的人解释。如果把西藏比作女孩，她一定是世上最迷人的姑娘。如果你爱她，就会依恋她，就会一次次地去读她，而且百读不厌。每次路上发狠再不来西藏，特别是这次，被折磨得脱了形，几乎伤了元气。但是，回家不出一个月，看到东莞骑友小猪和东营飞云发来的照片，熟悉的蓝天白云，还有我曾落水的那条碧绿的小河，手机传出的《天路》那藏式旋律，心绪早又飞回西藏了。

西藏，我一定还会来的！我的那些家人、朋友们，等着我陪他们来，来看看那个让我失魂落魄，又安妥我灵魂的神秘之地。

不会再是一个人的浩浩荡荡，而是带着我的酒，我的箫，我的小小小小的石头，与西藏，与这世间，再写一段七月的最美篇章。

# 大神，请让我靠靠

高反依旧。

拖拉着沉重的双腿走出拉萨火车站，小雨客栈的老板娘早已提前等候。原以为会是个大姑娘，没想到是大姑娘的娘。初次见面，我没好意思直接表达我的失望，说："看你这客栈的名字挺清新的……"老板娘一口洪亮的东北口音："咱家是从别家手里盘下来的，名字也懒得改，就这么着吧！"哎哟，这样呀，看来是我想多了。

七拐八拐地进入一片有许多藏式建筑的居民区。全是二层小楼，门楼饰以藏式传统元素，皆大红大绿大黄。门口有煨桑的白泥炉子，炉口熏得发黑。若是早上，家家户户都会飘出霭霭青雾。虽说还不是煨桑的时候，鼻子的记忆却已苏醒，依稀闻到熟悉的松柏枝焚出的香味。

▲扎日南木错

煨桑是藏族地区特有的祭祀形式，是藏族祭祀天地诸神的仪式。在西藏，几乎每家每户都备有桑炉。这些桑炉有的在院子中央、屋外，或者屋顶依山处。在藏族地区，每逢藏历新年，大年初一，人们起得很早，第一件事就是煨桑祭神，素以第一个去煨桑的人为荣。后来的人只是在已经燃起的煨桑堆上加松枝、柏枝、桑面（糌粑）等物，顺便献酒洒浆，跪拜叩首，添嘛呢箭杆。据说在煨桑的过程中产生的烟雾，不仅使凡人有舒适感，山神也会十分高兴。因而信徒们以此作为祈福的一种形式，希望神会降福于敬奉它的人们。

——

小区的路不宽，一辆接一辆，停满了巨型卡车。西藏的大小活计，基本由藏民承包，这是国家一向的民族政策，民富则国安。老百姓的心思很简单，只要现世安乐，管它斗转星移。

国家太平了，当和尚都逍遥。与我一起被老板娘接来的还有一位河南来的出家人，法号如山。跟他的体型相比，我得叫如杆。安置好住处后已是中午，“如杆”决定邀请如山师父下馆子。两碗素面后，俺俩就打开了话匣子。如山说，除了在寺院听经闻法，做做法事，当当人生导师，他每年都会拿出一段时间四处游历。因为他发现，广见多识后再回到寺院，对佛经教义的感悟会有所不同，对世人的烦恼也多出一些理解。如山的体会颇深。读书和在路上，一个都不能少，这种内外兼修的话，可不是只对在家人说的，出家人也在努力践行。我们还有什么理由不出去走走呢，把钱牢牢地攥在手里或者换成纯粹的物质享用，是多么愚蠢的举动。他说，他很自在，喜欢这种出家生活，云游四海，无牵无挂。看来当和尚也不错，除了没有男欢女爱。

如山很客气，请他吃了一碗十几块钱的素面，非要回请我。我怎敢赚出家人的便宜，推辞不过，最后只好收了他几颗普洱茶饼作为答谢。如山是生活在当代的，他对现代化设备的操作也比我熟练，网上订票啥的，连我都不会。有时他也写一些悟道的诗。出家人写的应该叫偈子：“我是谁，谁是我？是是非非糊涂过。烦恼犹如千顷波，层层叠叠因风恶。”或者是这样的：“昨天犹是少年郎，今时鬓角已苍苍。往事不堪回首忆，山间水边念阿弥。”有时他也会发一些自拍，微信圈里提起的那些地方，好些我都没去过。

从网上约好的同伴大神TT，比我晚一天到达。T T嘱咐我帮他从中铁快运取他的单车，还告之我去购买相应的装备，比如鞭炮，说是用来驱熊的。与滇藏线、新藏线不同，“一错再错”这条线，要长时间地穿越真正的无人区。

▲措勤

有些地方人迹罕至，野兽横行。这一路会见到那些没有攻击性的，比如藏野驴、藏羚羊、藏黄羊、野骆驼，半攻击性的是牦牛，至于狗，要看运气。比较危险的是狼，比狼还要危险的是熊和野狗。这些按下不说，单说这熊。熊这种动物心眼儿比较实，只要它看准了你，非要啃你一口不可。若干年前丁丁团队曾遭遇过。队友当时都准备拔刀拼了，还是丁丁冷静，知道和熊拼几乎是找死，最后还是靠鞭炮把熊驱走。我曾问 TT，还有没有比熊更厉害的。TT 说有，雷电。这是后话，按下不提。

我骑车去买鞭炮。一路上晃荡着，穿过熟悉的拉萨城，穿过人来人往的各色游客。没有风，阳光大晒，藏香弥漫。与两年前相比，拉萨城没有太大的变化。我喜欢这种不变，变化太大的城市会让人觉得不安。上大学时，家乡那边搞农村改造。一个月没回家的我，下了车后，竟然找不到家。一路穿过的全是被拆毁的房子，就像是遭飞机轰炸过。我踩着满地的废墟，过了铁道路口才回到熟悉的家。那些拆毁的平房，一年后全盖成了难看的楼房。当年那些兴高采烈的农民早就住够了。幸好我家没拆，还有一个独立的小院，还能吃到自家种的葡萄。

最关注的还是骑友们，一个个面目黢黑。他们大多来自川藏线、青藏线、滇藏线，一路暴晒，除了灵魂，只剩下牙口是白的了。我可不想黑成他们这样。我是来朝拜的，不是来毁容的。晒得通体发黑，并不表示你来过西藏。心灵上的洗涤，心智上的成长，才不枉这一场二货般的骑行。因此，防晒措施还

▲219国道

是非常有必要的。但是，再好的防晒霜，也比不上一条便宜的魔术头巾。

前两次，都是将圣城拉萨作为终点。这次不同，拉萨变成了起点。我和TT将沿新藏线219国道逆行到22道班，北上措勤，环当惹雍错，经文布、象雄遗址，翻越达尔果雪山，至尼玛，再由尼玛，远达双湖，去普若岗日冰川祭奠失事的李聪明后，回转班戈，然后借道纳木错的圣象天门挥师当雄，由当雄返回拉萨。这是一条非常规路线，知道这条线的骑友并不多，骑过这条线的更是少之又少。更让人兴奋的是，TT打算在前人的基础上另辟险径，说既然来了，就走那些前人没走过的路吧。我除了无条件同意外，还很变态地说，希望此行再多一些艰苦。没想到竟然心想事成了，我这乌鸦嘴啊。

TT提出的“一错再错”这条线本是我多年后的骑行计划，原本打算这个暑假从西宁沿青藏线到安多，再由安多反骑道路奇烂的阿里大北线到狮泉河。

为什么要趁着路烂走阿里大北线？最初的川藏线，据说是一群外国骑友首开先河。后来，更多的人加入进来。除了骑行者、徒步者，更多的是自驾者。再后来，路修好了（虽然雨季经常因泥石流而路断），川藏线最热闹时如同赶集。人多了，于是垃圾多了，喧哗多了。新藏线在2014年全线贯通之前，少有人问津。还有丙察察线（云南省丙中洛乡的秋那桶村到西藏察隅县察瓦龙乡），老穆约我，说2016年全线封闭修路，再不去，路就修好了。可惜我没有档期。阿里大北线，在不久的将来，也将全线贯通。静默如谜的无人区，将逐渐消失。再不去——中国在巨变，西藏也在变，我们熟知和迷恋的一切有可能一夜之间就会消失。与其在家生娃，不如行走天涯。时间不等人，如果可以，请让我预支一段如莲的时光，哪怕将来有一天加倍偿还。

早就知道“一错再错”的难度和强度，比阿里大北线还要虐，这才决定往后放，等有了更多进藏经验和好的同伴后再来。偶然的机会，我看到 TT 在网上约伴，经不住他的一再诱惑，才改变主意，决定和他去“一错再错”走一遭。再者，骑行阿里大北线我也是没有伴的，“一错再错”虽难，总算有个好的伙伴，况且 TT 非常有经验。早在我之前他就骑完了川藏线、新藏线，还玩过极端户外，徒步过乌孙、鳌太。这样的伙伴，我首先想到的是终于有个可以依靠的了，也可以享受一下别人的照顾了。滇藏线上的伙伴是小友魏涛，腿脚不如我，经验更别提。骑了一路只在鲁朗，他跑前头提前订上了一顿香喷喷的石锅鸡。吃着鲜美的鸡，特别是看到老板娘漂亮的女儿时，疲惫不堪的我才在心里默默地原谅了他。新藏线的同伴是老刘。我可是对他抱着十二分的希望，第一天就悲哀地发现，老刘同志连驮包也不会扎……TT 就不同了，百里挑一啊，所以，我决定，从头至尾，靠死他。

整个拉萨城就那一家卖鞭炮的。卖家听说我要骑车走“一错再错”，先是吃了一惊，然后就一再告诫要当心野兽，并推荐了威力更大的火炮。拿了两包准备付款时，他建议再买两包，并再度提醒我多注意危险。犹豫了一下，我还是多买了两包。揣着这四包可能会要了熊命的神器，我转到了布达拉宫前。以还未出发就抵达目标的方式见到布达拉宫，我感觉有点儿平平淡淡。看来我就是“作”型人格，轻易到手的东西引不起我的太大兴趣。眼睛进天堂，身体进地狱，才更能触动我。我随意拍了几张照片，挥手跟布宫再见。一个月后，希望我能顺利安全地再次回到这里。因为我知道，西藏不在拉萨，西藏永远在路上。

**按：**如果不想带鞭炮，可以考虑驱熊喷雾或者驱熊铃。驱熊喷雾这玩意可能不太靠谱，这得多近的距离才有效果？！那么近的距离自己会不会早就吓晕？另外，如果碰到逆风怎么办？先把自己喷倒？让自己在无知觉中被熊糟蹋？更危险的是，如果熊是向你奔跑而来呢？就熊那冲刺的速度和力量，哪怕喷中，也会被熊压死。驱熊铃就是金属铃铛，其原理是利用金属撞击，发出让熊不喜欢的高频声音。类似于草原上用马镫相撞的声音驱狼，《狼图腾》有专门介绍。驱熊铃有多种，有登山者专用款、学生用高频率驱熊铃等。据说，日本北海道一带，高频率驱熊铃是学生的标配。先不说能不能遇到熊，想想身上挂着个铃铛，连走路都神气。

# 摇摇晃晃地出发

西藏羌塘高原的南部，由东向西，分布着一条长达1000多千米的湖泊密集带。这里是世界上罕见的湖泊“走秀场”，被骑友们称之为“一错再错”（错，在藏语中是湖的意思。错又表示路线复杂，极易迷路）。淡水湖、咸水湖、盐湖；蓝色的湖、绿色的湖、棕色的湖……各种各样的湖在这里汇聚。如果爱上西藏是一种错，那就“一错再错”吧！何况还有处于羌塘自然保护区核心地带的普诺岗日大冰川，她是除了南极、北极以外，世界第三大冰川，被誉为世界第三极，也是纬度地区最大的冰川。人生能有一次，走一走“一错再错”，喝一口圣湖的水，从大冰川捡一枚小小的石头，将是何等的美妙！

这是来前写过的一段说说，如今，我已经准备出发了。

TT的火车晚点，到站时已是晚上。人头攒动中，听到有人大声地喊我的名字。

▼重返318国道

▲请认准这个背影

回头看到了一脸兴奋的 TT。嗯，比身份证上好看多了，这大眼睛长睫毛的，可惜长他脸上浪费了。

来前过后，都有人问我，TT 是谁？干什么的？哪里人？你们认识吗？从网上约的？靠谱吗？我不明白，哪来的这么多问题。干吗如此怀疑他人。再说了，谁会费心劳力地跑“一错再错”那个兔子都拉不出屎的地方害我。这种生怕别人会加害自己的疑心病让我想起第一次滇藏线之行，曾有关心我的用可能会在路上遭遇“打劫”的人来吓唬我。可是我一路走来，根本没有遇到打劫的。相反，遇到最多的是冲我喊“扎西德勒”的藏族朋友。他们的大拇指和笑容像春风一样吹动着我的衣襟。都说色季拉山有人打劫，我和魏涛非但没有被打劫，还遇到一伙热情的上海老娘们，簇拥着我们喊英雄，给我们留下了一大包吃的。至于新藏线，更是没得说，如果真有人去那种地方打劫，成本也太高了吧。

看到 TT 在网上发布的邀请帖后，我就和他开始联系。我们一直谈论的是技术方面的话题。骑行在“一错再错”的路上，关于个人的话题几乎没有谈过。我除了知道他是湖南湘潭人，他的几次壮举，从事销售工作，其他的，则是一概不知。

▲畜牧场

我没有打听别人隐私的习惯，不管你是谁，只要合得来，那就共走一段路。与 TT 能完整地骑完“一错再错”路线，首先得力于我们彼此之间的相互信任。其实，长途骑行根本无需人多，人多是非就多，但要有好的伙伴。搭伙骑行，就像两口子过日子，如果将就就无聊了。能够聊在一起就是志趣相投，千万不要相信什么互补型。如果没有共同的话题，一个说鸡，一个说狗，那么就只能是落得个鸡飞狗跳，过成最熟悉的陌生人。

以这个择偶的标准衡量，TT 绝对是长途骑行的绝佳伙伴。TT 说，我跟他一样，都是喜欢去西藏骑长途，都病得不轻。TT 早在 2011 年就骑完了川藏线，2012 年一口气骑完了新藏线、中尼公路、珠峰路。当年这些地方还到处是烂路。2014 年，我骑行新藏线时，路已经修好。饶是那样，也曾经差点儿放弃。想想 TT 当年，该是如何艰苦，怪不得人称大神呢。2013 年，TT 曾和好人锅骑行过“一错再错”，由霍尔出发，只骑到扎布耶就铩羽而归，具体原因后面再说。

TT 在长途骑行方面极有经验，从技术方面也给过我不少的支持。“一错再错”才是多带一张纸都嫌重的线路，因此，在行李上我们精简了又精简，除了必要的设备，能省就省。TT 带着全套的炉具和吃饭的家伙。为了分担重量，他没让我带帐篷，而是带了一个双人的。也就是说，我们这一路要睡在一个不足 5 平方米、拉上拉链就把整个世界阻挡在外的密闭空间，这让我们彼此都有点儿担心。TT 问我，打呼噜吗。我说，极少，就算打，声音也很轻，就是偶尔说个梦话啥的，不知影响不。TT 松了口气，说 2013 年和好人锅睡时，那厮的呼噜打得山响。他不想睡，只想默默地掐死他。我不好意思地问起了TT的性取向，问他是否断背。TT断然否定，我也长长地松了口气。

这次的骑行“一错再错”是从22道班开始的。一进22道班，海拔就急剧攀升到5000米以上。这么高的海拔，平常在内地生活的人很难适应，况且TT在火车上也出现了高反症状。因此，TT的计划是这样，我们先进行一段时间的适应性骑行：第一天，从拉萨骑行到曲水，大概65千米；第二天，从曲水骑行到尼木，大概70千米；第三天，由尼木搭车到22道班，大概500多千米。

几乎是昏昏欲睡地和TT聊天，高反的症状还没消失，我似乎又感冒了。TT说，不应该洗澡。这是我此行最大的失误。骑车去买鞭炮的一路，出了一身汗。回到小雨客栈，老板娘说，她家水很热，可以洗。我就信了这个老女人。一洗才知道，水是温的，水量极小，更悲催的是，还忘记带毛巾。我哆嗦着洗完，把身上的水拍干，就知道要坏事。我提前喝上三九感冒灵，晚上，慢慢地就开始发起了低烧。

7月9日，我高反加低烧，两腿发虚地告别了小雨客栈。善良的老板娘叮嘱了一番，说等我们安全回来。我想，大姐，那得一个月以后了。开局不好，这一个月，不知将会经历什么，我有点儿隐隐的担心。但愿佛菩萨保佑吧。我晃了晃左手腕上的念珠，在心中默默地祈祷。

一前一后，TT带路。路线是他设计好的，提前从谷歌地图下载，光文件大概就有几十个G。每天出发前，TT都要调整好手机上的GPS。这“一错再错”，路线极其复杂，总是担心手机会出问题。TT还准备了一个专业的GPS。好在我们第一阶段不需要担心迷路的问题，几乎全部沿公路骑行。

昨天我还问TT，要不要提前去布宫前拍个照。说实在的，我是有点担心我们回不来。TT说不用，我们一定还会回来的。有这样坚定自信的伙伴，真是让我安心不少。

暑假的这次出行，我是做过思想斗争的，觉得已经骑完了进藏的两条线，再来，合适吗？但我的心始终在西藏上空漂着，特别是一进夏天，那种愿望就变得非常迫切。想起那一年，当我在新藏线上折腾时，骑友小猪、飞云这俩女汉子已经从狮泉河悄然拐进了大北线。越来越多的骑友走完了基本的进藏路线后，开始青睐大北线。当然，还有“一错再错”、纵穿羌塘。这一条条逐渐升级的进藏路线像一块块巨大的磁石，稳稳地摄受住了已经不再年轻的我。虽然独孤行者李聪明横穿羌塘时失联，但是，痛惜之余，总会有人前赴后继，去完成他的遗憾。还不到暑假，朋友圈里那些骑友就开始忙活了，环青海湖的

▲一个人的浩浩荡荡

环湖，走川藏的走川藏。西藏的雨季马上就要来了。虽然雨季会带来许多未知的麻烦，但是也会带来最美的风景。阿里大北线、“一错再错”，才是西藏的西藏。路烂闲人少，野兽多横行，想想都让人神往。当时就想，有伴就相约，无伴就千里走单骑吧。身体下地狱，眼睛进天堂。我像盼望情人一样，盼望着假期的到来。

假期真的到来了，得到芊芊妈妈的支持后，开始安排学校的事。当时怎么有点儿安排后事的感觉呢。期末 7 场监考，多亏了海清、卢主席、燕姑娘、蓓蓓等同事的帮忙，才顺利地脱身。如今，我就实实在在地骑行在熟悉的西藏。我们正沿着哗啦啦地亘古流淌的拉萨河，逆行在国道 318 线上。

蔚蓝色的天空，清风轻拂，白云卷雪，这就是诗，这就是好的生活。好的生活不是在市井中梦想着桃源，而是日常柴米油盐中守得住窗前的明月，还有心力去寻远山之灯。为何要骑行西藏？是暂时跳脱当前的琐碎，打开一扇别处的窗，呼吸新鲜空气，换一种体验。回来后，重新投入原来的生活，一切都会变得可爱起来。

车轮摩擦着平整的柏油路，身影斜斜地指向右前方。我那天蓝色消瘦的身形，与这西藏的天空如此相配。如果你在西藏遇见我，是否会爱上我？你是否知道，这个不羁的、倔强的灵魂，其实像西藏的天空一样温柔。

呃，俺又自作多情了。

# 飘过曲水，飘过尼木

曲水一路，进出拉萨的车多起来。不宽的路，我们几乎被挤到了最边角。这么久不骑长途，加上行李的负重和低烧下的高反，我感到有些疲惫不堪。但还是强打着精神，和 TT 开着玩笑。不能让他看出我的不适，影响到他的情绪。这一路将会非常艰辛，我们必须高度乐观。不管当前多么难受，相信一切都会过去，虽然不知道哪天才会结束。

由于感冒，吹到身上的风都感觉微微有点凉。但骑了一会儿，还是出了汗。不急于赶路，和 TT 走走停停。路过不少卖西瓜的小摊，选了一处可以小便的小树木，连尿都细细的，无精打采。然后吆喝老板给切了一个西瓜。没有骑行滇藏时在林芝吃过的甜，甚至不如新藏线上的。也可能还没受过一个月的罪吧，尝不出西瓜的难得与甜美。

种瓜的是一对东北来的年轻夫妇，从藏民手里租种了这片瓜田，也种一些油菜花。攀谈得知，他们的小日子过得还不错。

除了取道曲水，TT 说，也可以翻越岗巴拉山去看羊湖。我心想，幸亏没有翻山，如果连续 35 千米长上坡，就目前的状态，那么未到曲水就已经打不住桩。

走走停停，下午的时候来到曲水。在曲水这个小城，找住的地方还是比较容易的。天空阴沉，身上发冷，我买上一些退烧药，简单吃了点儿东西后钻进了被窝。头疼得厉害，吐又吐不出来。我加大药量，多喝了一包感冒药，吃了红景天胶囊，昏昏沉沉地睡去。

一夜醒来几次，好歹熬到早晨。TT 看我状态不好，问是否需要继续休息。这才刚出拉萨，又要回去找小雨客栈的老板娘，心说算了。胡乱吃上各种药，收拾行李，按照既定的计划赶路。

细雨蒙蒙中离开了曲水，今天将飘往下一个目标——尼木。

尼木，藏语意为“麦穗”。此地最负盛名的是藏香、雕版和藏纸，号称“尼木三绝”。藏香由尼木县吞巴乡制造。当地村民以其独特的制作工艺和配方，生产出了闻名遐迩的“尼木藏香”。

尼木藏香，是指西藏自治区尼木县生产的藏香。尼木县的藏香制作历史悠久，以其在制作过程中不伤害生物和独特的原料配方而深受广大群众的青睐，是全西藏最著名的藏香原产地之一。尼木藏香不仅可用于佛事活动，而且还具有杀灭细菌、驱除污浊之气、预防感冒等流行性疾病、增强睡眠等独特的医疗功效，对人体有百利而无一害。其制作技艺为中国第二批国家级非物质文化遗产项目之一。

尼木藏香的发明者是吞弥·桑布扎。吞弥·桑布扎是松赞干布的七贤臣之一，是藏族早期的语言文字家和翻译家，藏文的创造者。他不仅为西藏创造了独特的文字，还根据西藏的地域特点，把在印度所学的熏香技术进行改进，发明了藏香。

尼木的吞曲河里没有鱼。据传，也跟吞弥·桑布扎有关系。当年，吞弥·桑布扎在吞曲河边看到水车的叶轮伤到了水里的鱼，动了恻隐之心，于是在河边立了一块石碑，上面写着：鱼儿不得入内。从此，吞曲河里再也没有鱼。这一段故事在央视的纪录片《第三极》中有过介绍。

由曲水到尼木的路起伏比较大，上坡紧接着就是长长的下坡。上坡很累人，下坡的速度往往又控制不住，车多弯急，高山逼仄，路面狭窄，我们将自己压扁，紧紧地贴着右边的高山。

路的外侧有单边护栏，护栏之外是深深的峡谷。谷底是浑浊喧腾的雪山水，时见失事的汽车残骸，锈迹斑斑。山是带着绿装的石头山，更多的是裸露着的岩石。山顶白雾缭绕，终年云气不断。这样的山连绵着，看久了，几乎觉不出有什么变化。难怪拉孜至拉萨段，更多的骑友选择浪卡子、羊湖、曲水大桥。尼木这条线，景色实在太单调了。

头依然是晕的，量了量体温，还是有点儿低烧。TT 说骑到尼木检查站争取搭上去 22 道班的车。答应着，抬头看到了天空露出的蔚蓝。路在哪里，脚就在哪里。骑出了阴雨天，乌云代之以白云。白云并没有将整个天空覆盖，薄处能看到天空的底子，慷慨处，给我们亮出了大片大片的蓝。阳光晒得燥热起来，冲锋衣穿不住了，脱下来塞进驮包。喝口水，擦擦额头的虚汗，嚼了一块又一块的金丝猴奶糖。

TT 也是脸露疲倦。他说，上次措勤回来，三年多没骑单车了，乍上高原还有点儿不太适应。TT 也是除了西藏不愿骑行别处的骑行者。这是我们这一类骑友的固执，认为只有在西藏的骑行才称得上骑行。也只有在西藏，这山地车才能够找到它的用武之地。

TT 为这次骑行几乎是重新配备了单车。为了防止烂路将货架震散架，前后货架均是钢制。驮包是专门为货架配置的皮质驮包。连前叉也换成有 V 刹柱的。柱上有螺丝孔，说这样就可以把货架以三点式牢牢地固定在前叉上。

我也曾经为单车及货架费过不少周折。先是选单车。三辆备选的车：一辆是我的小黑捷安特 ATX750，已经服役于滇藏线、新藏线。再麻烦它来“一错再错”，TT 也担心它撑不下来。一辆是新买的小蓝捷安特 XTC800。一是舍不得，二是油碟刹车，一旦出问题就是致命的。这样一衡量，任务就落在阿空身上。阿空是同事褚大师的坐骑，是他用来治心病的。可惜只骑了不到 500 千米，病就治好了，于是就把车子扔给了我。阿空体格好，又泼辣，很合适这次艰苦的骑行。货架是又经过点焊的铁货架。TT 还是不放心。其实我也有点儿不放心，如果货架出问题，一切都完了。

我喜欢单纯、专注、持久地做一件事。据说，时间久了，人会有不一样的气度。可是你不知道我是带着多少担心上的路啊，无论是装备，还是身体。来之前，没有接受任何人的送行。那些损友，他们问这条路怎样，我只是简单地说了说，因为我也不知道到底会有多难。好友李静要送行，我也婉言拒绝。还拒绝了捷安特肖老板的邀请，只是请他为我做了一面旗子，请骑友们在上面签名。我还是习惯低调地走。因为西藏，有时是一个人的西藏。

实在太累了，浑身无力。TT 说，我们边走边看，如果有合适的车，就搭上吧。一路走，一路等候。中午的时候，来到了尼木检查站。已经站不住了，水壶也空了。饿，却不想吃任何东西。把车子放倒，弯腰喘了会儿气，和 TT 分头寻找合适的车。

我们所要寻找的是那种大巴车，能放下单车和行李。来往的大巴虽多，却一辆辆都不合适。四处嘈杂，车声人声，乱作一团。TT 有些焦急，几乎是吼着跟过往的司机说话。到底是让他给吼来了一辆，马上开始装车。接下来的 50 千米，我们将直达 22 道班。

▼无语立风中

# 深夜抵达的22道班

我们乘坐的是由拉萨开往狮泉河的一辆旅游大巴。安置好行李后，看到车上空了一半的座位。和TT刚找了个最舒服的位置坐定，司机说我们两个人其中有一个要去坐另一辆小车。很纳闷，去了另一辆小面包车，司机才告诉我，这种旅游大巴只允许坐一半的人，原因是去年曾出过一次特大车祸。对于特大车祸我表示同情，但对于这种解决问题的方法，无法理解。

我乘坐的是一辆白色的小长安，门窗都关不严。加上司机一共7个人。车上除了我是个闲人，那几个都是来西藏打工的，带了成包的行李，把前前后后塞得满满的。跟我坐一排的是一个沧桑的中年人，脸如沟壑，一排排暴露的大黄牙。

无法忍受的是前排的一位妇女，一路吃东西，一会儿摸出一个苹果，一会儿摸出一条牛肉干。那咀嚼声，不断地挑逗着我的味蕾。如果不是装食物的行李在另一辆车上，我非抽一根黄瓜和她对着嚼不可。英雄也有气短时，特别是肚子里没有东西。为了防止口水分泌，只好塞嘴里一块奶糖，眼观鼻，鼻观口，口观心，如老僧入定一般装睡。

这一路的风景与尼木检查站前并无二致，看多了以后，就变得十分挑剔。其实现在回想起来，那种高山耸立的排场还是十分巨大的。车在两山的对峙间盘旋，渺小得如同甲虫。这种路，司机几乎不敢开得太快。特别是两车相会时，那靠悬崖的车格外小心，一旦掉下去，就是粉身碎骨，好在入了三份保险。但我现在最关心的不是自己死后能获得多少赔偿，而是在哪里吃饭。

和TT坐的车一前一后，眼看着两辆车也就百十米的距离却无法联系。手机无信号，发出去的短信，半天没有回应。好歹到了一个饭店比较多的小站点，也无法招呼TT，只好各自吃饭。吃中午饭时下午已经过了一多半。据说后半夜才能到22道班。由于不知道下顿饭在哪吃的恐慌，导致我拼命地往肚

▲尼木

子里扒拉半熟的饭菜，尽管因为高反没有胃口。

车轮下的这条路，2014 年的时候曾经走过。不同的是这一次是坐着车逆行而上。时间如果也能像脚下的路一样可以往回开，那该多好！可以纠正多少错误，弥补我的多少遗憾！小长安才不管我脑子里的想法，四蹄飞快，两边的景色刷刷而过。这些两年前的山路，有些还在脑海里清晰地印着，有些看上去如此陌生，好像是第一次见面。记忆是自动地选择记住吗？如果有重新组织记忆的能力，我希望记住所有值得记住的。可我的脑子，由于缺氧，变得越来越迟钝了，直到现在都没有好。这让我常常感到十分的尴尬，特别是对重要的人和重要的事。

山路蜿蜒，起伏越来越大。估计乘坐的这辆小长安是将近报废的车，因为西藏的旅游旺季，才临时拉来干活。小长安就像害了哮喘的病人，吭哧吭哧，随时要倒下的样子。有时跑着跑着，车轮居然冒起了烟。司机忙停了车，提着桶去河边打水，来回地给车轱辘浇。跑一会儿，冒烟，再去打水。如此重复了若干次。天慢慢地黑下来，我开始担心，会不会半路抛锚。

路况太好，开车更不敢大意。司机说，以前路烂时，车跑不出速度来，反而不容易出事。现在路修好后，却车祸频发。边说着，边使劲儿踩油门，又把音箱的音量调大了许多。伴着狂吼的藏歌，小车发起了飙。如果没有车皮压着，这位精瘦粗犷的司机能跳起来。俺喜欢这种感觉。就像新藏线的骑行，风烟俱净时，天地辽阔，两眼望去，没有一个如我一般的生命，连野兽都遁迹。白云舒展似棉，蓝天翠如琉璃，心情愉悦，把音箱音量开到最大，自己也跟着大叫。那种肆无忌惮、撕裂般的吼叫，仿佛生命的初啼。我的胸膛被震颤着，连天灵盖也震开，头皮发麻，两臂上的寒毛直竖。这就是我所选择的生活，在路上！在路上！这个世界上只有一种生活是幸福的，那就是有得选的生活。选择自己想要的生活。要有信仰，相信美好的总会美好下去，相信该在一起的终究会在一起。

司机的车慢下来，前方斜停着一辆白色卡车，影影绰绰的像是有几个人。从人、车边掠过时才发现是出了车祸，地下趴着一位男子，看不出有生命迹象。一辆摩托车横躺着，地上全是汽油。司机没有作声，掠过后，速度并没减慢，继续追赶着前面的大巴。

夜沉下来，司机打开车灯。黑暗中，这两道灯光如刷浆一般。看不到路况，也不关心小车会把我带到哪里。随波逐流吧，也许到站后就是一片光明。紧紧地裹着身上的冲锋衣，还是无法抵挡从车缝儿灌进来的冷风。迷迷糊糊地似乎睡着，又被冻醒，浑身有一种冷到骨头的痛。身边再无可以抵寒的物品。同车人的行李中有一条塑料袋装着的棉被，拉过来紧紧地抱在胸前。两臂还是冷的，包括双腿。半睁着眼，粗暴地解开塑料袋，把棉被裹在身上，连同盘着的腿一起盖住，却又睡不着了。两眼望向窗外，除了如墨的黑夜，什么也看不见。

也不知过了几个检查站，最后一次被叫醒时，告知 22 道班已到。看了看表，将近凌晨 1 点。

22 道班检查站依次停放了几辆大车，包括 TT 乘坐的那辆。我晕晕沉沉地将单车及行李卸下，把能穿的衣服全部套上。在检查站大厅等待的空档儿，我坐地上睡着了。

离开 22 道班，推车再次步入黑暗。没有预想中的投宿点，连户人家也没有。如果道班的大厅能留宿，就在地上睡一觉得了，我一步也不想走了。

爬上一段小坡后，发现前面有点点亮光，几户人家散落着。TT 大喜，说分头去找住处。TT 奔向有灯的地方。我刚好看到路边有一座民房，将单车靠在墙上，咣咣地敲起了窗玻璃。灯亮了，一声不耐烦的吼叫传来。我问有没有住的地方。对方回答没有，随即灯灭。我感到有点儿不好意思，如果吵到的是一对新婚夫妇，那我的罪过就大了。TT 也是一无所获得。准备扎营的功夫，看到前方还有一家亮着灯光。是离开路边的一间小屋，好像是工地上的值班室。说明缘由后，有个女的，起身将我们带到一处房子。已忘记这里是什么地方，日志也没有记载。

醒来时已是早上。这个地方，TT 后来查了查，叫拉妥。

▲提布卓纳村

# 休整

记忆在工地值班室和住处之间是空白的，所记得的是早上我们又换了一个新住处。这个新住处就是昨晚我敲窗玻璃的那户人家。

那个吼叫的男主人是个典型的藏民，好在不是新婚。已想不起他的模样，只是模糊地记得他常带着笑脸，中等个头，面部黢黑，连皱纹也是黑的。带笑哥做五金加工生意，还有一个宽阔的开放式院落，院落里有他开的小客栈。一溜的平房做客房，除了我和 TT，再无他人留宿。

明天将正式进入“一错再错”的骑行，我们还没有完全准备好。高反的症状还在像小狗一样眷恋着我，感冒似乎减轻了一些。好在 TT 问题不大，比我年轻 5 岁，不光有年龄上的优势，身体也比我好很多。如果两个人状态都不行，就得多在这里休整一天了。

时雨时停。TT 四处搞汽油的时候，我就在周围溜达。我也是强撑着起来活动，怕自己躺的时间长了，耽于疲惫后会产生某种自我怜惜。人一旦开始自我可怜，往往就接受了自己的可怜，离放弃也就不远了。我不想像个怨妇一样，宁愿受一些皮肉之苦，也要强打起精神来，因为我是男人吗。男人遇到事情就应该打起来，而不是躲避，不管遇到什么样的苦，都要挺住。何况 TT 还那么需要我，哈哈。只是脑子一直不灵光。这一天，没有留下任何照片，日记本上只简单地记了“休整”二字。

应该是这一天搞到的汽油。来之前，关于使用油炉还是气炉，和 TT 曾有过探讨。汽油获取方便，而气炉干净，安全系数高。新藏线时我用的是从叶城乔丹体育用品店买来的气罐。最后还是听取了 TT 的建议，况且他拍胸为自己的油炉作了保证，说不仅干净，火力也非常强大。刚开始我表示怀疑。骑行新藏线在黑帐篷留宿时，曾见轻度大叔老冀用过油炉。豆大的一点儿火，冒出的黑烟把老冀的眼睛熏得通红。我的两包方便面早就煮好了，他还趴地上瞅着自己的那点儿小火苗。

后来在使用中，逐渐见识了 TT 的油炉的强大功率。在此也建议骑行西藏的骑友，必须买个质量过硬的油炉，这会为旅途带来极大的方便。TT 还提到过飞云，说她走阿里大北线时带的那个炉，熄了一路火，从来没做熟过一顿饭。好在飞云是个半拉美女，靠着仅剩的颜值，总算混了一路工地师傅们的饭。如果换作男的，要饭都没有人给。这事我们后来遭遇过，按下不提。

# “一错再错”吧

从 22 道班开始，将正式进行“一错再错”的骑行。“一错再错”是一条非常规的骑行路线。从拉萨返回内地的火车上，我遇到过几个骑行西藏的骑友。当我告知他们这次骑行时，无一人听说过这条线路。但每个人听我说起此行经历，并佐以照片时，都表达了想去挑战的强烈愿望。他们本打算进一次藏就吹半辈子牛的。这毒放的，是不是有点儿大了。

朋友曾说过，所有的极致灿烂，都是辛苦之后才会获得。我接着说，所有的极致灿烂，回头看时，更见其灿烂。也许用这句话来形容西藏再贴切不过，越是艰苦，越想来。所谓不疯魔不成活，朋友这样评价我。这可能就是西藏的魅力，抑或是骑行的魅力吧。遇到骑友，当问他们还愿不愿再去骑行西藏时，有的干脆说还会来，有的沉默片刻说如果时间允许。难道他们已经忘记了路上的痛苦，或者那些痛苦随

▼达格架喷泉

▲育提勒垭口

着时间的推移已经慢慢地减退，再或者所有的痛苦，早就被西藏那温柔的云天悄然抚平。

从拉妥出发时，正是阴雨。看了未来几天的天气预报，均有雨。TT 说这种预报不准，因为西藏这鬼地方，三里不同天。言外之意，拉妥下雨，前面可能是大太阳。这是一种值得推敲的自我安慰。拉妥下雨，前面也有可能是大雪飘飞呢。

站在拉妥，已站在了海平面 4200 米以上。这个高度，骑行时已颇费体力，好在路修得非常好。逆着骑行 219 国道，这段我一点儿印象也没有的 219 国道，山势已不再雄奇，石头山代之以土山。土山上面覆盖着一层极其惨淡的绿。盖不住的地方，便露出了原始的黄。天色尚早，寒气未消。薄雪等待着太阳，太阳却迟迟不来。

骑过了路边食草的黑牦牛，骑过了看不到一户人家的提布卓纳村，车行 63 千米，来到第一个 T 形路口。一个蓝色路牌指向正前方 87.7 千米外的达吉岭，另一个蓝色路牌垂直指向省道 206，措勤距此 231 千米。这是具有里程碑意义的一块路牌。从今天开始，我们将离开国道，驶入对我来说完全陌生的省道、县道，甚至无道。

拐进来，车明显的减少了。一路是缓缓的上坡，爬上了第一个无名垭口，海拔已轻松上到 5000 米。乌云压得更低，沥青路面里的碎石子仿佛也是被这大气逼压了出来，用细细的牙齿，磨砺着我的轮胎。我希望下一场大雨。

▲热河

▲沸腾的珍珠

▲达格架喷泉

云却一直商量着，不肯轻易降雨。从垭口下来，短短的下坡后，又是一个上坡。12 点多时，到达达格架喷泉。海拔标示，5084 米。

据悉，达格架喷泉是中国目前最大的间歇性喷泉群。也有人说是亚洲最大。数百米长的河谷两岸分布着大大小小几十个泉眼，泉水鼎沸，水汽蒸腾。这让我想起了桑拿房。不行，我得去洗洗。扔下单车，边走边脱鞋袜。喷泉的势力范围之内，寸草不生。小石子扎着脚心，一瘸一拐地走到最近的一口泉眼。脚往水面一沾，立即缩回。水太烫了。换个水汽稍小的泉眼，还是烫。TT 说，这水的温度可以煮鸡蛋。我这一脚下去，皮就秃噜了。用手撩着水，好歹把脚洗了洗，顺手又洗了洗脸。箕坐于这片喷泉群的边上，吃完了措勤路上的第一顿午饭。

离开达格架就是下坡路。阴云笼罩下，群山白头。耳边呼啸着，未名的湖泊伴我们走出这片乌云。下到坡底，白云漫卷，天空忽然蓝起来。特别是那些天空深处的蔚蓝，格外惹人怜爱。面对突然出现的美景，我一时说不出话来，只想去分享，只想去拥抱别人。如果 TT 是个女的，我一定就拥抱他了。遗憾的是，这么美的地方，没有手机信号，而且身边居然是个男的。

继而又是上坡，乌云从四方向中间汇聚，寒风凛冽。耳边风声呼啸，近地面处，是跑动着的云，裹挟着努力上坡的 TT。TT 勒紧了红色冲锋衣的衣扣，缓缓前行。别看我高反，却始终跑在前面，走走停停，停下来时就等他跟上来。

TT 的骑行速度比我想象的慢。他说，不用等他，要按照自己的节奏骑行。这是有经验的骑行者。长途骑行就应当如此，不攀比，也不拖拉。攀比别人的速度，会把自己的节奏打乱，极容易出事；太拖拉，就耽误集体的行程，也不可取。

坚持着爬上海拔 5248 米的育拉勒垭口，天空又开始放晴。一半白云一半蓝天，平分着垭口上空的颜色。而垭口是黛青色的群山，将这条灰白蜿蜒的路，团团围住。眼睛看不出脚下的路伸向何方，只有飘动的五色经幡指示着风来的方向。TT 指着远远的一块蓝色水域，说那里可能是个湖。掏出了单孔望远镜，一眼望去发现湖边有个标志牌，却无法看清上面的字迹。

沿着这条长下坡，和TT放开了速度，一前一后，仿佛两只滑翔的大鸟。离那片水域越来越近，蓝色越来越浓重，湖的风致愈加丰满。终于，我们赶到了“一错再错”第一个有名字的湖——打加错。

打加错是一片极长的水域。它就像一个任性的孩子，似乎要与上方的天空比蓝。自湖底起，将所有的力量作用于水面，于是将一块蓝宝石推到了我们面前。好像有点儿吃力，湖面蹙起了层层叠叠的水纹。而湖面上方的天空，不动声色地渲染着它的蓝，又扯了一些白云来装点，宽容而又温柔地照看着这个湖，如同慈爱的母亲抚摸着怀里的爱子。

我们轮流从高处冲下，相互拍着照，忍受着高反对肉体的折磨，在湖边欢腾、跳跃。我们才更像是孩子，在西藏的天空下，肆意地放任自己！西藏对于我来说，最大的快乐就是放任自由和本真。我可以自由地呼吸和嚎叫，没有人看到，也没有一朵白云嘲笑。如果人生有这么一个地方，就算高反，就算长途跋涉，我也愿意。

下午投宿到破败的芝麻茶馆。高反加剧，对着面前的一盒泡面毫无食欲，拌上从拉萨买来的青稞粉，依然无法下咽。茶馆里聚集了许多打尖儿的藏族人，吆喝着，喝茶的喝茶，吃青稞的吃青稞。有一男一女，居然从布袋里掏出几张大饼，让我食指大动。我厚着脸皮问人家要。男青年汉语不太熟练，掰了一大块给我。看我吃得带劲儿，索性将大饼全给了我，搞得我很不好意思，忙拿出一些香肠回送给他们。

我还记得他们的名字，女的叫白措，男的叫扎西次仁。

▲22道班

# 失联

每天带着高反收拾行李是一件极其痛苦的事。全身收拾利落，睡衣要叠好，药品吃过后要存放在易取的地方，水要灌热的，雨衣要提前预备好，顶包放食物，其他物品分装在驮包的两边，防潮垫卷好后系在后货架，盖好防雨罩，再用两条捆扎绳绑结实。如果轮胎气不足要提前打好气。前货架放睡袋。每次叠睡袋都是个体力活，将松软的睡袋压缩进一个不大的袋子需要些力气。还要并排放上热水壶，壶下铺软垫，防止水壶颠坏。再用捆扎绳穿过水壶提手绑结实。壶上覆个厚袋，放上单反。单反还配有专门的小筐，是我亲手用铁丝编布条缠的，虽然难看却十分的实用。车把拧上摄像头，码表清零。围好魔术头巾，根据天气选择不同的镜片，戴上头盔、手套。如果有信号，就给家里报个平安，几乎早晚各一次。一切完毕，整装待发。

出发时又是阴天。车行不久，落起了小雪粒。此时，家乡那边还是酷热难当呢。这个点，应该正是花和尚海清、燕姑娘或者卢主席、蓓蓓在替我监考。大恩不言谢，

▲远去的背影

▲歧路亡羊

除了哥们海清，其他几个，我希望回去请他们吃大餐。

以为只要骑出这片天，天气就会变好，可惜 TT 的那个关于天气的安慰再次失效，小雪粒夹杂着小雨滴，反复折磨着他。TT 说，他骑行最怕的就是雨，后来几次遇到的雨，让他几乎抓狂。我怕的也是雨，因为这次来，忽视了一件非常重要的东西——鞋。为了减负，只带了三双鞋。一双是沙滩鞋，后来证明是最无用的。一双是双星的运动鞋，沾水就湿，湿了就难干，最后扔当惹雍错了。还有一双是第三次随我进藏的溯溪鞋，后来也忘记扔哪了。

天空是灰暗的，有雨丝飘落，空气却极舒服，吸入胸肺，有一种薄荷的甜爽味。如果能存住，我就装满一瓶带回来，等冬天雾霾时再放出来。我的速度还是比较快，渐渐地，跟 TT 拉开了距离。不敢等他时间太久，尤其是上坡时，出了一身的汗，等久了，浑身冷得打颤，就像前面护栏上停着的那只湿漉漉的乌鸦。

感觉一直在爬坡，看了看时间，11：57。回头已经看不到 TT 的身影，天色变得越来越暗，风速在加大，温度在降低，空气从沁人到袭人再到杀人。雨已消遁，雪在肆虐。越近山顶雪越大，风是横着的，人与车是斜着的。艰难地爬到垭口桑木拉，海拔 5566 米。这是我人生的新高度，暂时记下这个时刻吧，2016 年 7 月 13 日，13：51。说不定哪一天，我还会继续打破这一记录。不是吗，先是 2012 年米拉雪山的海拔 5013 米，接着是 2014 年新藏线上的红土达坂，海拔 5380 米。以为 5380 米就是我骑行中的最高峰了，两年后的今天，我又骑上了海拔 5566 米的桑木拉。

▲阿里大北线

不能再等 TT 了，身上、手套和鞋子已经湿透。换上一双干手套，就着湿透的衣服，又穿上羽绒服，裹紧雨衣，赶紧下山。

冷，那天的桑木拉，就记得一个冷字。

冲下山，离开了雨雪天，就慢慢地缓过神来。又行了数千米，天空已经放晴，羽绒服穿不住了，把多余的衣服脱下，塞进捆扎绳。就着缓缓的下坡，边骑边停，也许 TT 马上就会赶上来，但一直到下午 3 点，依然没有等到。手机没有信号，电池也快耗完了。

路边有一座院落，放下车，进去打探。也许这就是 TT 说的扎西茶馆。屋里空无一人，几乎连一点儿东西都没有剩下。也许这不是攻略上说的扎西茶馆。等在路边的功夫，我把湿了的衣服和鞋袜、手套晾在地上。等了半天才过来一个骑摩托车的。我问他有没有看到过一位骑单车的，他说没有。过不多会儿，又从岔路上来了两个骑摩托放羊的少年。我请他们帮忙，去前面看看有没有骑单车的。俩少年飞快地跑了一趟，跑出去很久，回来说没见到。此时，我心里有点儿恐慌，因为按照时间和速度计算，TT 应该早到了。正不知所措时，前方来了一个骑摩托的，我连忙拜托他路过桑木拉时，如果看到有骑单车的，跟他说我到前面等着。

▲桑木拉达坂

我又回头看了看刚下来的垭口，翻身上了单车。这是我犯的一个错误，没有在院落里等队友，而是选择独自往前赶。但是，也许正是这个错误的决定，救了我一条小命。这是后来 TT 告诉我的。

衣服慢慢干透。我吃了一些东西，力气有所恢复。从两边土山的夹侍中穿过，除了偶尔听到路边小溪流水的哗啦声和轮胎与地面的摩擦声，听不到任何声响，连风也不再喘息。万籁俱寂，仿佛飘着的哈达落到地上的声音都能听到。行出这么远的距离，看不到一个人一辆车，连鸟兽也没有。那时我的大脑应该是静默的。写手稿的此时此刻，闭上眼，都能看到那个穿着蓝色冲锋衣的我，是怎样的一种形象和心情。

一路没有看到 TT 说的扎西茶馆。按照既定的里程，应该早过了。突然想到，会不会是我路过的那个院落，然而已经离开太远，又是一路下坡，不可能再往回骑了。我必须寻找下一个住宿点。没有带帐篷和炉具，如果找不到，我今晚将如何度过？一路骑过来，没有发现一处人家。

西边，夕阳正在快速地下坠。

莫名的孤独和恐慌，渐渐袭来。也不知道 TT 怎么样了，手机一直没有信号。再往前，离开路边几百米处有两个帐篷，真是救命般的帐篷。跑过去问路，正在准备饭的两位妇女说这里是阿里维修路段三组。我和她们说明来意。两个人无法做主，说要等队长回来。再者，也没有多余的床铺给我。有个年长的说，前几天有一对广东的小夫妻来过，在旁边扎的营，问我有没有帐篷。

我说没有。

她们便不再作声。

这么温暖的帐篷，我也顾不上多说，把湿了的衣服和鞋袜、手套堆在炉边，拉过被子，一头栽在床上。两位妇女没说什么，只是眼神里有一丝不悦。唉，现在想想，当时我实在是有点儿太随便了。高反加上又累又饿，我有点儿虚脱了。外面又下起了雨，我连行李也顾不上往帐篷里拿了。

队长带着一伙养路工回来时，饭已经做好。我跟他说明了缘由，他答应让我留下，只是抱歉说没有床铺。我说有块地方就行，可以打地铺。队长领我到另一个帐篷，腾出一块空地，说只好在这里了。队长看我没吃的，还盛上饭让我吃。饭菜很简单，米饭就着炒的大锅菜。虽然有点儿辣，但是吃得很香。苦难是一面放大镜，它放大了生命的脆弱与无助，也放大了生命的温暖与慈悲。

我借队长的手机给 TT 留了言，也不知道他能否收到。

吃完饭，几个年轻的养路工到我打地铺的帐篷喝酒聊天。他们招呼我一起喝，但是，我实在太累了，推辞后，钻入睡袋。我头疼，迷迷糊糊地睡不着，就听他们聊天。他们聊得很嗨，我却一句也听不懂。喝高了以后，他们开始唱歌，有藏语也有汉语。竟然唱到了张雨生的《大海》，这让我如何还能睡得着。我爬起来，拉过椅子就和他们一起唱了起来。大家越唱兴致越高，他们给我唱藏歌，我给他们唱汉语歌。我再客气就是虚伪了，拿过他们的啤酒就喝。仗着酒精的刺激，一首接一首地唱，可惜歌词记不全，让他们听得不够尽兴。记得唱过《卓玛》《无地自容》《水手》《后来》《曾经的我》等等。这些歌，他们竟然也会唱。特别是一个叫洛次的小伙（现在还有微信联系），几乎首首会唱。我唱到最后，嗓子都哑了。唱到后半夜，我实在顶不住了。钻入睡袋后，洛次给我找来一条棉被盖上。他们也相继睡去，我却是兴奋加高反，几乎一夜未眠。

# 措勤，萌生退意

今天早上，一扫前几日的阴雨，天空如洗，蓝天白云再次临幸，依然是千帆过尽的素心。回看我住过的这个地方，从碎石堆里钻出来的青青草，由于昨天的雨，颗颗饱满欲涨，露出犹未涉世的容颜。帐篷的四周空旷，远处有一条小河，如银灰色的缎子，再远处是大地的褶皱，仿佛能藏下千军万马。我四下张望，除了这两个孤零零的帐篷，没有任何有人烟的迹象。

天气好，心情也大为舒畅。我用冰凉的水洗了脸，漱过口，脑子清醒了许多。告别工地的朋友们，身体虚弱的我勉强提着一股子劲儿，往措勤方向出发。离开工

▲措勤路上

地时，因为不收住宿和伙食费，送给队长一包香肠，以感谢他的善意。队长说，从这里到措勤大概 90 千米，除了几个大坡，一路平坦，一天的时间应该能到达。

过了一个夜晚，还是没有等来 TT 的消息，也不知道他现在到了哪里。

脚下就是洛次他们养护的公路，路修得平整干净。干净的车轮碾着干净的路面，无人无车的公路，根本不用靠右走，大路通天，我就走中间。我就拐来拐去画着大小 S，没人管得了我。微风轻拂，阳光暖暖的。冲锋衣有点热了，拉开拉链，心里有一群白色的小鸟飞了出来，飞呀飞，飞向瓦蓝瓦蓝的天，钻进雪白雪白的云，就像钻进最温暖的怀抱，再也不想出来……

爬坡，爬坡，这就是队长说的第一个坡吧，冗长到变态。好在我心情舒畅，又不赶时间，骑不动就停下来休息。将车子放倒，人就倚靠着路碑。我想叼根狗尾巴草，可这海拔 5000 米的高原，草都是紧贴着地面，哪一根敢任性地往高处长？忽然想到，出了拉萨，我还没见过一棵树。后悔没带上棒棒糖。如果含着棒棒糖，像条狗一样躺地上，看着这绝美的天空，该是何等惬意！这种惬意，我是多么想与人分享。TT 也不知道怎么样了，摸出手机，还是没有信号。如果他在，我们就能聊会儿天了。

11：39，登上了孔郎门勒垭口，海拔 5115 米。这样的高度在“一错再错”很常见。一路的下坡，带起了一股清风，吹起了蓝色的冲锋衣。耳边风声呼啸，情绪十分饱满，扯下围着嘴巴的魔术头巾，放声大叫，一直把嗓子叫哑，还在嚎叫。这是自由的呐喊，这是野性的呼喊，我就是那旷野的孤狼。

一路的风景，超然绝代。寂寂无人，野草强悍，与高原争夺着氧气，与大地分享着阳光，与身下的泥土紧紧相依。此时，我都不愿再往前骑了，就想呆呆地坐在此地。此时此地，有亘古的蓝天陪我，有自由的白云陪我。我横躺下来，感受着地表传来的温度，那是太阳的温度，那是西藏的温度，那是爱人的温度。

没人拍我，就玩自拍，极其自恋地自拍。拍完看一看单反里的自己，这才发现因为高反，脸肿得像猪头——多好的增肥方法！

往前走，嘎荣错过来了，一滩浑浊的水；再往前，帕茹错过来了，就像退潮后的海滩留存下来的海水，这里一滩，那里一滩，几只灰鹤在散步。远处，终于看到了零星的几户人家。再远处是灰暗的山，山顶积雪，白云纵横，投下巨大的阴影；再往前，错锐错过来了。连续三个错，没有任何特色。

▲嘎荣错

▲错锐错

过午时分，行到某检查站，我饿得两眼昏花，找了一个藏家，讨了口饭。稍事休息，我顺利地赶到了骑行第一阶段的目的地——措勤。

“措勤”藏语意为“大湖”，因距县驻地东部10多千米处的“扎日南木错”大咸水湖而得名。措勤平均海拔4700米以上，是为数不多的高海拔县之一。

措勤是一个繁华的小县城。我入住的是扎西宾馆。安置好后，我又给TT发了一条短信，还是没有收到他的消息。担心归担心，我相信TT不会有问题。他的户外经验比我丰富得多，一定会逢凶化吉，遇难成祥。我这样安慰着自己。换下这几天的脏衣服，洗涤干净后晾上。我很想去洗个热水澡，想到拉萨洗澡引起的感冒还没好，还是打消了这个念头。吃了点东西，盖上两床被子，我睡了长长的一觉。

醒来时已是早上，头又开始疼。量了量体温，依然是低烧。咳嗽得厉害，总感觉胸口有东西咳不出来。找了个藏医给开了点儿药，吃了，丝毫不管用。没有书看，电视也收不到信号，虽然打扫卫生的两个小姑娘长得好看，但是我提不起聊天的念头。想家，想我的损友们，却没有把我生病的事告诉任何人。除了睡觉，就是到处吃饭。吃过楼下俩河南人包的水饺、炒的土豆丝，吃过青海拉面馆夫妻俩做的拉面，吃过路边超市最贵的苹果和香蕉。终于，第三天下午，TT来了。

TT一身疲惫，嘴上起了一层水泡，有些已经破开，露出鲜红的血肉。从接到他的电话那一刻起，我就在宾馆焦急地等待。整整三天，没有他的消息。见到他时，我记得好像是拥抱了他。他能活着回来，真是万幸中的万幸。

TT 见我状态不佳，马上建议去打吊瓶，说这种情况下吃药效果太慢，还可能会延误病情。听从他的建议，我吃过晚饭后，去措勤县医院挂上了吊瓶。这县级医院的设施简陋得连我家乡的村级医院都赶不上。我半躺在椅子上，周围是一些打吊瓶的藏族病友，说着我听不懂的话，有时冲我笑笑。他们一个个打完后离开，最后只剩我一人。夜半人静，我数着吊瓶针管里的点滴，越滴越冷。我穿的那点衣服根本无法御寒，有心想让 TT 送件外套，但外面风大，怕麻烦他，就问护士有无保暖的方法。小护士把我带到加护病房，整理出一张病床，然后让我躺下，还给我盖上一条厚厚的棉被。在离家几千里的地方得到别人的照顾，我心里非常感动。

打完吊瓶，我踉踉跄跄地走出医院的铁门。冷风紧紧地追着我。我掏出手机，找出白天看到的那个措勤到拉萨的包车电话。我想打给他，让他把我拉回拉萨，然后回家。

▼桑木拉达坂上的雪

▲雪压桑木拉

▲站上5566

▲经幡飞动

▲那条淌过的河

# 最高垭口的生死骑行

在那些荒芜的远方，你感觉到自己活着。每一股恶狠狠扑面而来的逆风，每一条差点吞噬你的冰河，每一个让你绝望的垭口，还有那倏尔远逝的藏羚羊，凑过来和你赛跑的藏野驴，远远地瞪着你的黑牦牛，在峭壁上跳跃的北山羊，草丛中忽然抬首的斑斓毒蛇……闭上眼睛，仍然能看到砾石丛中的雪莲花，寒风中盎然的太白茶，站在山口上看到的延绵草原，雨雪中负重前行后突然出现的云海，幽暗森林里抬头看到的艳丽杜鹃。我记得在斑驳阳光中穿梭而下随风飘动的衣袂，我记得登上山顶后的每一次喜悦，我还记得那些曾经生死与共，却挥手而别、天各一方的兄弟……有过诗句，也有过远方。真正的美在哪里？我不愿做浮士德，不会停留！

## 第一日　芝麻茶馆到废弃工地

听了一夜的雨。

几天前还在海拔 50 米的湖南，现在就到了海拔 5200 米的无名高地。

被子很潮，湿漉漉地散发着早已习惯的浓郁的酥油味。隔那么一会儿就翻个身，由于轻微的高反，找不到合适的睡姿，一直折腾到 5 点多才迷迷糊糊地合上眼。

闹钟定到 8 点。起床到隔壁茶馆。推门进去，大妈还在沙发上熟睡，小屋里弥漫着暖烘烘的烧牛粪的香味。我从架子上拿了一桶面泡着吃。由于水温不高，勉强能泡开，只能将就着吃。昨晚吃的也是泡面。

面对着一直不停的雨和逼仄昏暗的茶馆，尽管一贯讨厌雨天，我还是套上冲锋衣裤，和老贾出发了。

虽是爬坡，所幸路好。新修的柏油路，比骑行三年前的弹坑路省力很多。路没修好前，货车司机们只能在山这边芝麻茶馆和山那边的扎西茶馆停车休息，隔天早上花一天的时间来翻过那座山，因为这中间是 100 千米的无人区。

老贾东西少，爬坡速度比我快，逐渐拉开了距离，只剩下我一人在雨中慢慢骑。雨越下越大，我开始感觉到凉意，估计是雨水已经渗透冲锋衣，打湿了中间的棉衣。冲锋衣裤这几年使用率比较高，防水层已经磨损得差不多，碰到这种大雨是肯定扛不住的。但方圆几十千米，别说躲雨的房子，连人都没一个，只能硬着头皮继续骑。

▲芝麻茶馆

一阵暴雨过后，雨中开始夹着雪粒。上到一个坡顶，老贾在等我。他的情况要更糟一点儿，鞋子和手套都不防水。问他感觉怎么样。他说还好，在老家经常雪天出门骑车，不像我，一年能见到一场雪都算比较稀罕的事情了。

我让他不用等我，按自己的节奏骑。

再往上骑，雪变得越来越大。顶风逆行，雪打在脸上，片刻就把眼镜片蒙住了，只好不停地用手擦。坡度加大，速度越来越慢，骑个几米就得擦眼镜，拍拍胸前的积雪。过了良久，骑到一个陡坡前。不知道离垭口还有多远，也许翻上这个陡坡就是垭口。但此时整个人有点儿麻木，已经想不了太多的事。

挣扎着骑了几米，太陡，停下来推。推到坡中间，一步没踩实差点滑倒。喘着粗气好不容易把车稳住，却再也没力气往前推了。雪下得更猛了，全部是横着扑过来的。站在原地几分钟的时间，鞋面就已经被雪埋住。

有一辆越野车从后面开过来，大声地鸣喇叭。我半天才反应过来，从路中间挪开，直勾勾地看着车过去。开出几米的越野车停下来，一个哥们裹着军大衣带着一阵暖风走下来，塞给我一瓶水。他目带怜悯地问我："需要啥帮助？要不要坐车？车上暖和。"我有点儿迟钝地摇了摇头。看他手里拿着一个GPS，就问他海拔多少了。他说海拔接近5500米，应该再往上一点儿就到垭口了。他停了一下对我说："你的状态看上去很不好，真的不要坐车？"

我呆滞地目送越野车离开，身上越来越冷，想拿保温杯喝点儿水，这才发现右手不太听使唤，指尖已经冻得没有知觉。不知道老贾已经骑到哪里，垭口估计就在前面不远的地方。雪越下越大，每往前一步都异常的艰难。

我心中突然警觉，看前面路边有片平地，推车过去，哆嗦着解开驼包，拿出帐篷，右手已经冻得使不上劲，勉强用帐杆撑开内帐。雪太大，片刻就把内帐全部打湿。懒得打地钉，急匆匆地拿外帐盖上。驼包往门厅一扔，把外帐拉死。终于在风雪中躲了起来。脱下已经完全湿透的冲锋衣裤，取下手套，才发现右手套里早已经灌满了雪水。估计是顺着衣袖流进去的。右手除拇指外的四个指尖已经冻得乌黑，把四个指尖撮起来含在嘴里。只觉得嘴里冰凉，就像含着一块冰，但指尖没有丝毫的暖意。

棉衣，内衣，抓绒裤，袜子都已经湿透。换了干的内衣，穿上羽绒服，手忙脚乱地拿出睡袋套在脚上。接着拿出油炉，哆嗦着花了好一阵才接好；打气，点燃，把剩下的两瓶水倒进套锅，火开到最大。油炉加热的速度很快，待

▲无名山口

到水温稍微升高，干脆把右手指尖直接插进水里面，把火关掉，泡了几分钟后，指尖终于慢慢地有了麻酥的感觉，一颗悬着的心才放了下来。

我穿着羽绒服，裹着睡袋，全身暖烘烘的。帐篷外风雪仍然肆虐着。我心想，不行今天就在这里扎营，只是不放心前面装备更差的老贾，但手机没信号无法联系。他如果等不到我，原路下来应该也能看到我的帐篷。

下午 3 点多，风雪终于停了，马上就出了太阳。心里想想，还是放不下前面的老贾，我收拾好装备，换了双薄点儿的干手套，继续往垭口骑。

温度升得很快，路面上的雪化得更快。我的状态比上午明显要好很多。骑了没多久，就看到前面坡的右边立着一块“桑木拉达坂”的牌子。我心里疑惑着这就到垭口了，怎么看着前面还有坡啊。

骑到路牌前，掏出相机照了一张。从昨天下午到现在，这才是照的第一张照片。仔细看看这路牌，明显旧了，认出来这就是三年前看到过的那块，估计是路修好后随手立在这里了。

远远的看到前面坡顶还有一块大的路牌，旁边照例是五颜六色的经幡。心想那个才是真的垭口，好在已经不远了。这里海拔已经超过 5550 米。路面上的雪全化了。肚子很饿。垭口就在前面，三步一停，五步一歇地慢慢往前骑。10 多分钟后，终于骑到桑木拉达坂垭口。垭口空无一人，连几个小时前肆虐的风雪都不见了踪影。只有风中飘动的五彩经幡，以及旁边沉寂万年的雪山。

大口大口地喘着粗气，接着再爬，终于又爬上一个垭口，海拔 5566 米。这已经超过很多入门级雪山的高度，也是我骑行的一个新记录。可惜此处并没有掌声，掏出相机，给宝贝车照了几张，把湿透的衣服和手套拿出来绑在驼包上晒，开始下坡。

骑行比徒步最爽的就是下坡。太阳出来后，晒得浑身暖洋洋的，沿着新修的柏油路一路顺坡而下。下不多久，路面上的雪就已经完全看不到了。想来山这边的雪并不大。路边排成一溜儿的白顶黄底的雪山，在蓝天白云的衬托下煞是不错。

骑不多远，又开始下雨，变本加厉得大。离 GPS 轨迹标注的扎西茶馆还有几千米，逆风突然变得更加猛烈，完全抵消了下坡的势能，要使劲儿踩才能下坡。等到全身几乎被淋透，终于远远地看到前面路的右边有一大片的房子，跟骑行路线中的扎西茶馆正好重合。

加速到 30 码冲到房子前面，发现房子比路基矮一截儿，下路基的路被排水沟阻断了，大门用铁丝绞起来，小小的院落里空空荡荡的。我心中嘀咕着，松开铁丝推车进去。

雨下得更大了，我把车推到走廊上，四处观察。这应该是修路时的工人宿舍，路修好后自然也就废弃了。与早些年在新藏线上住过的那些废弃的活动板房不同，这个工地明砖实瓦，门卫、餐厅、厕所一应俱全，甚至厨房内还有一口井，起码比起昨晚住的芝麻茶馆条件好很多。

没有队友老贾，也没有暖烘烘的牛粪炉，很明显，这不是行程计划中入住的扎西茶馆。再看地图，标注的地方正是这里。看来是我想当然地画错了路线，很可能在下坡的过程中错过了真正的扎西茶馆。我记得那片房子也低于路基，一不小心就会错过。拿出手机，没有任何信号，无法和老贾联系，不知他身在何处。

雨越下越大，并且夹杂着雪粒。这时已是下午 8 点，天色暗下来。我决定在这里住一晚，明天再返回去找老贾。

我挑了一间宽敞的房间，卸下装备，剪了一段铁丝当绳子，到厨房的水井里打水。好不容易打上水，却发现里面有很多小虫子，只好倒掉。随后我绕到房子后面的冰河里取水。

占据的这间房子估计是原来的餐厅，还留了一编织袋有清真标志的盐和几根风干已久的牛蹄。盐都在老贾那里，我不客气地倒了点儿清真用盐，开始

▲苍茫大地

用高压锅煮米饭。此地海拔 4900 米左右，高压锅好不容易上汽，马上就被堵住。米 SR 的油炉很耐用，但不能控制火候，一不留神就会烧成一锅黑碳。只好打开锅盖，再加水继续猛火烧，最终变成一锅米糊糊。切了两根香肠，和几片白菜一起炒，费了老大劲儿，才炒好菜。刚吃几口，就有一种呕吐感，连忙停住，光喝米糊糊，不再吃菜。

我的身体太疲劳，加上低温冻寒，胃部已经承受不起任何一点儿荤腥的食物。身体已经到了崩溃的临界状态。几年前重装狼塔的第三天就是这样，最后一路拉肚子，一直到出山，苦不堪言。

吃完饭已经快 10 点。外面的雨势加大，我挂了一根绳子，把湿衣服晾好，然后钻进了睡袋。

## 第二日　工地到扎营

雨点敲打着铁皮的屋顶，一夜未停。好在这房子修得不错，完全不用担心风雨。在这荒无人烟的地方，一个人享受着如此宽敞的大房间，真是十分惬意的事情。早晨 7 点醒来，雨停了。右手被冻的指尖也好了很多，心情不错，也不急着做饭吃，我想着回头骑过去找扎西茶馆，和老贾汇合。

推车出门，慢慢沿着昨天的路往回骑。上坡还是没有体力，几千米的路又骑了一个小时，才在路边发现远低于路基，同样是窝在一个坡后面的扎西茶馆。走进去，依稀记得是和好人锅在最右边的房子里面住过一晚。但这个地方四处散落着工程器械的零件、啤酒瓶，显然是废弃已久。想想也是，路修好了，从芝麻茶馆开车一天完全可以轻松越过桑木拉直达措勤县城，不需要在这苦寒之地的茶馆停留，这扎西茶馆自然也就没有存在的必要。老贾自然也不在这里，那么他可能是昨天已经远远地越过这里往前骑了，现在或许已经到了措勤县城。

索性走进去，在这曾经住过一晚的破败房间里做饭。

太阳出来了，拆下驼包，拿出昨天湿透的衣服，摊开翻晒。仍然是加水煮粥，就着半块压缩饼干吃。边吃边想着接下来的路线。第一个选择是沿着主路往前骑，老贾肯定会在措勤等我，但手机信号估计要到前面的检查站才有。第二个选择就是按原定计划，离开主路，去骑拉琼拉。按路线就从昨晚住的废弃工地对面坡上翻过去。

所幸的是昨天睡得挺好，虽然右手四个指尖还有冻伤，但今天没有感冒拉肚子的现象。物资方面，油炉正常，估计还有 3 升汽油，足够用了。脱水米还有十多包，白菜也还有点儿。还有两包香肠，但是没胃口吃。食用油也在我这里，昨天还从废弃工地弄了点盐。那就骑吧，一个人骑拉琼拉，虽然和计划有点偏差，但千辛万苦来到这里，放弃是个会让人更后悔的决定。就着剁辣椒喝了半锅稀饭，收拾好晒得差不多干了的衣物，慢慢地再往前面骑。大概 11 点多，又骑到废弃工地前。S206 主路继续往下延伸，而我要走的线路左拐上山，隐没在群峰之中。

▲夜色5830

前路漫漫，给昨晚庇护风雨的空院子照了一张相。想起三年前扎西茶馆那烧着牛粪的温暖房间，今日再见已是一片狼藉。往后的岁月里，扎西茶馆注定会在这空寂的山谷里湮没。而等待眼前这片房子的，也将是同样的命运。

左拐，离开主路，沿着一道车辙上山。所谓的路，只不过是车子在荒地上压出来的痕迹，而且轮距很窄，明显是小型的越野车，不是货车的痕迹。坡度慢慢升高。半小时后，路再往左拐，再也看不到下面的主路和房子了。天气很好，蓝天白云挂在雪山顶上。山谷的另一边有两头野驴在悠闲地吃草，偶尔斜着头打量一下我。远处的山谷里有两个羊圈，想来这也曾经是某处转场的牧场，所以才有这道浅浅的车辙印。

往上，海拔明显提升。推推骑骑，到海拔 5200 米的时候，路完全就是沙石陡坡，骑个几米就得停下来喘气。这样骑了两个小时，隐约地看到前面的坡顶有白色尖起的经幡。心里很是高兴，终于要到垭口了。

继续往上，垭口反而看不到了。几只藏原羚跑了出来，在前面的坡顶溜达。掏出相机拍了几张，藏原羚远比野驴胆小，根本等不到我靠近就轻快地溜到更高的山谷里去了。半小时后，骑到坡顶。这里仍然是两道浅浅的车辙往山下，除了跑开的几只藏原羚，连一点儿垃圾都没有。而我之前依稀看到的经幡，不过是对面的雪山山顶。掏出手机定位，海拔 5310 米。这个海拔已经超过骑过的绝大多数垭口高度了，但与川藏线上那些高大上的海拔标志牌相比，这里什么都没有。

这种情况还是第一次遇到。按照藏民的习俗，每次路过垭口这种比较高的地方时，会挂上几幅经幡，以求得吉祥。久而久之，每到一个垭口，最先看到的就是大片大片的五颜六色的经幡。而这个垭口的高度却没有任何经幡，只能说明此处即使是连本地的藏民都极少路过。

一阵风从空旷的垭口刮过，我心里有点嘀咕，也不知道发着低烧从雪中翻越桑木拉达坂后失去联系的老贾现在怎么样，是不是已经到了措勤，更不知道前路通向何方。总之没有之前骑上垭口后的那种喜悦，对前路的担心让我没有过多停留，在这空寂无物的垭口草草地拍了几张照片后就开始下坡。

下坡路照例很烂，我不得不用尽全身的力气来把住车头。往下骑行不久，进入一片山谷，路的两边散落着几栋房子。不见牛羊，也没有狗，空无一人。继续往前，一条小溪从旁边的山坡流淌下来，漫在路面上。又一次骑进这种水路，我不由得想起三年前的嘎啦山。当然，这路烂的程度根本无法跟嘎啦山

▲黎明，从垭口醒来

比，但骑河床的感觉还是让人不爽。干脆推到旁边的荒草地上骑行。

绕过山谷，进入一个更开阔的谷地，远远地看见一个村落散在中间。这就是原计划中路过的村子。想着马上可以弄上一桶泡面，喝上温热的酥油茶，心里不由得高兴。还想着运气好能吃到热乎乎的米饭，或者藏面也不错啊。

离得近了，发现不对，仍然没有牛羊，也没有狗，但房子很多，有十来间。心存侥幸，或许还有一两家没有转场游牧吧。

骑进村，家家都是大门紧锁。不甘心，骑到村尾后再绕到旁边的几家，屋前屋后查看一番，结果连个垃圾瓶都没有。看地图上前面还有一片房子。骑着车再往前赶路，到了近前只看到一片断壁残垣，很明显这地方已经废弃了。

不得不折返回来，再骑到村子里。这里有一条岔路，通往预定路线的河边，远远地看见那河边有一座孤零零的房子。也许那里有人，心里安慰自己，于是往河边骑。骑到房子跟前，同样是大门紧锁，透过窗户玻璃看里面空空如也。不远处有一只白屁股的藏原羚在溜达着吃草，时不时地抬头，警惕地盯我一眼。

已是下午 4 点多，体力还算充沛，心想能往前面再骑一点儿，就会减轻明天爬垭口的困难，但再往前就没有房子了——即使有也多半无人。最关键的是前面有无水源并不确定，而这里有水，合理的选择是在此带上足够的水尽量往前。算了下，一个 800 毫升的保温杯，一个 700 毫升的水壶，1 个 500 毫升的饮料瓶，加起来 2 升的容量。如果再往前，扎营在没水源的地方，这些水显然不够做两顿饭加路上喝水的需求。

今天就在这里扎营，靠着房子扎营正好可以挡风。扎营后，到小河边打水做饭。还是水煮米糊糊，就着压缩饼干。吃完，打开地图研究了一下，明天的线路是过河往西，进山。离这里东边几千米处还有一个村子，想来多半也是空无一人。

阳光晒得帐篷里面暖烘烘的，外面的风声呼啸而过。从芝麻茶馆和老贾走散到现在，独自在山里两天，没有碰到一个人。手机一直没有信号，也无法和老贾联系。

9 点多，太阳下山，天完全黑了，气温迅速地降下来。打开帐篷灯，拿着相机想到外面拍星空。四周都是沉寂漆黑的夜，空中却没有几颗星。帐篷被灯照得通明，在这片广袤沉寂的大地上显得格外不真实。我特意离帐篷更远一点儿，借着头灯的微光极目望去，看不到未来将要翻越的雪山垭口，也看不到已翻越的崇山峻岭。闭上眼，没有繁华喧嚣，没有汽笛车水马龙，也没有队友，耳畔只有呼呼的风声，和一种突然不知身处何方的恍惚感。

风越刮越猛烈，回头再看略小了一点儿的帐篷，感觉那仿佛是漂浮在无边的黑色海面上的一艘小船。温和的绿光散没在无边的夜色中。我呆立良久，无数往事涌上心头。

不知睡了多久，隐约中被一阵发动机的轰鸣声惊醒。轰鸣声越来越近，等我从帐篷中探出头时，一辆越野车已经冲过小河停在了面前。雪亮的车大灯晃得我有点儿睁不开眼。司机是一位瘦高个的中年藏民，同伴是个老者。瘦高个

▲只为见到你

走到我帐篷前蹲下，用生硬的普通话问我，从哪里来，到这里干什么。我如实回答。瘦高个操着勉强能交流的汉语，告诉我，老者是山那边村子的村长，县里驻镇上的干部。老村长在那边的山上看到这里有亮光——估计就是我的帐篷灯，因为摸不清情况，于是跑到有信号的地方打电话叫他一起开车过来看看。

瘦高个仔细地检查了我的身份证、边防证等证件。得知我是要去骑拉琼拉，他严肃地告诉我那里海拔有 6000 米。两天前还下了大雪，不知道现在能不能上去。然后他好奇地研究了我的帐篷、单车，问我吃什么。我打开帐篷，让他们看我的小小高压锅。两个人都笑了。又问我怎么煮饭，我演示了油炉的用法，两个人都很惊奇。

老村长不懂汉语，又比划着问我。年轻干部为我翻译，问食物是什么。揭开高压锅盖子，里面还有半锅没吃完的米糊糊。这是我晚上特意多煮了一点儿，准备明天早上加点水煮了当早餐的。

老村长摇了摇头，又冲我说了几句，连连叹气。

瘦高个说，这个季节村里人都转场到山里放牧去了。十几千米外大点儿的村子才有人。我可以坐他的车去那里。

我谢绝了他们的好意，说明天骑了拉琼拉就下山。

见我不为所动，两人便开车离去。

我继续钻进睡袋。

大约过了一个小时，又听到一阵发动机的轰鸣由远及近，然后加速冲过小河，在帐篷前停下来。还是刚才那两位。老村长手里拿着一个东西，边塞给我，边说着些什么。我一看原来是一整条的风干羊腿，忙说谢谢，转身就从帐篷里拿钱。老村长按住我的手往回推。瘦高个说，这是老村长送的，不要钱。

这怎么好意思，但老村长死活不收钱。瘦高个说，这地方偏僻得很，从来没有外人来过。还说，拉琼拉海拔太高，他们上去都高反头晕得很，让我上去玩玩，实在不行就赶紧下来。

看他们要走，我连忙从驼包里面翻出那两包香肠，塞到老村长的手里。老村长仍然不要，要推回给我。我说，这是毛主席家乡的特产，一定要老村长尝一尝。

瘦高个冲老村长说了一通藏语，老村长这才不再推让，小心翼翼地接过，仔细地看着手里的香肠，然后又对我说了一通话。瘦高个说，老村长邀请我下山后到他家去做客，就在山后面的村子里。我说，明天还不一定能骑上垭口，但如果下山路过，一定会去拜访的。老村长一直说着谢谢，直到车开远了还从窗子里不停地朝我挥手。

## 第三日　小河到 5830 垭口

早晨 7 点起床，做饭洗刷完毕已是 9 点多。我收拾打好包准备出发，却发现后货架的一颗固定螺丝被颠掉了，估计是昨天下山路太烂的缘故。打开备用螺丝包，大部分都是小一号的螺丝。大螺丝有两个，但太长了无法固定在车架上。一番折腾后，从备用刹车块上拆下几个厚垫圈，总算是勉强地把货架固定好。然后换鞋过河，等过完河已经 10 点多了。

一辈子会过无数条河，有的河永远无法回头。

一辈子会见无数的人，有的人只适合活在梦中。

过河不久就骑行到路上，第一个路碑标着 36 千米。这是条乡道，路面大约保持在 5 米宽的样子，明显有工程机械维护过。所谓的维护无非就是扒开地表的草皮，露出下面的沙石层，然后再在上面铺上一层更大的沙石而已。开车路过时什么情况不好说，但骑车蛋疼得很。丁丁说得没错，这种有人工维护的路面看上去比较平整，骑起来比在荒草地上更让人崩溃。

折腾了 1 个多小时，看看码表，才骑了 5 千米。前面坡度骤然升高，稍平的路面尚且如此，上坡岂不是更慢?

坐路边吃了点儿东西。我打定主意，把部分东西先藏起来，减轻负重，明天下山时再来取。着手减负。车子重约 30 斤，负重大约 60 斤。拿出三个大的塑料袋，把大部分的修车工具和多余的食物装起来，在离路边十几米远的地方找到一个小土堆，把东西藏在土堆后面，又搬了几大块草皮盖住。我回到路上打量了一番。嘿，还真不容易发现。

老村长送的羊腿也挺重的，但还是随身带走，主要是放这里怕招来狼。

这样差不多减了 10 多斤的负重，确实比之前骑得快了许多。但好景不长，1 千米后从山谷左拐，迎面一个急剧升高的陡坡，开始进山了。海拔从 5100 米左右开始猛烈提升，一个陡坡紧接着一个陡坡，开始还能坚持骑行几米再停下来喘口气，后来就不得不半推半骑。

到海拔 5300 多米的时候，进入一个狭长的河谷，坡度比较缓，能骑，海拔 6300 多米高的主峰已经隐约可见。四周已没有任何植被。破碎的山体，路右侧有一条小溪，雪融水从路面流过，汇入小溪，将本已很烂的路面切割得更加破碎。

下午 5 点多，海拔 5500 米的高度，从河谷骑到尽头，路从一个小溪上跨过去，右转直接陡上，起码 30° 左右的坡。查看地形图，前方是登顶的最后一个山谷，密集的等高线意味着每前行一步都不轻松。

吃了点东西，放弃骑行的念头，开始推车上坡。只有到达一个小的坡顶才能缓一缓，中间停下来只得用力抵住车子，不然就会往下退。一个小时后，上到海拔 5600 米。这已经超过了之前桑木拉达坂的高度，再往前推的每一步都是骑行记录的新高度。

海拔越来越高，体力也几乎消耗殆尽，每推上 1 分钟车就需要花上 2-3 分钟，甚至更长的时间来喘息。看看地图离垭口只剩下最后几千米，推车速度却越来越慢。看看码表，每小时仅能保持 2 码的速度。推到海拔 5700 米的时候，已经可以清晰地看到巨大的雪峰矗立在前方。

现在已是下午 5 点多，想着垭口就在前面不远处，于是发力推车，却死也推不动；一松劲，单车猛地往后退，措手不及被拉倒在地上。回头才发现绑带被死死地缠进后轮。卸下装备，用小刀一点一点地割掉绑带，差不多半个小时才处理好。

海拔接近 5800 米，坡度缓了下来，体力也接近枯竭。每隔几分钟就去看地图，明明垭口就在前面，为什么这坡总是看不到终点？

已经下午 7 点多，心中焦躁。如果有个同伴，那么就可以相互鼓励。几天前和老贾走散后，就一直一个人骑行，一个人扎营。

回头看骑过的路，低矮点的山头已经被踩在脚下。路右侧的高大雪峰现在已经基本跟我的视线齐平。停下来休息良久，终于又开始缓慢地推车。越来越痴呆，埋下头，脑袋空空。推几步，停下，大口大口地喘气。用右小腿抵住脚踏，让双手放松一下。抬起头，再推。推不出 5 步，肺要炸开。于是又低头大口地喘气，再抬头，前方左侧似乎出现了与枯燥的灰色的破碎山体不同的颜色。

仔细看，确实是几张五彩的经幡在随风飘动。

最高垭口到了！

刹那间有点激动，垭口的风似乎吹迷了眼，揉了揉，还是有点睁不开，索性闭了眼。想起了多年前第一次骑上海拔 4300 米折多山垭口的激动，想起八宿雨夜的泪水，想起了梦断扎布耶的不甘，不知怎的，眼睛越揉越难睁开。休息良久，决定不再推车，这最后的一段路，怎么也得骑上去。翻身上车，拼命死蹬。

5 米，4 米，3 米，1 米，终于骑到经幡底下。

海拔 5830 米的垭口只有方圆十几米的平地，于是就在经幡边扎营。旁边山峰上覆盖着终年不化的积雪，不远处有小股的雪山融水。扎营做饭完毕，已经是 9 点多，太阳下山，气温降到很低。

风越来越大，吹得经幡哗啦啦地响。穿上羽绒衣钻进睡袋。气温越来越低，冷得根本睡不着，只好隔一段时间就喝几口热水。

可能还是有些高反。

## 第四日　会合

一晚没睡好。早上起来，天气十分的阴沉。我有一个目标，就是登上后面的山峰，尝试一下海拔 6000 米的感觉。

多年的骑行和徒步经历中，我翻越过不少的高山垭口，包括当年还是烂路的新藏线上的两座丰碑——界山达坂和红土达坂，海拔在 5200~5300 米之间，骑行过的珠峰大本营也在这一高度。前天完成的骑行新高度是桑木拉的海拔 5566 米，和现在的海拔 5830 米的拉琼拉垭口，这也是能骑到的世界最高海拔公路垭口；而徒步高度则是冈仁波齐卓玛拉垭口，海拔 5650 米，已经超过很多入门级的海拔 5000 米级别雪山。

营地海拔 5810 米，主峰拉琼拉海拔 6350 米，终年积雪。谷歌地图上可以清晰地看到几条巨大的冰川，应该是未登峰，超出了 6000 米级别比较热门的入门级玉珠峰和技术性雪山雀儿山。玉珠峰海拔 6178 米，是典型的馒头雪山，攀登强度和风险都不算高，算是国内最容易到达的 6000 米级别的山峰。雀儿山海拔 6168 米，是技术性雪山，有一定门槛，国内有成熟的商业队定期组织攀登。以前还曾头脑发热，研究过骑到垭口后再爬上拉琼拉主峰。现在看来，缺少冰面经验是完全不可能完成这一挑战的。

垭口左侧的山才海拔 5900 米，右侧三座山峰。最前面的海拔 6150 米，上面覆盖着永久性的冰雪层，且陡峭如刀切，根本爬不上去。排在后面的山峰海拔 6050 米左右，积雪已经完全融化，但离扎营地太远。中间这座山最高 6100 米，坡度最缓，大概在 6000 米左右的地方还有一个平台。最重要的是，就在扎营地的正后方。

稍微吃了点东西，趁着天气还没变糟，开始向海拔 6000 米迈进。

昨晚没睡好，好在坡度也算不上很陡，爬几步就停下来休息。

边爬边休息，眼看着山那边一片黑云慢慢地往这边飘了过来，这已经花了差不多一个小时。看看海拔，还在 5900 多米，心想登顶恐怕来不及了。已经到了山腰间的平台，稍事休息，继续往上。

黑云已经飘了过来，狂风呼啸，斗大的雨点劈头盖脸地砸过来。

山腰过后，坡度加大。不想淋雨，加快节奏，接近海拔 6000 米。不敢快爬，爬两步就喘个不停。不敢休息，雨在追打，继续往上。又紧走几步，爬过一个陡坡，停下时感觉眼前有无数的金色爬虫在抖动。不得不停下来，任由雨点砸在身上。

又爬了一阵，掏出 GPS 定位，看到海拔到了 6006 米，离登顶还有 100 多米。但整个山峰已经被黑云罩住，雨点里已经开始夹杂着雪粒，能见度很差，连对面的雪峰都看不太清。

只好放弃登顶，掏出手机给 GPS 海拔拍了一张就开始下撤。

上山容易下山难，没穿高帮登山鞋，也没有登山杖，下山时不好控制重心，一不留神就会滚下山。雨雪越来越大，管不了那么多了，拼命往下赶。不到半小时就下了山，赶紧收拾东西下撤。

山那边已是乌云密布，电闪雷鸣。

也许是海拔太高，加上太累，动作快一点儿眼前就开始冒金花。蹲下来，闭上眼睛好好地休息一下。结果一起身眼前一黑，差点扑到地上，叉着腰喘息了好一会儿才缓过来。

原路下山，雨雪在后面追着，下坡的速度自然慢不了。再说这坡实在是太陡，一不小心就冲到 30 多码，略带惊险地拐过几个弯后，后面的乌云终于被甩开了。

下坡的速度是昨天推车的十几倍，用不多久就回到昨天存东西的地方，三大袋东西完好无损地待在原地。装好驼包继续往前，不久就路过昨天上午过河的路口。回程不走那边，顺着这条乡道走就可以插到 S206 上。

一路缓下坡。天气晴朗。路面实在太颠，于是干脆离开路面，在旁边的草地上骑。不久路边看到一个村子，想想是不是老村长家。但看上去村里根本没人，加上更想骑到有信号的地方，好联系到老贾。于是没有停歇，一直往前。

连续过了三个无人的小村子，路边出现了一个比较大的村子，一间砖砌的、比

▲美朵村

较气派的房子挂着写有“中心村”的牌子，但大门紧锁，看不到有人的迹象。一直骑到下午 1 点多，终于从群山中拐进一大片的空阔地带。看地图，S206 公路就在前面不远，顿时来了精神，在草地便道上硬是骑到了 30 码。半小时后，一条黑亮的柏油路面横在远处，终于骑到了 S206。这时已经是下午 2 点，在河滩搓板路上骑了 50 多千米，又重回柏油路。

前面不远就是美朵村检查站，找到三年前光顾过的南充饭店，先拿了两瓶健力宝，一口气喝个精光，再要了两个菜，猛吃一顿，撑得连腿都挪不动了。这里终于有信号了，联系到老贾，果然他这几天一直待在措勤，等我的消息。

**按**：读完 TT 发来的日志，唏嘘不已！大雪中的桑木拉垭口失联后，他一人独行，忍受着常人难以忍受的折磨，骑上了世界最高海拔的公路垭口——5830 米的拉琼拉垭口，以一己之力，平了丁丁、流氓、孔雀的记录，并徒步登上了 6006 米的无名小山。

那时我正在往措勤的路上，一路骑行一路焦急地等他。现在想来，如果不是失联，高反又低烧的我，也去挑战那种极限，可能今生就挂了。这是一种幸运或是不幸？唯一感到不安的是，当时没有陪着 TT 一起。苦，如果有人分担，就会减少一半。这部分内容，我只做了些许措辞上的修改，原汁原味地呈现出来，让大家知道，有这样一种人，如此热爱生命，用别人不可理解的方式活着。而我，非常理解，因为我也是这样的人。

# 没有路，就开条新的吧

那是白天从藏医小诊所出来时看到的包车电话。那是一辆白色的小型中巴，打电话询问了出发时间和到拉萨的用时长短。之前还打过一个电话，美亚国际救援。来西藏前芊芊妈妈为我入了一份保险，说紧急情况时，该公司会派出直升机救援。在措勤医院时，我打通了这个电话，那边详细了解了我的情况后，建议我去最近的医院治疗，如果不行，就帮着联系车转院。等等，说好的飞机呢？不靠谱啊。后来TT说，这个国际救援公司在中国的设点非常少，不如国内其他大的保险公司的网点多。他的某个朋友曾在某地遇险，公司真的就派飞机将其接走了。如果不是飞机，那家伙小命早就没了。

那个想撤走的念头还是让我掐灭了，我一直没跟TT说起过。因为都是往事了，现在说说也无妨。之所以最后决定继续前行，是觉得既然和TT相约走上了这条不被众人看好的路，就像两个真心相爱的人，即使不被任何人祝福，既然选择，那就

▲出措勤

▲喝一口措勤的水

一直走下去吧。如果我撤走了，丢下 TT 一人，实在于心不忍。况且我也想看看这“一错再错”到底长什么样。

来前曾写下一段说说，“玩就玩到极致，小打小闹，没什么意思。我爱这哭不出的浪漫，我更爱曾经沧海难为水后的孤独与失落。人生来自带一份抗体，磨练越严酷，免疫力越强，但有些东西，命中所缺，磨练越严酷，越亏欠得紧。西藏是我的一条软肋，是我命中所缺。翻过心中的一座山，不管多么艰难，已经是过去，向往的一定是远方那座更高的山。越深入越喜爱，越荒凉越欢喜。人迹罕至，圣湖纯净，四下寂然，星大如斗。那么辛苦，就是为了天地之间的那一抹蓝。值得吗？人生苦短，能有几次大疲惫大感动大放肆大嚎叫？不如此，你就感觉不到时间划过指尖时的那种隐隐的痛，那种抓不住一物的惶恐，还有那种万事索然、欲拔尘而出的悲欣交集……艽野，只有艽野，静默的时光，如谜，无解。”这可以代表我当时的心情。

只是没有想到这次“一错再错”之行，高反对我如此眷恋。查看路上的简单记录，7 日到的拉萨。从火车上开始高反，一直到 17 日，第一阶段骑行结束，高反的症状还没有完全消失。虽然有了前两次进藏的经验，但是这次高反的到来还是出乎我的意料。在此也提醒诸位骑友，或者以其他方式进藏的朋友，无论第几次去西藏，都不可大意。当年柄志到拉萨时，他的爸爸从成都飞去看他，见面时还不要紧，晚上就肺气肿进了医院。还有更严重的，芊妈有个同事，人一下飞机，没走几步就扑倒，连机场都没出，直接飞回成都。

陪 TT 在措勤又休整了一天，胡吃海喝一翻，恶补了 TT 亏空的肚子。

第二阶段将进入千里烂路，荒无人烟，吃住条件更加艰苦。将所需的蔬菜、粮食等物资采购齐全，单车的负重增加了不少。打了两次吊瓶，感冒有所好转，除了咳嗽，已不发烧。TT 说，一个疗程三次，建议再多休整一天，把病彻底治好。我说算了，这天天除了睡就是吃的，人都快憋坏了。找医生又给开了些药，路上当零食吃。

将洗发水、香皂都留给了宾馆的小姑娘。这东西几乎用不上了，能减轻重量就减轻点吧。整理好行李物品，上午 10 点钟离开扎西宾馆。四天没骑车，加上身体虚弱，这一上单车，摇摇晃晃，就像我最喜欢的写下《我爱你》的女诗人余秀华。

《我爱你》

巴巴地活着，每天打水，煮饭，按时吃药
阳光好的时候就把自己放进去，像放一块陈皮
茶叶轮换着喝：菊花，茉莉，玫瑰，柠檬
这些美好的事物仿佛把我往春天的路上带
所以我一次次按住内心的雪
它们过于洁白过于接近春天

在干净的院子里读你的诗歌。这人间情事
恍惚如突然飞过的麻雀儿
而光阴皎洁。我不适宜肝肠寸断
如果给你寄一本书，我不会寄给你诗歌
我要给你一本关于植物，关于庄稼的
告诉你稻子和稗子的区别

告诉你一棵稗子提心吊胆的
春天

西藏，我也是这般爱你，爱得提心吊胆，爱得死心塌地。

从这一阶段开始，TT 就拿出了 GPS。出发前，先将今天的路线调出，给我做些简单说明。其实我也懒得看，反正是他掌管路线，我操这份心干吗。

沿着 GPS 给出的路线，出县城不久，我们就幸运地发现，前方已经无路可走。TT 有点傻眼，不对啊，明明这条路是可以走的，前不久铁人三项他们还走过。现在怎么全是水，难道我们还要买船票？

铁人三项他们是 5 月份走的这条路，我们恰好碰到了雨季，雨水将原来的路完全覆盖。按图索骥是不行了，TT 指了指左前方的大坡说，看来我们得爬上去。我望了望横在我们面前的这个大坡，那种沙土组合成的超级软坡，有点儿发怵。

只得一辆一辆地往上推。单车一入坡，车轮立刻陷入。我在前面哆嗦着握着车把，TT 在后面推。推几步就气喘，费了好大劲儿，才将两辆单车推到顶，人也彻底地累坏了。

站在坡顶，TT 感慨万分。设计好的线路，刚刚出门就废掉，GPS 要重新调整了。我对这路线本就不熟，也就没有什么挫败感。只是望向远方，这未知的荒凉和空旷，有一种离离原上草的感觉。

眼前看不到哪里是路。草少的地方，应该是车行的痕迹，却不可能是正经的路。TT 说先顺着车辙走吧，边走边看 GPS。从这一刻起，TT 的 GPS 就没关过。走一段路，就停下来，看看路线是否和来前的设计吻合。如果偏离不大，就继续前行。如果偏离出现大的角度，就换个方向走。我们就像是两只误入异度空间的羚羊，小心翼翼，又带着些探索的小兴奋。真正的乐观主义者是被狮子逼上了树仍能欣赏风景的人。我想，我们就是这样的人。

▲等一条船

▲措勤的云

脚下的路支离破碎，交叉着通向四面八方。有车辙的地方，沙石粗大。沙子过多的地方，车子就容易陷入，要小心地避开。没有车辙的地方，就压着草皮通过。草皮一高，车子蹬起来就很费劲，还要提防着尖锐物刺破轮胎。我们都庆幸没有遇到雨天。如果下雨，骑行泥泞路面将增加更多难度。

没有雨，是因为乌云尚未酝酿齐备。天空虽然处处透着藏不住的蓝色营地，但是绝大多数城池已被浓浓的白云占据。这浓浓的已经不像是云，叫雪更合适。白云浓而转重者，一翻脸就成了乌云。乌云低低地压向地面，一直跟地平线严丝合缝地锁在一起。我们所骑向的就是这大片大片的乌云，有种找死的架势。好在有风，等我们骑过去，乌云就飘到了更远的前方。如果不是因为乌云怕我们，那么就是在酝酿一场更大的阴谋。

终于骑到了绝路。

我们骑进了一片被铁丝网拦住的禁牧区。试了试，根本无法从这铁丝网中钻过去。调整路线，沿着禁牧区的边上走，轮底发湿，原来是一片沼泽。再次调整路线，绕出去很远的路，好不容易走出沼泽，方向又不对了。折腾到下午1点多，才走上正途。前面竖着一个指示牌，用藏汉双语提示：您已进入扎日南木错，请自觉爱护生态环境。

到下午才吃上中午饭。天已放晴，白云成了蓝天的点缀，再也没有实力聚合成雨。日光暖暖，我们席地而坐。喝着热水吃大饼咸菜，吃完又嗑了一会儿瓜子。这种放肆，让我非常开心。自此，这瓜子就成了我们的旅途必备，就跟饭后躺一躺一样，安逸得连神仙也不换。

吃饭时，TT 指着不远处的那座孤零零的山说，绕过左边的山脚，就是今天的目的地——畜牧场。那么近的地方呀，我一弹弓就可以打到。

# 那么近，那么远

下半时段的目标就是绕过一弹弓远的孤山。大概下午 2 点出发，阳光还是如同正午的阳光，紫外线强烈。从拉萨出来我就注意防晒，不该露着的一定包上。就算是这样，耳朵和鼻子还是被晒黑了。TT 说这种烂路，骑行速度根本上不去，也就无需头盔了。我们都换上了遮阳帽，这对头脸的保护更加周到。

前面已经有非常明显的道路。汽车碾过的路面板结成块，留下一道道非常坚硬的齿痕，这就是能颠坏骑友屁股的搓板路。来前曾有骑友建议为单车加装避震坐管，防止屁股颠烂。TT 认为没必要，说颠颠就会适应。尽管如此，我们还是尽量地避开搓板路。因为对我来说，最担心的不是屁股，而是怕长期颠簸，货架受不了。停下休息时，就检查一下货架的螺丝。

没有轮胎齿痕处就全是碎石子，根本无法回避。这种路骑久了也十分的恼人，只好捡石子小的地方通过。TT 不时地停下来看看导航，我也乐得休息。

那座孤零零的山就在不远的前方。山之上方，空空荡荡，只有白云簇集，蓝天拥护。山前疑似有一条蓝色的水带环绕，应该就是扎日南木错了，仿佛将这孤山托浮了起来，成了海外仙山。

速度提不上来，骑了一个半小时，山还是与我们保持同样的距离。路过一座废弃的牧羊人的小房屋，屋顶挂着五色经幡。车行数千米，回望这所小房子，发现已经明显的离我们越来越远。再看前面的孤山，还是纹丝不动地跟我们保持着先前的距离。这是我骑行以来，遇到的最诡异的事。明明那么近，走向那山时，却又那么远。不知道是怎么回事。

一直骑到下午 4 点，山才近到眼前。已经明显看到山的轮廓了。山前横着一条白色的路，稍微高出周围。没有想到的是，我们还要沿着这条白路继续走上若干千米。忽然明白为什么这孤山看起来那么近，骑起来那么远，原来我们骑的是一条类似火车站前安检的迂回道路。

▲飘过这片湖

终于在快 5 点时，绕过了这座山。眼前的天空迥异，仿佛突然进入了云的世界。这些形态各异的云，近在头顶，体型硕大。似乎这么大的厚度，已经不能用"飘"这个词了，它们像是被某种物质粘在了天空，恐怕又粘得不够牢，随时会掉下来。不信看看那一团团乌云，沉甸甸的。那些托不住的，已经坠向了地面。

就在这样的天空下骑行。不时地回过头来，透过镜头，捕捉着 TT 的身影。TT 也是年近不惑的人了。这些年，他除了玩危险系数极大的高端户外，就是总想踩着单车，往最西的高原跑，往人烟最少的荒漠跑，往风景最干净的神山跑。不知道是逃离还是寻找。也许看过了雪山，看过了星空，看过了荒凉，看过了壮美，看过了想象之外的诸多风景，看得多了，一回首才察觉，有些东西不动声色地把人生导向了不一样的未来。我何尝不是如此！我们都不是活得太够世俗的人。一个太世俗的人也会鄙视我们的行为。那又怎样！我们就是不一样。我们的行为，总会有人理解，哪怕只有一个，也抵得上千万人。

当所有人都开镀金的跑车  
只有你用双脚走路的时候  
你会捡到一颗小小的宝石  
因为你和他们不一样  
当所有人都穿华丽的貂皮  
只有你裸露身体的时候

▲凝望扎日南木错

你会感受到一道小小的阳光
因为你和他们不一样
当所有人都被当成高雅的人
只有你被说很低俗的时候
你头顶会浮现一顶小小的王冠
因为你和他们不一样
当所有人都被调整得左右对称
只有你不管怎么调 老是有点歪歪的时候
你会得到一个小小的亲吻
因为
你和他们
不一样

这是朋友曾经发给我的一首诗。我把它看作是写给我们这些痴狂的骑行者的一首诗。趁阳光正好，趁微风不噪，趁时光还没有吞噬留念，去做想做的吧。如果生命不为自己留下一些让自己热泪盈眶的日子，这样的生命是白白活过的。

如果骑行西藏是一种错，那就“一错再错”吧！曾经沧海难为水而又大浪淘沙。一个人，或者几个志同道合者，不分男女老少，大家都爱单车，都爱那片缺氧的高原蓝，一种发自内心的热爱，而不是三分钟的热度，不怕死，不贪生，不羡世间热闹，也能忍受孤独冷漠，灵魂和身体都在路上。去，走最烂的路，去，看最绝望的风景。风在身后云在前，我是一枚峥嵘的骑行者。

▲我想飞

就这样一路往前走，向着 GPS 标志的畜牧场矢志不渝地往前走。一直走到日薄西山，还是没有走到。TT 怀疑方向有误，不断地查看导航。天色越晚，心中越是没底。看看表，已经晚上 9 点。好在西藏天黑得晚，就着仅剩的日光，我们终于骑到了扎日南木错。又用了近一个小时的时间才找到畜牧场，却大门紧闭。

暴雨将至，几只野狗在不远处不怀好意地盯着我们。

我们使劲地敲打着铁门，终于惊动了畜牧场的工作人员。但当我们提出住宿的请求时，却遭到断然拒绝，说领导去县里开会没回来，也没开门的钥匙。交涉一番还是不答应，给钱也不行。TT 急了，说别跟他们废话了，就地扎营吧。不死心，绕着墙走，发现一扇小铁门，推开后，径直走进了畜牧场。早知如此，还用浪费那么多口舌。当我直接站到他们眼前时，他们也呆住了。又加上我的一番请求，提出多给钱后，他们才在领导的电话授意下，让我们住了进来。

随即，雨也跟了进来。

住进来后，他们就很客气了，煮了方便面，畜牧场的小姑娘还给了我们几个热鸡蛋。住的地方十分干净，盖的是厚厚的新被子。看来，他们也不是不通情达理的人，为何刚开始时，如此冷漠。

TT 早上说，如果晚上我们住外面，不是让雨浇透，就是让野狗骚扰。

可惜事无完美，本来今天可以顺利收官，推车进屋时，不小心把人家门上的玻璃打碎了，怎好意思装不知道，赶紧跟人家说赔钱。有个老妇女急了，立马拨通了神秘领导的电话。又是一番交涉，最后由我提出赔她五十块钱，这才消停。

# 卓玛，卓玛

▲望路兴叹

有些歌，旋律一起，心就幽幽荡荡："你有一个花的名字，美丽姑娘卓玛拉……"有些诗，只几句，就戳破你的胸甲："第一，最好不相见，如此便可不相恋……"有些名字，写出来就是一道咒语："西藏、风马、梅朵、格桑、拉姆拉错、尼玛堆、羌塘……"搅动你昼夜难安的东西，白天影影绰绰，深夜占据你的梦乡。从不相信到被完全吸引住，那种蓝色的缺氧，把你放得空空，又把你塞得满满。你心存疑惑，却不得不相信缘分，否则，谁能给出一个合理的解释？抗拒，又被深深地吸引。越想离得很远，却总想靠得很近。我说的是西藏，西藏就有这种魅力。

与西藏的认识不止三次，在我眼里，西藏有时是个雄奇的伟丈夫，有时是顽皮的小孩，ta 有父性有神性，而我更愿意把她比作卓玛，她是人间的，她是丰润的，她是伟大的母性，她是小小的女神。

"卓玛"是藏族对女子的称呼，

意思是“度母”。度母是度脱和拯救苦难众生的一个很美丽的女神，同时也是藏传佛教诸宗派崇奉的女性本尊群。度母共有 21 个法相，即二十一度母，有着极大的吸引力，在藏族地区被普遍敬拜。除了奉为女神供养的二十一度母外，被藏传佛教各派尊为本尊，加以修持的，最常见的还有绿度母和白度母。

绿度母，身为绿色，藏语称为“卓江”，即奋迅度母，是二十一度母之主尊。藏传佛教密宗认为，绿度母有着广大的慈悲心，加持力伟大而迅速，有大无畏的勇气和精神力。白度母，身为白色，呈 16 岁少女相，藏语称“卓嘎”，即赐成就度母，又称如意轮度母。

▲野草萋萋

▲像云一样轻

进藏这么些天，还没正经说起过藏族姑娘。稍后将有一位登场，但我们还是从天气说起。

也就从今天开始，高反的症状完全消失，整整持续了 12 天。烧也不发了，只剩下咳嗽较厉害，那都不算事儿。

扎日南木错因为昨日黄昏的阴天，并没有引起我们多大的注意。早上起来，天气放晴，扎日南木错才完全恢复了她的旖旎。扎日南木错亦称塔热错，作为西藏第三大湖，首先在面积上占据了我们的眼球。这么大一片蔚蓝，的确有些奢侈。如果能取一瓢带回我的家乡，洒地上就是一块翡翠，泼天上就是蓝宝石。沿湖围绕着的是雪山，为这座湖源源不断地补充水源。有人说，蔚蓝色的湖太多了，何必跑西藏去看，还要受那么多的罪。我想，可能这个世界上，有些美的获得首先需要你的辛

▲扎日南木错

苦付出。但七船痛苦与半匙幸乐，也并不是人人愿意去换取，而我或者我们，是甘愿的。

出门就是爬坡，踩着雨后的草原，逶迤蛇形，一直爬到云端。爬进云端，目力所及处，还是云端。不知道云的背后是什么，也许那就是看不见的，等着我去涉足的远方吧。可惜不知啥时开始，远方和诗组合在了一起，苟且成了受人白眼的小媳妇。远方真的如诗吗？可能。如果你从诗里只读出了美好，要么是作者隐藏了他的不堪，或者是你读错了。因此，不要试图拿自己的酒去换别人的故事，也许你的真酒换来的是别人一碗加了若干鸡精没几根肉骨头的鸡汤。这个浮躁的社会，最容易造的是梦想，最难实现的也是梦想。曾经反复提醒过那些准备去西藏的朋友，如果你只是浅浅的旅游，另当别论。特别是对骑行进藏充满幻想的少男少女，我们不鼓励，让你回去好好准备，甚至善意劝退。骑行群里曾经有个女骑友，几乎没骑过长途，叫嚣着要拿下新藏线，结果第一天就挂了。在路上，不要指望别人去同情你帮助你，女的也不例外。如果你一没经验，二没体力，三没耐力，四没决心，贸然前行，先不说高反，单是这些长长短短的大坡，就够你喝一壶。还有，天天流鼻血的惶恐，孤身一人与狼对视后的虚脱，屁股颠簸一百万次的麻木，以及无所不在的孤独……骑车进藏不是一场风花雪月的事，西藏不是净化器。少养孩子多养猪。先活好眼前的苟且，至于远方，只要心中有，何处不诗意？

而远方于我，心中有，脚下也有。

绕过一个个的小水洼。有些地方需要涉水的，TT 都是建议绕道。我是想趟水而过的，TT 说后面多得是。绕过去的是水洼绕不过去的是坡，这连续的坡就像是滚动的波浪。浪不怕大，多了才是麻烦。刚翻完这个坡，前面几百米处又是一个坡。刚开始还一口气把坡爬完，连续几个后，只剩下长长的喘气和深深的咳嗽。力气还是省着点用吧，可不敢再造次。

就是咳嗽，也扼不住我的咽喉。从今天开始，《卓玛》几乎唱了一路。这蓝色的扎日南木错，就是美丽的卓玛吧。想起了香格里拉在煮酥油茶的珍珠卓玛，想起了大昭寺前那些磕长头的卓玛，我希望能逢着一位像格桑花一样美丽的无双卓玛。可惜我的脑子不行，TT 后来跟我描述起这一路遇到的几位美女，我几乎一点儿印象也没有。

路，如果脚下的土地也叫路的话，一定不是适合骑行的路。一层碎石头，厚厚薄薄，仗着我已经塑出形的屁股，任它怎么颠也稳坐不倒。没有像滇藏线上要垫上卫生巾，除了脖子和大腿发酸需要喷云南白药外，身体外在的其他部位，没有任何问题。只是 TT 的嘴上火十分严重，肿得跟香肠一样，拍照都要藏起来。

石子路颠归颠，好在能骑。最难走的是沙土路，只能无奈地推车而过。速度提不起来的好处是，有了更多的时间停下来欣赏风景。夜雨后的天空湛蓝湛蓝的，释放了悲伤后的云也格外的白。这一蓝

▲自由如牦牛

一白的搭配，像极了一位素雅的姑娘。

藏野驴、藏羚羊多了起来。这些草原精灵非常的矫健也很警觉，只给我们留出三五十米的距离，再靠近，就飞奔起来。

远远的高坡上，那些白嘟嘟的云就像一只只的小绵羊。爬到山顶才发现，那像羊的真是一群羊。牧羊的卓玛远远地看着我们。估计是在看 TT，他长得比我年轻，比我帅。我们坐下来，一边喝着水，一边欣赏云和云一样的绵羊，以及云一样的卓玛。

两辆自驾的越野车，早就停山顶歇着了。车上除了几个粗糙的大老爷们，还有一个非常漂亮的汉族姑娘。可惜她明显不属于这里，那身衣服除了用来摆拍，整个人的精神面貌与西藏完全不搭。姑娘，你应该属于繁华的都市，是谁骗你跑这里受这份罪？西藏，并不适合每个人，即使那些信誓旦旦要来的人，也只是口头向往而已。什么样的人才合适西藏？在我看来，西藏不只是一个地理名词，它是一块神秘高地，是一场绚丽的梦想。只有不哗众，不张狂，如春水深流照其本心的人，才能体会到西藏的美，也配得上这场高原之行。

几个大老爷们对我们佩服得不得了，又合影又送啤酒、牛肉。对这种因崇拜而产生的行为，俺们都习惯了。有个家伙试骑了 TT 的车后只摆手，说：“我坐车里都喘，你们太厉害了。”我们心照不宣地一笑，他是没见过我们喘啊。

▲扎日南木错的蓝

▲兄弟一场，白云作证

问到我们如何克服高反。

我说："很简单，熬！"

一路看景，晃荡到今天的目的地色勒。

如果实在没有办法，我们才扎营。今天不错，几番周折，我们终于住进了藏民家。今晚也是进藏以来第一次做饭，焖了方便米饭。我还小试身手，炒了个混搭的菜。那个香，让 TT 从胃里伸出一只手。

我们一进村时就吸引了当地的居民。做饭的档儿，藏民一拨一拨地跑来看。呃，这种被人围观的感觉，还是蛮不错的。特别是后来进来一个真正的藏族美女，身材高挑，面容娇好，束着一头长发，一身藏族打扮。她一进这低矮的小屋，感觉整个空间都亮了起来。当然，也可能是我刚好把灯点着了。

这位美丽的卓玛是来求救的。她说，想把自己的照片设成手机屏幕，请我们帮着操作一下。我就很自觉地闪在一边喝啤酒。给 TT 个机会吧，看他那火上的，嘴上都出血泡了。TT 对着这全是藏文的手机，一头雾水，不过还是非常认真地开始捣鼓。捣鼓来捣鼓去就是不行。

卓玛很有耐心，TT 更有耐心。

唉，啤酒真不好喝，不如捣鼓手机。我有点儿后悔了。

# 穿越盆地的恐惧

TT 搞了半天，到底没给卓玛捣鼓好手机。卓玛悻悻而去，我就撺掇 TT 留在这里给人家当女婿。说这女的对他有那么点儿意思，人又长得不错。我初步考察了一下，家境殷实，牦牛啊羊啊啥的一大群，还有一辆越野车。TT 很高兴，只是苦于无法咧嘴笑，那嘴唇肿得发胖发亮。

从对 TT 的这段玩笑，想到爱情。这世上，一见钟情一眼万年的事，有是有，少。即便有，若不活成传奇，就是狗血喷头。有句话说得不错，一个人风尘仆仆地活在世上，要为爱自己的人活着。不要在不爱你的人那里丢掉了快乐，又在爱自己的人这里忘掉了快乐。有的人天生是来爱你的，不管来得多晚。有的人注定是给你上课的，不管用什么方式。生活，有贴心的温暖，也有刺骨的寒冷，不过是想让你的人生变得更加丰富，更加完整。在辽阔的生命里，总会有一朵或几朵祥云为你缭

▲色勒

绕。与其在不爱你的人那里苦苦挣扎，不如在那朵祥云下面快乐地散步。散步，并好好地爱那片云。

推而广之，一个人费心劳力地活在世上，要为自己喜欢做的事活着。不要等到日子过去了才找出它们的可爱之处，也不要把所有特别合意的希望都放在未来。无限时光有限身，生命说长不长，说短不短。都说世界这么大，你想去看看，可能等你决定要去时，一切都消失了。就像尼泊尔的那次强震，护照都办好了，还没等我去看看，杜巴广场毁了，达拉哈拉塔毁了，连带珠峰大本营也毁了。除了祈愿逝者往生，生者珍重，我们还应该思考些什么，做些什么？

今天的目的地是 46 千米外的杭达。

路程虽然不远，但路超级烂，也得花一天的时间。早上起来，依然是重复那些动作。有人曾问，天天这样骑行，会不会烦躁？其实，当每天的日子都过成规律时，反而不觉得乏味。那么，每天看到重复的景色呢，会不会乏味？当回看路上的视频时，好像也没有厌倦感。而且还忘记了路上的疼痛，盘算着下一次进藏是什么时候。

远远地躲着村里的那帮狗，微雨中，离开了色勒，离开了美丽的卓玛。TT 把路指向了村边的一条小路，野草覆盖，只露出模糊的车辙。我有些疑惑，TT 却很相信自己的判断。起初的确没错，走着走着，路就断了。

一般只要看好了路，都是我在前面。路错后，TT 才由后队变成前队。看了看 GPS，重新定好位，TT 的车把一拐就进入了石头阵。那是怎样的一片石头啊，大的如羊头，小的如馒头。连越野车都不会选择走的路，TT 却开足了马力。俺一声不吭紧紧地跟在后面。可他越骑越快，拉得距离越远，我越莫名的害怕。有时来不及躲避，冲着大石头就过去了。好在我刹车及时，如果这地方搞个人仰马翻的，非硌死不可。

出了乱石滩，脚下的路线逐渐跟 GPS 吻合，这才稍微喘了口气。TT 说，我们今天的大部分时间会是在盆地穿越。管它是盆还是地呢，没有那些大石头，我就阿弥陀佛了。可脚下的路，到处分叉，有的通向无名的村庄，有的通向远山。TT 边走边看 GPS。后面跟上来一个骑摩托的藏民，用不太熟练的汉语，问清我们的去向后，抬手给我们指了指方向。奇怪的是，他骑上摩托走一段，就停下来。重复几次后，TT 突然明白了。原来他是怕我们迷路，于是就在岔路口等着。只要我们走得对，他就不说话，然后又到前面路口等我们。我们非常感动。当 TT 让他确信我们有 GPS 不会迷路后，这位十分热心的藏族朋友才放心地离开。

天空始终是一样的蓝，但是云却始终在变幻。今天的云铺张得厉害，早晨的天空还是结了一层痂的云，随着太阳的东升，这层痂在慢慢地破裂，就像河川的冰解。

这些云顺着各自的缘分，分离然后又重新在他处聚合。聚拢厚的地方就成了浓云，聚得浅的地方就摊成丝状。推开云的遮挡，天空露出了西藏的蓝，从浅蓝、蔚蓝再到深蓝，层层叠叠。远处的天空垂下来，与远方的地平线以及野山，合成一个密闭的空间。这个空间好像薄如纸。我极想捅破它，看看外面是什么。

脚下的石子路变成了赭红色，天上的白云也仿佛抹了一层淡淡的胭脂，就像用了美颜模式的老人的脸。视通无极，四下空荡，八条车辙横贯旷野。视野太好，反而有了点儿害怕。与 TT 保持着很近的距离。远远的看到一个黑点，我担心地问，是不是熊啊？TT 说，不是，应该是一只牦牛。远远的又看到一个棕色的点，我又问，是不是熊啊？TT 听了，急忙刹住车。

今天的目的地是杭达。来前看过攻略，说这一带狼和熊居多。当年小胡子夜宿杭达时，半夜里全村起来驱熊，兴奋得不得了。可能有了心里暗示，一看到不明物体，我们首先想到的不是熊，就是狼。

一说到那个疑似熊的棕点，TT 马上警觉。太远，无法判断，用望远镜也无法看清。我们停在那里，不知如何是好。如果是熊，根本没法跑。拿出了鞭炮，看来非得在这放一炮不可了。

没想到这驱熊神器点了几次都没点着。TT 说，我们再往前走走吧。我们小心谨慎地又往前挪了几步，用望远镜观察。那个棕点一点儿动静也没有。我们再大着胆往前走。当我们进入望远镜的有效范围之内才发现，原来是一只巨大的鸟。看我们走近了，大鸟拍了拍翅膀，藐视了我们一眼，飞走了。

过了饭点，丝毫没有饿的感觉。TT 说我们再往前冲一冲吧。这一冲，我就刹不住了，也不知从哪来的力气，小腿紧蹬。我刚开始还等 TT，再后来，越拉距离越大。当我到达垭口时，回望那条红褐色的山路，正孤独地蜿蜒在萋萋的草原上。上面是无尽的长空，风轻云淡，远山如染，像极了滇藏线上的拉乌山。只是当年那只叫做孤独的啮齿动物，已经爬过了我的额头，轻轻地跳下来，钻进了土里。

我希望除了 TT 能看到任何一个陌生人。没有，一个人也没有。没有自驾的，也没有放牧的。望着眼前那片长长的下坡，呼了口气，提腿上了单车，将档位逐级拔到最高，一路下冲。

暖暖的阳光照着我的后背，除了耳边呼呼的风声，听不到任何生命的呼吸。四下太安静了，安静得有点儿吓人。熊和狼的影像出现在脑海，我感觉周围的山坳里藏着无数头野兽。只要停下来，它们立刻就会冲出来撕碎我。越想越怕，越怕越想，顾不上颠簸，也忘记了等 TT，速度越来越快，冲下山，猛然看到地上有一具尸体……

▲托起这片云

▲挥手自兹去

▲向左还是向右

▲奔跑的云

▲忽然飘来的云

▲满地砂砾

▲不回家的牦牛

▲谢谢你帮我指路

▲初见的当惹雍错

## 卿为圣湖，我为神山

旅行是门艺术，我有我的单车哲学。

骑上单车去远方！远方到底有什么？陌生的人，不习惯的饮食，不可预料的危险，莫名的恐惧，但它就是有一种迷人的味道。仿佛是带着自虐的心，去追寻某种现世安稳。而现世的安稳，有时单薄得像是孩子手中的童话，只有孤独和狂躁才是旅途的常态。好在有了安妥心灵的东西，所有的孤独、狂躁，乃至恐惧、怨恨，都会一一化解。即使风云再起，但是，云会淡，风会轻，最终归止于静默，归止于岁月街头的慢慢行走。人生就是一场旅行，行过了，你会冷眼看那些心灵鸡汤式的文字游戏，你宁愿喝一碗自做的苦咖啡。生，无人可以代替，受亦如此。即使你最亲爱的人，也只是感同身受，而真正的受，还是自己去亲受。

猛然看到地上那具尸体时，正好有辆车开了过来。

“藏野驴，被狼咬死了。”开车的是一位藏族朋友。

只剩下连头在内四分之一的躯体。

气喘吁吁的 TT 也赶了上来：“跑这么快，也不等一等我。”

TT 看到风干的尸体，说起他的朋友在去双湖的路上，亲眼看到狼在撕咬一只藏野驴。大概朋友长得凶恶，把狼给吓跑了。那家伙还举着刚断气的藏野驴拍照。画风有点诡异呀，好像那驴是被他咬死的。

又是连续的上坡下坡。这次 TT 学聪明了，小腿紧蹬冲在前面，把我甩在了后面。落在后面总是有一种不祥的感觉，老是觉得有动物跟着。边骑车边回头看，脖子后面只冒冷风。越安静越害怕，越害怕觉得四周越安静。这一阵猛追，连累带怕，出了一身的汗。

远远地看到了达尔果雪山，还有一座无名的小湖。湖面静谧，几户人家临水而居。垭口有路牌，一边指向达尔果乡，另一边指向来多乡一村，我们取道来多。

达尔果雪山位于那曲地区的尼玛县境内，是古象雄部落的神山之一，也是藏区四大雪山之一。达尔果雪山有七座山峰，周围还有八座雪山，叫做“噶聂日巴切杰”，统称达尔果七峰八岭。达尔果雪山是古象雄佛法雍仲本教的圣地。传说这里是古象雄诸神的聚集处，也是象雄三百六十座山峰的主脉。

看到了达尔果雪山，离当惹雍错就不远了，我们加快了步伐。

又是起起伏伏的上坡下坡，出于早点儿看到圣湖的渴望，连饭都顾不上吃。圣湖见过的不止一个，为何还是这么充满期待？就像这西藏，又不是第一次来，为何来过一次还想再来？单车联盟的骑友曾约骑漠河，我提不起兴趣。新疆的骑友约我去新疆转转，虽然新疆很美，但还是婉言相拒。我就是爱西藏！

这就是雪域高原的诱惑。这是一种不断加码的诱惑，诱惑着你越走越深，越走越荒凉。阿里、可可西里、羌塘……

如果爱上西藏是一种错，那就“一错再错”吧。

翻越一个小小的垭口，终于看到了远处三山加持的一块蓝。静静地在垭口坐了坐，喝口水，先稳定稳定心神。告诉自己别太激动，又不是小孩了。况且这湖水的蓝，比不了班公错，比不了羊卓雍错。下坡，地上的碎石拉扯着我的车轮。压不住心头的激动，这心头的激动又转化成车行的速度。越来越快，越来越快，快到眼中的泪花迸出。

泪为何流？高反发烧都没流过，看到这神圣之湖，这并不绝美的圣湖，却止不住地流下了泪水。在西藏的艰苦卓绝中，我找到了一个有质感的自我。这个自我虽然只得到为数不多的人认同，却温暖了我。人世如沙漏，我们是其间的一粒沙子。在沙漏眼中，沙子不过是一粒沙子罢了。但在另一粒沙子的眼中，这粒沙子又是那么的不同。

不好意思让后面跟上来的TT看见，好在有墨镜，用围着嘴的魔术头巾悄悄擦去。

当惹雍错是西藏第四大湖，也是西藏最古老的雍仲本教崇拜的最大的圣湖，湖深超过210米，是目前已知西藏最深的湖。当惹雍错为南北走向，形似一金刚杵，上圆中细下部长，三面环山，唯南岸达尔果雪山东侧有一缺口。转湖者一般是从湖的东岸中部的文布乡一村、二村出发，印度佛教徒按顺时针，雍仲本教徒按逆时针绕湖一圈。

下到杭达，我们住进了“湖景房”。这家富裕的藏民，开了客栈和茶馆。等饭的工夫，先要上瓶健力宝。凡有茶馆处，必有啤酒。围坐聊天的藏民，举着易拉罐约我共饮。看来我不光要学会说几句藏语，还要学会敞开肚子喝啤酒，可惜我的肠胃哟。遗憾的是TT只喜吃肉不爱喝酒，藏语除了会那句“扎西德勒”，就是“你娘”（此处“你娘”不是骂人，是住宿的意思）。

藏族小伙对什么都感兴趣，摸摸我的车，拧拧我的头灯，看看我手上的念珠，摘下来戴自己腕上，瞅来瞅去，那神情就跟新藏线切热乡遇到的那位藏老板。我看到这位小伙有据我的念珠为己有的苗头，忙左手摁着念珠，右手一会指天一会指地，乌拉乌拉地说了一通，大概意思这念珠不是一般物品，不可随便送人。小伙见我表情肃穆，忙摘了念珠，双手递给我。

吃完饭，我们溜达到湖边草地。湖边有为赛马节热身的藏族朋友。小伙子们纵马扬鞭，奔放欢腾。孩子们围坐在栅栏边，守着这神山圣湖，玩着一种不知名的游戏，乐此不疲。

西藏有三处著名的神山圣湖，藏民常以“上部的岗底斯（冈仁波齐）和玛旁雍错，中部的达尔果雪山和当惹雍错，下部的念青唐拉山和纳木错”对称，并列为西藏的三大神山圣湖。三次进藏，这三处神山圣湖，我都一一拜访。

向晚的当惹雍错阴云密布，近处的水面已呈灰暗色，只剩下远处还有些许的蓝。

▲赛马节前的预热

▲山，甩你在后

▲回眸一笑

▲杭达的湖边

湖面上忽然起风，扶摇直上，不知是风卷着水还是水拽着风，有一条模糊的水柱自水面，穿破空气，贯通了乌云，仿佛云龙在吸水。护持着当惹雍错的是达尔果雪山，阴云中忽隐忽现，坚固如常。

卿若为圣湖，我必为神山。

神山岿然不动，守护下的湖水，变幻自如。

补充：

## 梦中的当惹雍错

（TT）

杭达就在当惹雍错的边上。

骑进村时第一家没人，骑不多远就看到路边的另一户人家。石块垒成的房屋院落，靠着前门搭了一个玻璃房子，里面坐了人。走进去，围坐在桌子边的都转过头来看着我。我问，可以住宿吗？几个人仍然都歪着头看着我没反应。明显没有听懂，于是我简单点说腻涅（睡觉），腻涅（睡觉），同时歪着头，用左手掌托着脸，装出打鼾的声音。

这下他们懂了，都大笑起来。一个年轻的高个藏民站了起来，嘴里说着可以可以。我又比划着告诉他，我们有两个人，两台车——不是汽车，是单车，可不可以借宿。高个说可以可以，跟着我出了屋。看到院子外面的老贾和我们的单车，帮着把单车推进里屋。里屋靠墙摆着几张沙发，中间堆满了各种货物，原来这是一家小卖部。

推车的就是这家的主人嘎切，他老婆——一个年轻的藏族阿佳（姐姐）出来，帮我们收拾了两张沙发，又笑盈盈地倒了两杯酥油茶放在茶桌上。刚坐下，就看见沙发上放着一个包（老贾按：我记得是一个铁皮桶），鼓鼓囊囊的拉练都没拉上，一大堆钞票露了出来。我忙起身叫嘎切进来，指着钱包让他收好。他看到钱包后大笑说，没关系，没关系，朋友嘛，朋友嘛，转手把钱包交给阿佳，拉我到外面桌子边上坐。

跟着到桌子边坐下，窗外就是宽阔的湖面。几个藏族老乡面前都摆着一罐啤酒。嘎切拿出一罐啤酒要帮我打开。我忙谢了他，随手开了一瓶饮料。一番夹杂了丰富的肢体语言的攀谈后，了解到一位是嘎切的父亲，另两位是本村的邻居。他问我们从哪来。我照例拿出在神山转山的照片来吹牛，不出意外又收获了一片佩服的赞叹声，表示要跟我多喝一罐。

进来两个黝黑的少年买东西。阿佳在小店里面翻了半天。一位少年拿了一堆零食没走，站在那里叫我叔叔，试着跟我攀谈。两个少年都是初三刚毕业，他们最远只去过县城。翻出手机里面的照片给他们看，两个人头凑近，捧着手机，认真地看着布达拉宫、

▲日照达果

▲当惹雍错

▲天地辽阔

冈仁波齐。我又从手机上翻出地图，告诉他们现在是什么位置，县城在哪里，拉萨又在哪里。一个少年问我北京。我把地图不断地缩小，找到北京给他们看。两个人惊叹了好一阵才把手机还给我。少年们又好奇地研究我们的单车。问他们还读书吗，回答说不读了，要去放马。

外屋的酒会并没有持续多久就散了，因为他们有更重要的事情——赛马。

据说，过一段日子就会举行乡上的赛马节，然后是县里的赛马节。今天是村里选拔骑手的日子。傍晚，牛羊归圈后，岸边的草滩上就聚集了全村的骑手。嘎切当然不会错过这种大事，老贾也跟了去。

我拿着相机出门。风很大，没去湖边，端起相机拍在草滩上追逐的骑手们。

把镜头放远点儿，沉默的雪山近在咫尺。远远的可以看见山顶上风云聚集，但是，另一半的天空仍然那么的明亮开阔。湖面仿佛是大块大块的蓝镜子，蓝得太纯净，看久了很容易让人失神。

天色渐晚，云雾四散，连天空也变成了蓝蒙蒙的一片，只剩最后的一缕斜阳越过雪山尖顶，洒在湖岸上。连拍了几张，发现近处有个人影，原来是阿佳。她在院子外，靠着一堆石头坐着，边织毛衣，边看草滩上骑马的嘎切。

嘎切正和一位汉子比试。对手打马先偷跑了，大伙一阵哄笑。嘎切急匆匆地追。阿佳边织着毛衣边眯着眼笑。那边嘎切的马越跑越快，终于很快就追上对手。最终超越对手时，我听见阿佳哎的惊叹了一声。

移过镜头，叫了一声阿佳。她转过头来，脸上仍挂着淡淡的笑意。

按下快门，留下这张面朝大湖，春暖花开的笑脸，美好得如同远处湛蓝中那抹灿烂斜阳。

——我想，这就是我梦中的当惹雍错了。

▲经幡遮不住

▲灰蓝色的当惹

▲休憩的座骑

▲并肩的兄弟

▲飞奔的骑手

▲嘶鸣

▲示好

▲慈祥的老妇

▲为你点赞

## 前方如聂鲁达的诗歌一样美好吗

骑行西藏，其实很苦，不是每个人都能够消受得了。光鲜的骑行服，黑黑的风镜，再帅的人，也掩不住浑身的疲惫和狼狈。然而，我们还是超级喜欢——大累之后才有如土委地的大轻松。一年之中，夏天最合适骑行。四肢裸露，八万四千毛孔尽情地张开。八方上下，西藏最好。蓝天白云，神山圣湖，呼吸吐纳的是最干净的空气。年轻人，大好的时光，快去买辆单车，把你的身心装备好，跟我们去骑行吧！前方是西藏，前方有阳光，前方如聂鲁达的诗歌一样美好。

等等，谁说前方如聂鲁达的诗歌一样美好？今天就要给他好看！

杭达的这家旅馆物资丰富，补充上前几天的亏空。特别是骑行必备的健力宝，每到一处，TT 必寻此物。这种在内地几乎少见的（至少在我家乡当地）饮料，不知为何，在西藏大受欢迎。健力宝成了和瓜子同样重要的战略物资，给我们的艰苦骑行增加了不少橙子味道。

我们每天都能完成当天的骑行任务，并能早早地到达目的地，除了畜牧场那次。我们的原则是宁愿早上早点出发，也不要赶到晚上到达。如果超过下午 6 点还没到达既定的目的地，就要想办法扎营。荒郊野外，走夜路是非常危险的事。白天动物不出来，晚上可就难说了。问到熊的事，杭达的藏民说，这几年熊入村的事少了，但也有。只是我们运气好，没有遇到。

今天计划骑行 80 千米到达文布南，沿途需要翻越 6 个垭口，这个难度是非常大的。TT 从卫星地图上看到，离此大概 40 千米处，有一座废弃的房子。如果能骑到那，就算完成任务。

出门就是沿着当惹雍错翻山。今天以及后面连续几天，我们将环行圣湖四分之三的路程。环行当惹雍错，也是我们此行的重头戏之一。TT 说，不是每个骑行西藏的都有此机缘。这得修多大福报啊，人生才会有此一作。

TT 看了看天上厚厚的乌云，忧心忡忡。好像老天就是要验证他的不安，没走多远，果然下起了雨。虽说是夏天，但是这高原上的雨还是很凉。家乡那边经历多年不遇的高温时，我正龟缩在厚厚的冲锋衣和雨衣里。

雨渐行渐小，乌云却一直不散。与之相比，湖面上空聚集的乌云更是极其浓重，像是《西游记》妖气弥漫的狮陀国，那是唯一让孙猴子胆寒的一劫。湖面在乌云的压迫下，由淡淡的蓝，慢慢地变成银灰，仿佛镔铁一块。纵使如此，阳光还是努力挤破封锁，从这乌云的缝隙中投射出来，照到灰色的湖面，形成了一块块轮廓模糊却内心银色的亮斑。环着湖面的群山山顶，已经看不出是云还是雪。无所谓了，雪化成云，云落为雪，能量就在天地之间，冷热之处，完成一次又一次的转化。

山坡处有一只青色的牦牛，体瘦毛长，二目无神。TT 说这牛生病了，估计活不长。死去的牦牛，藏民就任其在野外腐烂。生于母体，归于大地，只剩下硕大的头骨和犄角。

翻过这个垭口，眼前是辽阔的高山草原。羊群啃食着寸长的青草，我们的车轮啃食着碎石子的路面。刚刚还是蓝天白云，转眼雨就来了。想着这雨应该下不大，却是越下越大。穿雨衣的时候，又下起了冰雹。尖锐的狂风席卷着强硬的冰雹，打在雨衣上啪啪直响。空阔的原野，无处躲藏，顶风冒雨，倒也有趣。只是脚下的沙土路十分

▲来多六村的娃

难走，松软得像粗糙的玉米饼。这种沙土路上的植被非常脆弱，破坏容易修复难。多处可见的禁牧区，就是让草原能休养生息，不要像我们正撅着屁股推行的这段坡一样，沙子像水一样往下流。

雨没有停的意思。正好遇到一户人家，看到我们淋了雨，邀请我们去家里坐坐。小屋收拾得干干净净。有个男孩在做作业，当姐姐的在辅导他。女孩在拉萨读高三。跟她聊了几句，她说将来想当医生。问她的弟弟，也说将来想当医生。看来医生还是很受当地尊重的职业。

喝着自制的方便米汤，和小男孩分享着法式小面包。不知道小雨会淅沥到什么时候，烤着火，若有所失。

屋外是一条湍急的小河。一位藏族老妇人在洗刷一只打酥油茶的长条大桶。TT 指着新修的绿色铁桥说，如果没有这座桥，我们今天就要淌水过河。

雨势渐小，我们告别了热情的一家人，再次出发。太阳出来了，晒得身上开始燥热起来。拐过雨水冲刷过的烂路，拐过岁月推开的断崖，远远地看到了雪山。那就是我们下一个的目标，要骑到雪山。

有了看得见的目标，不管它有多远，就算是迂回曲折，总会有到达的那一刻。越是走近雪山，山顶的白色越是清晰。等我们骑到它的脚下，面对面地注视它时，感觉这雪山是如此的低矮。山下是成群吃草的羊，牧羊人朝着我们这边张望。远处的地平线，已经被温柔的白云围住。

就这样一直往前骑吧，说不定真能骑到云里去。

翻过雪山的垭口，又见一个巨大的盆地。这本是块绿色的盆地，却被黄沙涂抹过，又没有抹匀，东一道西一道。盆地上空被乌云封住，仿佛凝固了一般。山，不动声色。天上地下，移动的，只有我和TT，一蓝一红，豆大的人。

穿越一个个的盆地，翻越一座座的高山，天空就在乌云与白云之间切换。已经不去想今天会骑到哪里，刚刚过了下午3点，我们还有两个多小时的时间可以自由支配。一个大坡下去，忽然就骑到了当惹雍错的腰部。

前面说过，当惹雍错形似金刚杵，上圆中细下长，我们来到的恰好是湖的中部。这么窄的地方，扔块石头就能过去。TT指着湖对面隐约如线的路说，那就是后天我们要走的地方。真恨不得搭一座桥，就省了接下来的劳累。

沿着湖岸骑行，湖水就在一箭开外。湖面宁静，一样的阳光，变幻出不同的蓝，像极了当年看到的羊卓雍错。垒一座尼玛堆吧。今天是骑行的第15天，风也过，雨也过，让这12块代表一年12个月的石头垒起的尼玛堆，替我那已逝去的岁月守望着这谜一般的圣湖吧。

我祈求的是更好的明天。明天的美好总会姗姗来迟，来得急促的是这雨。就在我们湖边拍摄的时候，白云悄悄隐却，乌云暗中聚合。湖面消沉下来，慢慢地从巽地起了阴风。

一场大雨做成的网，在低空中静静地等候着它的猎物。

▼ 有一种蓝叫作当惹

## 五星级羊圈

新藏线之行，让我彻底地爱上了西藏的另一面：辽阔、苍凉、荒芜，这是骑行滇藏线无法看到的。路上的艰辛，几乎到了迈不过去的边缘，回来后却止不住地想回去。就是在痛苦与痛快的拉锯中，我已悄然地认西藏为我的第二故乡。我爱那无人区，千山鸟飞绝，万里长空破。我爱西藏给的那种痛快，也爱她给的那种痛苦，就像《霍乱时期的爱情》里阿里萨的妈妈对热恋中的他说的那样：利用这个机会，尽力去尝遍所有痛苦。这种事可不是一辈子什么时候都会遇到的。是啊，有多少人有这种骑行西藏的机会呢？我也希望骑友们去新藏线走走，去“一错再错”走走，去体会那种平均海拔 4500 米以上的缺氧，那才是最自由、最放荡、最狂野的地方！

▲越来越近的达果

面对雨神布下的这张巨网，我们慌不择路。我曾经问过TT，还有没有比熊更厉害的。TT说有，雷电。三年前，TT和好人锅那次折戟的“一错再错”之行，就曾遭遇过雷电。当时，暴雨忽至，大风吹着他们以30码的速度狂窜，后面紧跟着的是雷电。好在这俩小子坏事没有做绝，雷电吓唬了他俩一通后，云收雨停。每次说到这件事，TT都心有余悸。看今天的架式，莫不是上次的雷电攒到今天还要捎上一个无辜的我？

荒野狂奔的样子有点滑稽，感觉自己就像一只被恶狼猛追慌不择路的兔子。四周渐渐潮湿起来，高山草原的草好像挂上了水珠。跑到大概46千米处，路边有一排小房子，远处山上还有一座。TT说按照地图上应该是山上那座。到写这篇日志时我才突然了悟，明明路边就有可以住的地方，为何当时我听了TT的话跑山上去看那座地图上标志的小房子呢？那是一座几乎废弃的牧羊人的小房，羊粪满地。还有上山的那条石头满布的破路，别说推车，空手走路都喘。挥手示意这座房子无法住人，TT随即钻进了路边的那排小屋。

进入路边那排小屋，一股膻骚味，差点儿把我推出来。地上全是羊粪，没有一块可以下脚的地方。往前走，还是怎么着？正在犹豫的工夫，硕大的雨点砸了下来。忙推车进了旁边一座小屋。有了方才羊圈爆裂的“熏香”，这座一地垃圾的小屋，清新了很多，还紧靠着当惹雍错，属于高档小区。

打量着这座小屋，应该是牧羊人和需要特殊照顾的羊临时住的地方。有门有窗，羊粪是干的，垃圾可以打扫，一切似乎都很满意，除了漏雨和屋顶太低。TT已碰过多次头。雨越下越密集，门外汇集成河。当惹雍错已被雾气隐蔽。屋外大雨，屋内雨大，好在漏雨的地方比较集中，把大小锅碗摆开接上，听着叮叮当当的雨中进行曲，如果再有一杯热乎乎的咖啡或者一张温暖的床，那就安逸了。

远处传来滚滚的雷声。

如果没有这座小屋接纳，就算不会遭雷劈，眼前的这场暴雨也能把我们浇透。感谢完老天爷上帝佛菩萨王母娘娘，快快乐乐地洗菜做饭吃饭。第一次可以奢侈地用水，把菜和锅洗得干干净净。前几日住藏民家，取水不方便，一切从简，连基本的卫生也省略了。有这天赐的好水，正好可以洗脸，洗了不止一遍；刷牙，洗脚，顺便把袜子也洗了。

雨一直在下，空气中带来了越来越多的湿冷。屋顶漏下的雨水在地上汇成了一条小河。无聊地拨弄着，一会将小河引向门口，一会将小河引向老鼠洞。那边墙角，TT 已经整理出一块干燥的地面，说有这小屋，连帐篷都省得搭了，准备铺床睡觉吧。啊，难道今晚我要睡这个男人？

门没有插销，搬来几块石头挡住。对着大敞的窗户泛起了愁。大体上比划了一下，这窗户的大小和离地的高度，狼完全可以跳进来，熊也能轻松地爬进来。从驮包里拿出几只鞭炮，掰开，把火药洒在窗台，划了好几次火柴都被风吹灭。无奈之下，只好多掰了一些鞭炮，将窗台洒满火药，但愿半夜有野兽来袭击时，闻到这火药味能掩鼻而退。

铺好防潮垫，将睡袋抖开。刚躺下不多时，TT 惊呼漏雨。就又起来，把帐篷搭好。密闭的空间，睡在旁边的是个男性，更加睡不着。TT 来前在网上发贴约伴，曾有个女大学生应邀，只是时间不太合适。我想，如果此时是那个女大学生和 TT 同睡这个帐篷，会不会……如果是我的话，肯定睡不着，何况两个人同睡一头。翻来覆去睡不着，挪到另一头，脚朝着 TT 的头部。这下更加麻烦，地势里高外低，我整个人呈头朝下的倾斜状。将头垫高，听着雨点打在屋顶钢瓦上的声音，越听越清醒。

似睡非睡中打开手机，3：09，也不知道这一夜有没有睡着。听不到 TT 的呼吸声，他可能已经睡着了。越来越不踏实，摸了摸头顶的鞭炮和打火机，硬硬的还在。雨已经停了，钻出帐篷。四处是暗的，只有那方正的窗户，仿佛一个白色的洞，任何东西都能从这个洞口跳进跳出。

趴到窗口，火药已经被风吹走。外面是白茫茫的一片，一阵阵的寒意袭来。

**TT 按：**

其实当时是这样的。

路的上面和下面各有一个羊圈。我到下面的羊圈进去看了看。水泥墙塑料布顶的羊圈里面一层厚厚的羊屎蛋，一进去那股子味差点儿把我迷昏在地，赶紧退出来。旁边挨着的还有一间小房子，逼仄昏暗，有一些生活垃圾，羊屎蛋不多，味道勉强可以接受。

叫老贾过来看。老贾是个干净人，进门看了眼没说话。这时候雨已经开始下起来了。刚把车推进小房子，暴雨就倾盆而下。雨势之大，在内地都属罕见。我俩一人搬着一块石头坐在门口嗑瓜子，庆幸在这瓢泼大雨中能及时地找到这么一个羊圈躲避。这时看着地上的羊屎蛋都觉得挺可爱了。

雨没有停的意思，还添了风势。不多久门口就积成了水潭。根本坐

果，我与你平行

▲当惹，亲近你

起尼玛堆

▼这个地方，我来过了

不住，破败的屋顶也开始四处漏雨，好在有一个屋角还没遭殃。没法出门，就在屋内接着漏下的雨水做饭。地上一片狼藉，老贾可能看着实在没啥胃口。我照常吃。以前在桂北爬山，就在牛粪堆里做饭。当地的人们往往是手抓起一把牛粪或者羊屎蛋洒在火炉里，接着又从碗里抓起糌粑往嘴里塞。

凑合着吃完饭，天已经暗下来，雨势根本没有停的意思。不远处的湖面已经完全看不到，只剩下灰蒙蒙的一片雨幕。雨势略缓，睡觉还早，和老贾坐着闲聊。隔着湖面，远远地看见对岸的一块地方灯光明亮，好似繁星点点。想来那就是明日将要到达的文布南村。

清早醒来，雨还在下，但已是小雨。地上的牛粪和羊屎蛋被漏进屋内的雨水泡了一夜，一部分呈面糊状，气味也不太好闻。架锅煮方便面，和老贾吃着。老贾突然说没胃口，跑到外面开始吐起来。老贾是个爱干净的人，不像我，坐在牛粪上，对着满地的牛粪羊屎汤吃得欢快，还把他没吃完的吃了。老贾吐完了进来，脸色不太好看。

# 谢谢，我们不搭车

有人是被爹妈叫醒，有人是被梦想叫醒，我却是被尿憋醒。快到清晨时，才迷迷糊糊地睡了一会儿。起来方便时，湖面的雾气还没有散去。有黑乌鸦飞来，停在离我们不远的地方，安静地啄食着草丛。

TT 的健力宝不小心粘上了羊粪，用手指抹了抹，继续喝。人家有猫屎咖啡，他这是羊粪桔子汁。TT 说这些年玩的户外，比羊圈更差的环境多了去。这个羊圈，已经是五星级的了。TT 真是见过“屎”面的人，我很羡慕。煮好了方便面，蹲门口看着乌鸦，脑子里又想到了羊粪，一阵恶心，只吃了半碗，剩下的，泼给了乌鸦。

昨夜才形成的小溪，顺着雨水冲出的沟壑蜿蜒下流。大的沟壑经历了岁月的重复洗刷已形成断崖，一层层地切割着松软的大地。一夜大雨，有些地方的路已被冲

▲岁月的沟壑

▲别拍我的眼泪

垮。自驾的发愁之际，我们已经轻松直上，一路上到有经幡的垭口。深入藏北，再也看不到众多的大幅经幡随风飞舞的盛况。上到的这个垭口没有海拔标志，不知道所处位置的高度。我们也不再需要第一次进藏时所企求的仪式感，只是一个坡接着一个坡地向前翻越，低调而执着地朝着下一个目标，孑然前行。

虽然风停雨住，乌云却没散去，抱成团儿，拒绝着阳光的射入。环绕着当惹雍错的群山，齐刷刷地被乳白的云覆盖，就像蛋糕上装饰的那层奶油。睡了一夜的圣湖，一汪灰蓝。

阳光的力量还是十分强大的。正午的时候，乌云逐渐散开，蓝天慢慢地透出来，当惹雍错也开始明亮起来。圣湖的蓝与天上的蓝，一一对应着。天蓝，水更蓝。后来，连群山的轮廓也清晰了，层峦叠嶂。成群的藏羚羊，走单的藏野驴，头出头没，脚步轻盈。



慢慢地走上了戈壁滩，阳光炽热，蓝天已完全透出，当惹雍错的蓝让羊湖也嫉妒。这片白色的戈壁滩，若干年前可能也是绿草茵茵，如今只有一撮一撮不成气候的杂草。

单车躲避着戈壁滩上的坑坑洼洼，之后又是烂路上坡。已经无

▲山，你就横在那

法骑了，我们推着车，走几步，停下来默默地看云。有辆皮卡追上我们，打过招呼，开走后又开回。司机是一个年轻的小伙，说前面是文布南，看我们推车十分辛苦，可以捎我们过去。我和 TT 拒绝了他的好意。车没毛病，我们还有力气，没有理由搭车。小伙说湖边有条近路，他到文布南等我们，可以帮着找住处。

看着文布南就在前方，我们不急，边走边拍。又遇到跟畜牧场同样的情况，看着很近，骑起来很远。用望远镜看到湖边好像是小伙子说的近路，招呼 TT 拐向那里。越往里骑越不对劲，翻过一块块大石头，直接骑到了湖边。湖边是一条从雪山流下来的小河，急匆匆地流向当惹雍错，顺势挡住了我们的路。推车涉水，半个车轮浸没。河水刺骨，却清澈得可爱。过河后，箕坐大石头上晾着双脚，想当年孔子在沂水是不是也这样晾过。

趟过小河又是乱石，大累。TT 受不了折磨，转去寻觅它途。我硬着头皮继续。骑不了的地方，就下来推车。看不出路，只是跌跌撞撞地朝着自己认定的目标，也不管会不会爆胎。虽然很累，但是十分庆幸的是骑出了这片歧途。远远地看到 TT 还在向这边摸索，心中有点儿小得意，幸灾乐祸地用望远镜看了看他，坐地上自斟自饮，喝起了米汤。

终于骑进了文布南，遇到开车的小伙。他笑着说，开车一个小时的路，我们用了整整五个小时。小伙的老家是成都。他指着湖边的工地说，那是他承包的。说文布南是观赏当惹雍错最好的地方，当地正在大兴土木，发展旅游业。我们来得太及时了，在路还没修好前，在当惹雍错还没被更多的游客认识之前，孤独而又清静地先把这圣湖看了个遍。

# 你知当惹雍错的水有多蓝

骑过西藏的朋友，许多人都有一个开客栈的梦想。比如骑友老冀，他的客栈虽然开在了太原，店名却叫“拉萨见”。微友鱼小麦、贵人客栈、胖哥虽然不是骑行者，却热爱西藏，把店开在了拉萨。据说干得不错，平时还捎带着做手镯，编串珠子。我也曾萌生过在拉萨开一间小客栈的幻想。其实除了拉萨，只要是自己喜欢的地方，有自己心爱的人，开在哪里都行，比如大理、林芝、鲁朗。在身体能够承受的前提下，海拔越高越好。小客栈无论开在哪，我的理想是，院子里要种满格桑花，要有藏式的窗棂。平时看看书，再也不用造论文，写就写自己喜欢的。以文会友，以车会友。不喝酒，茶也可以。听听五湖四海的故事，吹牛也行，你姑妄言之，我姑妄听之。有家有梦有爱人，此人生一大乐事。

▲圣湖，只有白云最配你

上述提到的客栈选址，都是相对海拔比较低、森林一般的地方。如果把客栈开到海拔 4600 米的文布南村，就不是平常人想象的那般浪漫。昨天，成都小伙本想带我们去“安徽人家”，这是唯一一家汉人开的客栈。可惜主人不在，我们住到一家藏民开的家庭客栈。小伙说，“安徽人家”的主人除了客栈的生意，还要打一些零工，只靠客栈是不好生存的。做什么事都不容易，即便是客栈这种文青们理想的工作，也是要付出相当的努力。

我们住过的那家藏族客栈，客厅悬起，整个一面墙全是窗户，透过玻璃可以欣赏当惹雍错的风景。站着，坐着，躺着，都可以。如果是在充满阳光的清晨，和自己心爱者，倒一杯咖啡，翻几页书，间或抬眼望向圣湖，再看看自己的爱人，恰好她也在看着自己，该是何等的惬意。可惜呀，TT 是个大老爷们，我实在无法做更深度的想象。

昨晚休息得不错，晚饭吃得痛快，只是半夜起来上厕所时比较麻烦，大冷的天要跑出老远，冻死人。

尼玛县文布乡分为南村和北村，两个村都可以到尼玛县城。北村可看当穹错。当穹错第四纪时和当惹雍错连在一起，观赏它的美需要运气。骑友飞云曾到过，但她所观察到的当穹错非常一般，像滩污染过的水池。相反，骑友人生永恒却拍到了极美的画面。大部分走“一错再错”的自驾者会选择北村这条路。这条路距离尼玛县城近，路况也好，但没有大的湖，风景单调。

南村是文布乡的精华所在。北村已被改建成现代建筑。据杨柳松说，南村得以保留，要感恩于多年前台湾的一位老太太，是她极力劝说当地政府保留村落的原生态。南村是当惹雍错的最佳观赏点。出村 20 千米还能看到古象雄王国遗址。这一路大小湖泊不断，但路况很糟，极其难走。自驾的很少走，成功骑过这条线的大概三个手指之内。如果走北村，还要反骑昨天的路。我们都不愿走回头路，决定取道象雄，穿过吉松、折夏木、折岗，到尼玛，其间要翻越在杭达看到的达尔果雪山。这条路不好走，花的时间也长。但一想到可以看见大大小小的湖，我俩昨天大肆采购时，就跟要去打仗一样兴奋。

出文布南，回头看了一眼这座美丽而神奇的“大城市”。我们所谓的大城市就是要有健力宝、蔬菜、水果和瓜子。文布的神奇之处在于，它是藏北极其罕见的有树、生长青稞的地方。树，我倒是没注意到。杨柳松说树长在两村之间的沟壑里，只是象征意义比想象中的大。我们在湖边看到了块状的田地，除了种植青稞，据说还有土豆、油菜、小白菜等。科学家说，这是由

▲一角蓝

▲形影不离

▲请替我守望

▲我欲乘风而去

于达尔果这里的地形相对闭塞，形成了相对温暖湿润的小气候。就像月亮上有嫦娥一样，我们更喜欢民间传说的解读。据说很久很久以前，达尔果山神去堆龙找寻上好的青稞种子，触怒了当地众神。众神穷追不舍，当达尔果山神历尽千辛万苦回到文布时，青稞种子只剩下几十粒。他把几十粒种子小心地撒在爱人当惹雍错的身旁。当惹雍错用自己的乳汁悉心浇灌，精心培育，这里终于长出了嫩绿的青稞苗。

西藏的圣湖虽多，但以“雍错”为名，最为著名的大湖，只有“玛旁雍错”“羊卓雍错”和“当惹雍错”。“雍”的藏语意思是“绿松石”，“错”是湖，“雍错”可以理解为碧玉般的湖。

当惹雍错位于文布南村的南面，长 70 千米，宽 20 千米，形似金刚杵，面积 1400 平方千米，湖面海拔 4600 米，是西藏第四大湖。其南面是达尔果雪山。达尔果雪山与当惹雍错是西藏本土宗教——雍仲本教的神山圣湖。在本教信徒的心目中，其地位等同于藏传佛教的神山圣湖冈仁波齐与玛旁雍错。他们甚至认为两个圣湖的湖底本来就是相通的。现在，连藏北地区的佛教信徒也把达尔果和当惹雍当做了圣地，称：“朝拜过此山此湖就不必转彼山彼湖了。”

连续第四天看到当惹雍错，今天的湖完全超越了往日所见。如果前几天看到的当惹雍错还属情人眼里的西施，今日的当惹雍错就是大众眼里的情人。蓝，蓝到让人叹息复叹息。羊湖是无法修饰的美，当惹雍错就是无法分辨的蓝。西藏的色彩众多，最难描述的是蓝色。我曾查过，蓝可分为普蓝、钴蓝、湖蓝、靛蓝、碧蓝、蔚蓝、宝蓝、藏蓝、黛蓝、孔雀蓝、天蓝、瓦蓝、冰蓝、水蓝……即便有这么多种蓝，若来分辨当惹雍错属于哪种，也是非常困难的。因为蓝与蓝之间的差别非常微妙，你说她是藏蓝，可一眨眼，她又变成了宝蓝。仿佛面对着你的梦中情人，脑子是恍惚的，就算是盯着看，也根本无法确定她的模样。不仅如此，当惹雍错的蓝还分出了层次，几种不同的蓝，毫无规则地混搅一处，再衬上这梦幻般的天空，犹如魔境。

▲群山巍巍

▲沉默的大神

▲摄入我的眼

不断地停下来，呆呆地望着这蓝汪汪的当惹雍错，真想就停在这里。但没有永恒的不分离，湖再美，路再烂，我们也要往前。谁让我们许下的是星辰与大海的愿望。

远远地离开了文布。没有路人，也没有鸟，只是偶尔有一些飞蝗，“噌”的一声，从车前飞过。飞蝗张开的翅膀是绿色的，落进草丛中便再也寻不到，落在碎石路上，就变成了土黄。山已露出嶙峋，路就藏在这山石之间，斗折蛇行，海拔不断地提升，又缓缓地下落。阳光已无处不在，将这大地照得一片光亮。蓝天愈蓝，白云愈见丰致。而我们，气喘如夏日里的野狗。

早就无法骑了，这碎石长坡的坡度远远超过文布之前的所有大坡。推，也是十分地耗费力气。坡度太陡，无法随意停车。总得勉强找个小凹坑，右脚蹬紧，再用小腿抵住脚踏。双手也无法放松，扳着车把，防止单车下滑。休息一分钟，狠狠地喘几口粗气，右脚一蹬，继续推车。十步一歇，终于推到坡顶。放倒单车，稍事休息，返回去再帮 TT 推。

要命的是下坡，坡度很大。沙子为底的路面，溜滑。严重处，双手捏闸，身体后仰，脚底搓着路面，还要躲避着大的石块。上坡累，下坡除了累，还十分的害怕，如果拉不住车，摔出去就是大麻烦。

这样上上下下的急坡，不止一个。一直磨到下午 1 点多，才爬上乌云满布的古象雄遗址。

▲江山如画

18000多年前，阿里地区曾有数个少数民族部落建立的王国。最昌盛者除吐蕃外，就数信奉雍仲本教的象雄王国了。象雄，汉史记载为“单同”，当地语言意为“大鹏之地”。古代象雄人即以大鹏为图腾。

古象雄王朝曾统一了号称18万户部落的十八国，建立起了威震中亚的强大的古象雄王国，并经历了颇有影响的18代象雄王朝。公元8世纪象雄被吐蕃王朝所灭。象雄王国的古都城到底在哪里？一种说法，在阿里扎达境内；另一种说法，在那曲尼玛县文布南20千米外的穷宗。

古象雄遗址与达尔果雪山、当惹雍错并称。有人说不去凭吊古象雄遗址是一种遗憾，去了就会后悔。跑这么老远，来到了这里，我还是打算去后悔后悔。TT瞅了一眼，说他信道教。山顶这么大的风，嘱咐他找个避风的地方，等我转一圈儿就回来。

裹紧身上的冲锋衣，外加雨衣，顺着鹅卵石铺成的小路下行。两山对峙，中间夹着当惹雍错。乌云笼罩下，当惹雍错变成了白蓝色。转古象雄遗址的除了我，没有一个外来游客，藏民也不多。偶遇姐弟俩，姐姐在当雄县政府工作，弟弟还在上学，说将来想当医生。看他们穿得那么少，我穿成熊样还冷得直哆嗦，心中不服，把雨衣脱掉。边转边聊这古象雄遗址。姐姐说以前遗址里面还开放，现在已经关闭，真是遗憾。我不以为然。这是一个娑娑世界，娑娑即遗憾。没有遗憾，给你再多的幸福，也体会不到快乐。大老远跑来，能摸到这些

▲我有那么黑吗

沧桑的石头——从记录片《第三极》看到的石头，就已经非常满足了。只是从护栏往里看到的那些废墟，怎么也想象不出那曾经的辉煌。也许岁月的力量实在强大，再强悍者，在它面前也不得不易容。也无法想象在如此荒凉的地方，会是一位什么模样的王妃在此凭栏瞭望。她看到的当惹雍错会是我眼前所见的当惹雍错吗？

特意来寻《第三极》拍摄地的老姐妹俩，转了一圈儿也没看到。转到起点，有一位藏族老者指着膝盖向我比划，大意是这里有风湿。掏出云南白药喷雾送给了他，也不知道他有没有听懂怎么用。风吹得实在太冷，TT 龟缩在冲锋衣里，一脸衰样。他看我回来，拉过一位藏族老太跟他合影。回来后再看这照片，怎么看怎么像姐妹俩中的一位。

▼早春的当惹

# 古老的玉彭寺

从古象雄遗址下来，是一段放不开速度的长坡，之后是一段极为漫长的超级上坡。

两点半了还没吃午饭，一直未好利索的咳嗽，加上气喘得厉害，一点点地抽干着我的力气。不知道这是从哪来的意志力，累成这样还能如此兴致勃勃地推着车，录着相，自带解说，自我解嘲。我想，催动我的还是当惹雍错的美。我是为了美，可以奋不顾身的人呢。想想这世间，那些能让你为之绝倒，值得为之努力的风景或人事，其实非常非常的少。有些人可能一辈子都没遇到过。而我，遇到了！这才使我集中有限的精力放在最美好的东西上，因为那是我愿意用整个生命珍爱着的。

▲经幡五彩

▲请告诉我，路在哪

眼前的当惹雍错如爱人，那么美，那么迷人，即使付出再多的辛苦，我也认了！看吧，一远一近，一深一浅的两种蓝，正分分明明、齐齐整整地将整个湖面切割。让我纳闷的是，这种机器般精准的分割，大自然是如何做到的。大自然应该是随意的，任意交织的蓝我能理解，但是，在水面上齐整地分为两种不同的蓝色，这种自然现象，我至今无法参透。

翻过遍布碎石的山，进入了荒漠地带。白沙纵横，未完成沙化的碎石，静静地承受着岁月的研磨。草已形不成片，一撮一撮的，像癞头的汉子。路在磨着我们，我们也在磨着它。推车，时间和力气全消耗在这自谷底盘旋向上的路上，就像爬一道通天的梯子。停下来喘息，回头看到两个拐弯处一动不动的TT，仿佛定住了一般。

头顶有云，脚下有路，一条细白的小河，欢快地流过。这天地之间，只有它是动的。我们，已经凝固成谜。

在哪吃饭，我们是很挑剔的，爬上一个坡，TT看了看，不满意。换个地方，太阳太晒，也不满意。风大的地方不行，没有大石头坐的地方不行。背风的，有石椅的，阳光不晒的，如果看不到当惹雍错，绝对不行。这俩矫情的人啊，肚子都饿成那样了，还在烧包！

▲玉彭寺一角

已经绕到了当惹雍错的边角，再往前就远离圣湖了。好歹找到一个两人都满意的地方，守着我们的当惹雍错，吃着忘记是什么的午餐。TT 指着对面的山让我看。一条土黄色的之字形向山的路，就像是小孩用指甲抠出来的折线。TT 说，今天我们就赶到山下的村庄，明天翻过那座山，就是达尔果雪山。

近 5 点时，赶到了玉彭寺。

玉彭寺，西藏本教发祥地，为本教最古老的寺院，据说已经有 3000 多年的历史。这个寺庙很隐秘，基本不为人所知，游记方面留下的资料非常少。我只查到一篇题为《那曲地区本教研究》的论文，作者从建筑学方面对之做了详细介绍。

骑行“一错再错”以来，玉彭寺是我们遇到的第一座寺庙。见我们携车而来，早就有三五个红衣喇嘛亲热地围上来，好奇地看着我们的单车和装束。我也好奇，指着一排房子问是什么，他们说是蔬菜大棚。一听说蔬菜大棚，脑中想到的全是嫩绿的黄瓜、红红的西红柿，满口生津——我们已经很久没吃到水灵灵的蔬菜了！

刚说去寺庙看看，就有一个小喇嘛眉开眼笑地一路飞跑着替我推开了车。我在后面喊他别摔倒，这孩子根本听不见。TT 的车，由年纪稍大的喇嘛骑上，晃晃悠悠地下了坡。到了门口，本想拉 TT 进去看看，一想到他说他是道教信徒时的振振有词，便心中暗笑，独自往寺庙深处走去。

整个玉彭寺，依山而建，并没有一般寺庙的大门。大殿退台处理，加起来总共十层，上红下白。围绕大殿，散落着小的殿堂，座座坚固，立于荒山秃石之间。据说大殿的第七层有一个修行洞，是3000年前本寺第一任活佛色尼噶戊所建，里面有雍仲、牛羊的壁画。后来，这个洞一直是本教高僧修行密宗之地。这位色尼噶戊活佛是本教早期十三传教大师之一，与吐蕃第二任赞普穆赤赞普属于同一时代。

为什么选择在这种地质条件下修建玉彭寺？据学者研究，一是因为修行洞，那是藏民心目中24个最大的圣地之一，狼面空行母化身此洞穴中；二是寺院所处的玉彭瓦姆山为藏区重要的37大神山之一；第三，玉彭寺附近有一眼名叫内卓瓦直的山泉，据说这是当惹雍错旁13个普渡众生的圣地之一。

玉彭寺虽然地处偏僻，因其古老，每年来参加佛事活动的人却不少。比如，每年藏历4月11-22日的尊胜法会，8月10-15日的次旺布玉玛，9月25-10月11日的静怒神法会，11月30日-12月30日的虎神十供法会，人数由100-400不等。一年70多天的法会，算算也不是太多。只是不知剩下的时间，寺院的喇嘛们如何打发。

古老的玉彭寺还在做着修补、重建的工作。藏民们在辛苦地工作，只有我，举着个破相机，悠闲地转来转去。他们停下手头的活计看着我。我忽然觉得很不好意思，也不敢给他们拍照，匆匆地离开了施工现场。

▲山如雄狮

▲请让我休息一会

TT 正和小喇嘛们聊得火热。小喇嘛说前几天有一对年轻夫妻在这里借宿，建议我们也留住一晚。瞅着小喇嘛热切的眼光，有些不忍，一度想留下过夜陪他们聊天。看看天色尚早，想到明天路途的艰苦，决定还是尽量往前赶，为明天的行程打出余量。

喇嘛们送我们出来。下坡很远，还看到他们驻在那望着我们。

许多人说厌倦了城市的繁华，想找个地方隐居。我也多次看到过隐于山者发出的信息，逍遥洒脱，一副与世无争的样子。我虽有隐居之心，却没有隐居的经验。我不知道隐居的真实滋味。长期生活在某处，单调而又重复的生活，即便是景再美，也有看够的时候吧？会不会心生厌倦，会不会有一天就像逃离城市的繁华一样逃离山野的隔绝？那些安静的、真正的隐居者，他们是如何做到我自静默向纷华？是什么支撑着他们愿意与世界保持距离，过着离群索居的生活？是信仰，是情感的冲淡，还是惧于或者厌于与人交往？或者，已有甘愿与之偕老的人？或者，是时间？

我，会是一名真正向往隐居生活的人吗？

回头再看红衣喇嘛们的身影，缩成红豆大小。

▲石刻的经咒

▲象雄古国遗址

▲框出一块蓝

▲蓝归蓝，白归白

## 缘结一路到吉松

没想到又在玉彭寺听到广东小夫妻的行踪。和 TT 失联那晚，投宿阿里公路第三养护组时，洛次曾告诉过我这俩骑友。TT 不希望或者不愿相信业内未曾听说过的一对小夫妻会骑行这条路，尤其往前翻越达尔果雪山去尼玛这条路线（这条路线，只有 TT 的朋友爵士兵成功过。当时是三个人，最后只剩下爵士兵一人）。果然，几番寻问下来，得知那对小夫妻第二天就返回了文布，原因大概是女人身体不佳。TT 这才松了口气。

我喊 TT 大神，他总是很谦虚，说自己是大神经。失联那次，TT 独自骑上海拔 5830 米的拉琼拉，徒步爬上旁边海拔 6006 米的小山，一人平了孔雀、丁丁和流氓仨人骑行和徒步的最高记录。这次“一错再错”，TT 还设计了骑友未曾走过的

▲水生云起时

路。我理解 TT 对广东小夫妻的那种心情。那种心情类似当年探险家斯科特征服南极点……当你辛辛苦苦地到达目标时，发现别人已经捷足先登。对于人类来说，第一个到达者拥有一切，第二个到达者什么也不是。大神，这是否是你的某种处女情结呢？然而，不同的人，即使站在同一个地方，透过各自的人生，看到的风景也有所不同。只要自己到达了，只要自己喜欢，至于是不是第一个亲临，是不是处女地，又有什么关系呢？

长时间地骑行烂路、长坡，人不是疯掉，就是麻木。我们已经麻木了。但再陡的坡，也有爬完的时候；再烂的路，也是通向目的地，这是我们不灭的信念。并不是每个人都有机会骑行这条路线，就像并不是每个人都能享受到刻骨的爱情。我只能继续说，身体下地狱，眼睛进天堂，绝不可辜负了当前的美景以及我们易逝的韶华，这是我们得以咬着牙坚持往前走的理由。

与我们擦身而过的当惹雍错，那么近，那么美，这辈子可能永远不会再来。按照惯例，垒起了一座小小的尼玛堆，替我守望着这一湖蓝梦。

推着车十分艰难地走过沙子路，绝望地回头，又绝望地向前看。山遮山，看不到住宿的地方在哪里。爬到高处，用望远镜看了看前方米粒状的小屋，无法做出准确的判断。

进入无人区以来，面对第二天的行程，我们不知道目标处是否有村庄？有村庄的地方是否有人居住？如果当天补充不到足

▲再合一次影吧，当巷

够的水和粮食，第二天怎么办？来之前，曾做过详细的攻略，但那些攻略仅供参考。比如，雨季，道路可能被冲断。放牧季节，可能整个村庄是空的。一切都是未知，一切都要做最坏的打算和最好的准备。记得有一次遇到自驾的送水被我婉拒，TT 知道后十分惋惜，说以后给啥要啥，混到这步，就不要非饮料不可了。

从后面赶来一个骑摩托的藏族小伙，半是语言半是比划，得知他就是前面村庄的人家，还邀请我们住他家。大喜过望，小伙走后，连忙告诉小解回来的 TT。住处有了着落，心就沉住气了，且容我也解个手去。

▲狰狞

下午 6 点钟的大太阳依旧耀眼，照到湖面，折射出一种奇幻的蓝。湖面泛起了细细密密的波纹，在这蓝色中微微荡漾。湖边，堆积着大量刻有咒语的石头，白光晃照，白云放光。这些晒着的经石，犹如神明的暗示。

终于到了村口，远远地看到小伙在张望，说等我们很久了，没想到骑车会这么慢。唉，这烧人油的能跟烧汽油的比吗？他一加油门，我们得骑半天。

▲越行越远

虽说小伙子主动让我们留宿，但钱还是要给的，不能白住人家的屋。动用他家的炉灶，吃了顿舒服的晚饭。TT 买了心爱的健力宝，我买了可口可乐，价格便宜到让人有一种赚了大便宜的小窃喜。可越喝越不对劲，再仔细看这拼音，原来是可利可乐，还是山东德州出品。真没想到跑到几千里之外，在这可乐瓶子上遇到了老乡，真是可乐呀可乐。TT 喝的是健力宝的山寨版——健多宝，一嘴的桔子汽水味。虽是山寨货，我们还是嗑着瓜子，很享受地喝完了。

在小伙家的厨房做饭时，看到神龛上供奉着藏式的西方三圣，想到带了一路的经书，取出，问他认不认得汉字，说有本经书送他。小伙子挺高兴，搓着手说他可以学。我喜欢这种送人东西时的开心，送者开心，受者开心。三次进藏，遇到不少有缘人，也送出了不同的东西。“在家做好事，出门遇好人。”燕姑娘的谆谆教导，我在西藏体会得特别深，总是在不知所措时，就会有人出手相助。希望与西藏这个缘越结越深。再来西藏时，我会是个好的向导。跟着我，就像 TT 说的，没有雷劈，还有好饭吃。

▲这蓝透底的水呀

# 翻越达尔果雪山

小伙子说，他要去山那边工作，祝福我们一路平安。

用罢早饭，早早地出发。今天的路程虽说只有 40 千米，但要翻越达尔果雪山。只有翻过这座山才能到达尼玛县城。除非后撤，否则，别无它路。

海拔，沿着昨天看到的用小孩子指甲刻出来的路，不断地攀升。尖锐的之字形山路，从山脚看，似乎也不长。如果把路拽直，也就一指的距离。可那一指的距离，就是拉萨时光逆流客栈所做恶梦的原型。

出门又是下雨。昨天还是清朗明亮的天，一大早就变脸。极目四望，看不到有一线阳光透出的天空。我们犹豫着是否休整一天，又心存侥幸，可能走着走着天就晴了。

▲我自轻盈你自蓝

整个村庄还在熟睡，被惊扰的只有看家的狗。狗装模作样地冲着我们叫，被 TT 的一声呵斥，惊得闭嘴。可是我们绝不敢招惹牦牛。这些蠢头蠢脑的大家伙，发起疯来能把汽车顶翻。前面那只黑身白面的家伙，直勾勾地瞅着我们。试探着往前走，看到牦牛一有动静就停下来等着。牦牛看我们没有威胁，又不中吃，这才慢悠悠地走下坡去。

透过拐角处的经幡，回头看到了当惹雍错。我们正慢慢地远离它。当登到山顶，再一拐弯就会彻底远离圣湖。这是一场告别式的骑行。乌云翻墨，尚未完全遮顶，留白处是白茫茫的雪山。当惹雍错虽非蓝得纯粹，却以浩浩渺渺为我们送行。

我们翻越的根本就是一座土山，越往上去，道路越泥泞，车轮粘满泥巴，鞋底打滑。雨衣遮住了雨，也挡住了汗的透散。解开怀，冲着 TT，露出疲惫的笑。行至半山腰，逆风突起，冷雨急转为雪，继而又是雪雨交加。鞋已湿透，身上衣物也被汗水浸透。想停下来好好地休息一下，却找不到停车的地方。坡度太大，双手稍不用力，车子就往下滑。还是得用小腿抵住脚踏，停十几秒，继续推车。1、2、3、4……心里默默地数着数，十步一停。喘几口大气，提着劲儿，继续推行。坡度稍缓时，两腿撑着，试图骑上去，只歪扭地骑行了几步，又跌下来，只得继续推车。一直推到下午一点半，累得实在走不动。恰好推到了一处平台，把车放倒，等后面的 TT。

没了力气去帮 TT 推车。雨雪已经停了。太阳出来了，照得身上十分温暖。脱下鞋，两只鞋都已灌饱了水。双脚冰冷，发白起皱。阳光下抖动着我这双修长的破脚，寻思着如何干燥保暖。TT 赶来后，看到我的状况，翻出他

▲山坚硬，云温柔

的防水袜让我穿上。呃，第一次穿别人的袜子，虽然感觉怪怪的，但暖和得很。把溯溪鞋的水拧干穿上，站起来走了走，再脱下鞋袜，摸了摸脚底，干的。TT 向我打着保证，说他这双神袜，站在河里，也不进水。又让我看了看他的鞋，说也是防水的。这一比，我的装备实在太差了。根本不适合这一路骑行的溯溪鞋，竟成了我唯一可穿的。另一双球鞋，已经完全不能继续陪我前行，把它整齐地摆放路边，由这里的阳光去自然风干吧。

▲达果雪山垭口

▲别了，当惹

脚舒服了，心里踏实。吃完饭，晒着太阳嗑瓜子，那种疲劳至极后的舒坦，几乎要迷糊过去。一阵凉风吹来，打了个寒战，知道此地不可久留，说不定什么时候又会变天，抓紧时间上路。

又推了一个小时，本以为推完山下看到的黄色之字形路就是山顶，不想这黄土路突然变成了黑石路。路不滑了，石头颠簸得厉害。越推坡度越大，心想这海拔早就超过了 5000 米。庆幸的是虽然累，但没有高原反应。加上袜子保暖，倒也沉得住气了。

拐个弯，又是一个长坡。慢慢上行，达尔果雪山像是从水中露出，白色的山，渐行渐白。终于看到山顶了，马上就要到垭口，心中兴奋。没想到的是眼看着近在眼前的山顶，又足足推了一个小时。直到看到垭口的经幡，才知道，真正的山顶到了！

7 千米的上坡，推了整整 5 个小时。路平缓了，是时候骑上车冲击垭口了。一种极度的兴奋，自足底涌泉穴生起。不等后面的 TT 了，翻身上了单车，双脚连蹬，连小石头我都不再躲闪，直接压过去。骑到五色经幡下，大风呼啸，乌云滚动如沸汤。将单车放倒，冲着四周的大山大湖，嗷嗷直叫。所有经历的甜蜜和苦涩都是礼物，因为它们不会再来，我要用尽全身力气珍惜当下的每一刻。

TT 咧着烂了的嘴，也骑到了垭口，手舞足蹈着大声呼叫："一山看两错，一山看两错。"一面是当惹雍错，一面是昂孜错。两座大错，一座山前，一座山后。烈风削面，紧裹衣服，又是挥手，又是合拾。自措勤低烧高反以来，第二阶段的艰难骑行，结束了！

## 有熊出没

朋友说，看我的日志过程中总是想到西游记。我问，我是那只那猪吗？她说，那么多角色可以随便挑，就喜欢挑战，挑个最不能胜任的角色。我说，挑战是一种自我的完成方式。她却说，一直挑战也是一种自虐的完成方式。

现在的海拔是 5400 米，我们翻越了达尔果雪山，时间是 7 月 24 日，下午三点半。

“一辈子就来一次！这样的地方，以后再也不会来了！”TT 喊道。

我不知道自己还会不会来，但如果要我骑车来，打死也不来了。

不止是一山看两错，还是一山看两天。当惹薙错这边阴云密布，昂孜错这边却明朗如画。只是山风过猛，驱动着天空那些巨大的白色云团。放眼去，

▲无名垭口

▲玉彭寺的石刻

山，滚圆，结实，左围右堵。支离破碎的车辙，时而隐没，时而显现。半天的爬坡，终于到了放山的时候。去它的烂路须缓行，放开了速度，往下冲！人在车上，就像骑在了发疯的大洋马上。这种撒欢的感觉，正是有了前面的过度压抑，才越发放肆越发幸福。颠得屁股已经坐不住，颠得眼镜几乎要掉下来，颠得我放声歌唱！

路过一横倒的路牌，眼都没眨，顺着右边的大路就冲了过去。TT 在后面大喊。急刹车，看到 TT 指着路牌说，走错了！走错了！悻悻地推车上坡，看到横倒的路牌，一个方向指向尼玛，另一个方向指向甲谷。TT 说，往甲谷方向，我们就绕回去了。

调整好方向，也不管后面谨慎的 TT，只顾着往前飞奔。我喜欢这种放山的感觉，这种不顾一切，将所有的过往快速地抛弃在脑后的感觉。风，只有风在耳边呼啸。快！快！快！速度越快，风阻越大。冲锋衣兜住了风，胸口满满的，是西藏的情怀。阳光，蓝天，白云，全是不需花费一分钱的奢侈品，对我来说，寻常得就像是满地滚的小石子。可惜，你不知西藏的天有多蓝，你不知西藏的风有多温柔，也不知道是什么样的阳光洒在什么样的心上。

TT 追了上来。两人并行闲聊。

TT 忽然指着山顶，大骇：“熊！”

吓得我急忙刹住车，几乎从车上摔下来。将车放倒，胸口怦怦地直跳。抬头看向山顶，一只黑色的动物，边跑边跳。不是熊是什么？

▲甲谷路上

我们都傻在那里，不知如何是好。四下全是高山，一个人也没有，那一刹那安静得吓人。如果熊扑过来怎么办？我的脑子里闪出无数和熊搏斗的画面，甚至想到过装死这一招。半天才反应过来，赶紧从驮包里找出鞭炮。越着急越慌乱，翻箱倒柜终于找到了火柴和打火机。用磨石打火机，打得拇指生疼，也没打出火来。扔一边，换作火柴。哆嗦地，不是划不着火，就是被风吹灭。好不容易点着了一个鞭炮，这空旷的荒野，将本来巨大的爆破声稀释得像个小喷嚏。

黑熊好像没有往我们这边的山下跑，而是沿着山脊往前。难道不是熊，是牦牛？或者是狼？我突然有点怀疑。掏出望远镜，越看越发毛。给 TT 看，TT 看了也不作声。是熊，确定无疑。从它跑动的姿势就可以看出，根本不是牦牛。牦牛走路悠闲，跑起来也没有跳跃。也不是狼，狼没有那么大的体型。

熊在山脊上往前跑，我们推着车，尽可能保持一段距离，确保在它的视野之外。我都要藏起脑袋来躲闪着走了。可恨的是，熊一直在我们前面跑。一直跑到山腰。前面出现了一群牦牛，熊站住了。我们也站住。它不走，我们也不敢动。

远远的开过来一辆自驾车，忙拦住，指指山上，告诉车里的藏民朋友，山上有熊。藏民朋友连看也不看，说："牦牛！"

一听藏民说是牦牛，心里踏实了不少。那"熊"慢慢地停下来，不再往前跑了。朝着山腰的牦牛群越走越近，这才发现，果然是一只牦牛。只是体型比较小，大概是一只不满一岁的小牦牛。敢情小牦牛跟小孩一样，走路也是连蹦带跳。这只装熊的牦牛，可把我们吓坏了。

# 多双筷子嘛

过了一片辽阔的禁牧区，又不知道走哪条路了。前面的路分作两条，宽窄一样，延伸进一样的山脉。TT 停下来，拨弄着手机上的定位系统，确定无误后才继续走。在这错综复杂的地方，难以想象，如果没有 GPS，该是如何行走。可能自己的一次误入，就会导致灭顶之灾。几次说起过穿越羌塘失事的独孤行者李聪明，TT 判断，他是因为定位出现问题而掉入了冰缝。感叹之余，也激起了我对骑行羌塘的浓烈兴趣。

骑行西藏，就算是常规的川藏线、滇藏线，也是前辈骑行者一步步地探索成形。我们正经历的“一错再错”，更是经过骑行界大神们的共同努力，才开辟出来。我能脚踏实地地踩在这片土地上，既感激前辈，也感激好基友 TT。

▲热情的大姐

▲云蒸霞蔚

▲下一秒，金光灿烂

人生就是如此，和什么高度的人在一起，你就是什么高度。我的这次“一错再错”之行，是在 TT 的鼓动下。希望能有一天，TT 会被我鼓动，一起穿越大羌塘。

每次骑行回来，总会想起西藏的天空。也许是见过的世面太少，可我总觉得西藏的天才是最原始的天。那是一种透出地球密码的蓝，藏有最深邃的思想，只有勇者才有望探其究竟。我虽非壮士，却有一颗燃烧着的心，既然不愿活得苟且，那就写成一段传奇吧。

三次骑行西藏，也逐渐地想清了一些事，也明白了在缺氧环境下的原住民，处于如此广阔的天地间的所思所想。我感悟到并且信仰这种强大而神奇的力量。宗教是一种信仰，爱也是一种信仰。活在信仰中，一天抵得上一万年。活在一种温吞、计较、烂俗的心境和环境下，长寿也是可耻的。我愿像鹰一样，飞向高空，化作彩虹，虽死犹生。

天是如此之蓝！蓝天之下，就算是化成西藏的一朵云也好，我就能飘在空中，看着地上的羊群，高兴了就下雨，难过了就飘雪。无拘无束，也不用考虑任何后果。因为藏地是如此宽广、厚实，可以吸纳我的所有过错。

地下的碎石多了起来，下坡十分陡峭，闸根本刹不住，再也不敢像达尔果雪山那样放山。双手拽住车把，小步出溜，下到坡底，才敢翻身骑上单车。行不多时，又有恶狗扑来。虽然不像以前那样见狗就跑，但是也有些小小的胆怯。下得车来，小心避让。TT 抽出打气筒，怒斥恶狗。狗儿竟然低下头，凑到 TT 跟前，好像要用它的脑袋去蹭 TT。恰好狗的主人出来，这狗就更不能打了。寒暄几句，问了问前面的村庄和方向。

肚子忽然生疼，空旷之地，找不到可以遮挡的物体。跑出很远蹲下方便，还是没能逃出 TT 的长枪大炮。后来把照片发来，才发现自己门洞大开，赶紧删掉。

虽然肠胃不好，幸运的是一路没有出过问题。否则走一路，拉一路，就得拉到拉萨了。

遇到一条小河，前前后后地观察一番，找不到可以通过的小桥。TT 说脱了鞋过

▲无名的湖

▲涉水

河吧。我却兴奋地想骑车冲过去。找到一处水浅的地方，往后撤了十来米，加快速度冲入小河，河水一下没过脚踏。仗着有防水袜，两脚快蹬，涉水而行。快到岸边时，岸沿过高，前轮没有冲上去，车子翻倒。好在我反应快，及时用左腿撑住。水漫过裤沿，一阵凉，知道水进了袜子。

过了河，脱掉鞋袜，将里面的水倒出，又拧了拧，继续穿上。这功夫，TT 也换好鞋，推车过了河。看着哗啦啦的清澈流水，我忽然莫名地很想家。

8 点多了，我们还在野地里前行。头顶的云开始变得浓黑，阳光缓缓地向西收拢。远处是一座不知名字的湖。一只死去多时的牦牛，露出嶙嶙白骨。那些活着的牦牛正不知生死地啃食着地上的青草。还有黑白的羊群，围着头巾的牧羊女。一切都是那么的寂静。

近 9 点才到达折夏木村。小小的村落除了信号塔，还有花花绿绿的健身器材。一位汉族大姐在踏板上荡来荡去。见我们来，说着听不懂的话。TT 去找住处。我和汉族大姐连说带比划，聊了半天，终于明白她说的是什么。原来她是这里的工人家属，邀请我们到她的工棚去住。这时 TT 回来了，说已找好住处。跟 TT 一说，他有些犹豫，说住的地方很方便，刚跟人家谈好就反悔，怕被藏民责怪。

那家藏民其实很好说话，给了他一半的钱，将 TT 的车推了回来。

大姐领着我们进到她家的院子。抱歉地说没有多余的床，但可以领我们去另一个院子。我们看到有块空地，说打扫一下，睡地上就行。

打扫干净，铺好防潮垫，将过河时湿了的衣服晾好，帮她去洗菜择菜。风有点凉，不知什么时候又得了感冒，似乎有点儿加重。说话的时候，工人们回来了，饭也做好了。他们拉我们去吃。怎好意思。大姐说，来吧，多双筷子嘛。和 TT 会意地点了点头，去藏民开的小茶馆买来一些啤酒和饮料。这才和工人们一起坐下同吃同喝。

我和 TT 吃得心花怒放。吃完一碗，大姐又喊我们继续盛。等工人们都吃完了，我们还在吃。屋里灯光昏暗，看不清吃的啥，只辣得浑身出汗。这一出汗，感冒也好了。

▲白云臃肿

# 失控的定位

骑行“一错再错”以来，每天都是一觉睡到天亮，再也没有在家时的辗转反侧，也不会胡思乱想。人还是要极度疲惫了才能大睡，大睡一场，什么文艺腔，失眠健忘，百病皆消。

起床时，天还未亮。初升的太阳已在黑色的群山背后睡醒，发出了桔黄色的光。这光射向太虚，靠近山处的云如融化的岩浆，高处的乌云如未烧透的煤渣。远处的一线亮白，是昨天走过的昂孜错。

又是一顿大吃，热菜热饭热汤。大姐不收一分钱，除了感谢的话，实在没有什么东西可以相送。

出门，按照着昨天的路线行进。那些抄过的近路，压过的高原草甸，我们又重新走过。一向不喜欢走回头路。如果是放在往常，昨天走过的路，今天再走一遍，总觉得昨天吃的苦白吃了。早饭吃得好的缘故，心情特别舒畅，那些往日的计较，已经被自动忽略。就算是变态的逆风，缓缓的上坡，在我们眼里也霎时变得可爱起来。

没有尽头的村级小路，穿行在柔和的山脉之间。山是绿的，阳光稍微有点儿刺眼，云有些浑浊。除了风声，就是 TT 大开的音箱声。这次骑行前，我的车载音箱拷贝的全是古琴曲。本想在骑行时可以欣赏清雅的琴曲，上了路才知道，这不是一次可以清雅起来的骑行。就算是有了美妙的夜晚，星星够繁密，旁边是个大老爷们TT，教我如何雅致起来？况且每天的骑行已近虚脱，躺下就着，也没有精力来欣赏。还是 TT 带的流行音乐合适，又劲爆又轻快。除了听不懂的英文歌，许巍的歌已是耳熟能详，《曾经的你》《完美生活》，哼唱着，或者放开喉咙高歌，调已不知跑到哪儿，只要开心就好。

渐行渐荒凉。艰难生长的高原草甸被沙石肆虐着，夺走的不只是领地，还有柔和的氛围。高原的肃杀，加上头顶上空的晃晃白日，顶风上坡，骑行两个多小时后，早上那些高涨的情绪也被一点点儿地磨光。好在远远地能看到藏羚羊，还能逗引着我们阵阵开心。只是藏羚羊这种神物，藏民却叫它们斑马，实在搞不清缘由。还有藏野驴，都是几十上百的成群出现。它们干净矫健，毛皮光亮，根本无法和内地拉车拉磨的颓废毛驴联系起来。它们明明是群兴高采烈的马呀，除了比马的个头小点，符合我对高原野马的所有想象。这些野生动物并不怕人，看着我们朝他们走近，不慌不忙，背对着我们往山里跑去，只给我们看到一个个性感的屁股。

不经意间，TT 看了一眼定位，轨迹竟定在那里一动不动。晃了晃，丝毫没有反应。定位系统完全失灵，我们像被老天爷随意扔出的棋子，一下子不知道身处何方！

找不到定位，TT 有些慌张。安慰着我说，还有专业的 GPS 没有派上用场呢。找出那只黄色的 GPS，塞入电池，开机，一点反应也没有。电池没电！换了另外两节电池，还是没电。一向谨慎的 TT 竟然犯了个低级错识，忘记给电池充电。一时傻掉的两个人，四顾茫然。走的这一路，一个人也没遇到。向谁问路？

TT 拿不定主意，我也不知所措。因为出门时就分好任务，TT 负责路线，我主管两个人的伙食。不是我操心的路线，连看也懒得看。第一次看到 TT 手足无措，我并没有慌张，竟然有点幸灾乐祸。妈呀，这是一种什么心理。

▲无名的湖，无名的人

我知道，什么问题都可以解决。

TT 说，往前走，边骑边看吧。

又是顶风逆行。行到一个岔路口，岔路标志的地名根本不在轨迹之内。幸运的是看到了村庄，村头有人。不幸的是，我只听懂了狗吠的威胁，藏民们的话，一句也不懂。指着前方，反复说着：“尼玛！尼玛！”藏民的手却指向相反的方向。TT 看懂了，沮丧地说，我们一定是走错了。

掉转车头，默默地推车往回走。神奇的是，来时是逆风，返回时还是逆风！这缺德的天气啊！好在来时的上坡变成了下坡。TT 边骑，边拿出手机定位系统观察。依然没有反应。

一大早，骑的是昨天骑过的路。快到中午了，我们又重复了早上的路，真是又好气又好笑。“一错再错”，我们今天才真正地领教到它的“错综复杂”这层含义。

定位系统恢复正常时，已经是中午 12 点多。我们已经快累趴下了。TT 断定我们的方向完全反了，想当然地出门左拐，其实应该是右拐。看到他有些情绪不好，赶紧安慰他。TT 的表现也能理解，毕竟是大神，犯这种非常低级的错，传出去，会被江湖人士嘲笑的。

又回到了折夏木村，依然看到大姐在村头的踏板上荡来荡去。见到我们，远远地打着招呼。她可能会纳闷，我们却实在难为情。向她挥了挥手，仓皇逃窜。

狗在后面狂追。看我们停下，它们也停下，朝着我们汪汪几声。我们走，它们继续追。我们可不是他们到嘴的一块生肉，脸带着杀气，扔块石头过去，再也懒得理这些狗娘养的。恶狗眼看着我们走出了村，走出了它们的管辖范围，这才屁颠屁颠地跑回主人家。

沿着昂孜错，走上了正确的线路。地上的积水表明昨晚下过一场大雨，天空的蓝也透露了雨来过的消息。与蓝天相衬的永远是白云。你吃过西藏的云吗？这些干净的云，如果能采下，是完全可以生吃的。来西藏，不用看别的，单是看看头顶上空的云，就值这一回。

路过一滩水，我问，这是个什么错。TT 大笑，说是个王八错。呃，这个小湖，也就王八能游得开，那就叫王八错吧。

▲董布错，波光粼粼

一上午的折腾，来回 20 多千米，将近 4 个小时，已经把早上吃进的那些饭菜能量消耗得精光。返回后重新上路，搓板的路面，起伏的上下坡，把沮丧的心情搞得越发沮丧。姑且用这种玩笑来放松一下吧，也是一种自我解嘲，并非是亵渎西藏的神明。

长途的艰苦骑行，不仅学会了放松和自我解嘲，还学会了两个人的相互理解与安慰。我的心情不好时，TT 会劝慰我。看到他情绪低落，我就安慰他。我们有近似的爱好，共同的目标，只为把这条路走完。我常常想，TT 如果是个大姑娘多好，可惜了我这么充沛的感情，无处抒发。憋死！

爬上一座山，远处的地平线几乎全被水淹灌。那一定是一个大湖，TT 说。

下山的路又陡又烂，车闸的行程变大，捏到底都刹不住。调了几次也没调好。这么陡的坡，如果刹不住，就冲出山崖了。想给捷安特的老肖打电话，手机没有信号。琢磨了半天，突然知道问题的所在，一调试，果然成功了。TT 说学理工的就是不一样，他在这方面几乎半盲。我很惊讶，半盲的人，也敢骑这条线，一旦车子出了问题怎么办？

调好了车，就可以大胆地放坡了。搓板路的颠簸，颠得我咳嗽加重。这个咳的毛病一直没有好。到尼玛后，得找个医院好好看看了。当时在措勤时，医生就这样劝过我。一晃，十多天过去了，真担心会有后遗症。

刚调好的闸使劲刹，还是刹不住，还得靠着脚底的摩擦。这样刹下去，如果脚底磨出火来，是不是就变成了哪吒？

下到坡底，搓板加粗，逆风又起。强大的逆风，将围在嘴上的魔术头巾紧紧地封住。呼吸不畅，又不敢张开嘴。憋着气，呼一口再吸一口，好像不是在骑行，像是掉入了深水，极力挣扎。

逆风还没消停，又进入降雨带。背过身，哆嗦着把紧身的雨衣直接套在宽大的冲锋衣上，人变得跟大熊一样臃肿。也多亏了这身雨衣，只靠冲锋衣的防水功能，早就湿身无数次。

距离大湖越来越近。起先吸引我们的是湖中裸露的山体，暗淡的黄混杂着浅淡的青，背后是黝黑沉默的暗山。正呆看着，湖面忽然垂直升起了白雾，像是突然掀开的蒸锅。这蒸腾的白雾范围越来越宽广，也变得越来越稀薄，横贯了整个湖面。

雨停了，强大的侧逆风仿佛在阻止我们靠近这座湖。TT 说这个湖叫董布错，应该是第一次有人骑单车路过。回来后，没有查到过关于它的任何资料，

▲喷发的云雾

但是这座湖给我留下了极深的印象，不仅仅是我们作为首次骑行路过者，还有它的诡异和澎湃。前面几座大湖都是远远地观看，湖面几乎是平静的。董布错就在我们身边，湖水汹涌，冲击着岸边。

沿湖的路在拓宽，推土机推石入湖，近岸的水十分浑浊，与湖心的湛蓝，泾渭分明。向工作的藏民寻问前方的路况。分开黑牦牛们把守的门户，疲惫地向前推进。

不大的长坡，几乎全靠推了。有时也想倔强地继续骑行，刚骑几步，腿就酸得要命。推到坡顶，四野是悠悠的白云，心里空荡荡的什么也不想想。骑行了这么久，除了时常咳嗽，身体已完全适应了高原的环境。虽然每天骑下来都很累，但每个早上都有所期待。

有所期待地活着，是多么美好的事！

“一错再错”的路上，不知道会看到什么样的湖，也不知道会遭遇什么样的气候。这种无法预料对我是一种诱惑。我就像一个好奇的孩子，紧张地打开一只只的箱子，看看里面是飞出来鸽子，还是跑出来兔子。

近 5 点，骑到折岗村。距离尼玛大概还有 50 千米。TT 说目前我们有三种选择，一是入村找住处，明天一天赶到尼玛，但这种方式会比较累；二是买上足够的水，继续往前推进，半路找地方扎营，好处是第二天会轻松一些，坏处是野外扎营，无法预料；三是搭车去尼玛。

我比较倾向于第一条，让 TT 在村头的茶馆等着，到村里找住处。转了一圈也没有可以留宿的人家。往前骑，已经很累了，那就搭车？返回村子，找不到可搭乘去尼玛的车。从小茶馆买好水，正准备往前骑，TT 拦住一辆过路的重卡。可巧的是，这车恰好是回尼玛县城的。

▲远去的，是我的背影

## 你能坚持多久不洗澡

出门在外搭车，明明可以靠颜值，但我们愿意靠运气。这次我们的运气相当不错，恰好遇到一个回尼玛的藏族司机，价格也合适。把单车捆绑结实，一坐进高高的驾驶室，视野立马高出一个层次。

这种路，司机不敢开快，躲避着地上的坑洼。车颠簸得厉害，人在驾驶室里东倒西歪，好像随时会晃出车窗。右手紧紧地攥着车把手，攥累了，就侧过身体换左手。担心着单车和行李，时时地从后视镜观察。看来司机师傅很有经验，这种捆猪法，将单车捆得结结实实。

喝着饮料嗑着瓜子和师傅闲聊，主要是 TT 聊，我在一边旁听。师傅说到他手机上的一个困惑，正好撞枪口上了，TT 对此很熟悉，说到尼玛后帮他调试。司机师傅很兴奋，说他在尼玛有房子，自己住，邀请我们去他家留宿。

民族关系处理好，一切都好办。看到美景，我们只要说停下来拍照，司机师傅二话不说，立刻停车，让我们拍个够，好像成了我们的专职司机。这种感觉，暗爽。但我们不会得寸进尺，毕竟人家还要赶路。折岗距尼玛虽然只有 50 千米，以目前的速度，怎么也得开 3 个小时。

一路翻山。翻过一座座的大山，压过一条条的烂路。这段路，只是看着就觉得腰酸腿疼。如果我们踩单车，明天就算赶到尼玛，也会累到虚脱。我和 TT 庆幸之余，都不拿搭车说事。搭车总觉得有点偷懒，但我们俩，实在骑够了。

翻过一座大山，站在垭口，看到了孪生错张乃错和戈芒错。又是一山看两错，这样的机缘可不是人人都有！站在高原之上，左手一指，一个大错，右手一指，又一个大错，那种豪迈与激越，只有经历过风吹雨打的男人，才能体会得到。

每每以为翻过一个山头就是尼玛了，但每每都落空。临近 8 点，翻完最后一个海拔 4900 米的垭口，才远远地看到了尼玛县城。

尼玛藏语语意为“太阳”，是西藏那曲地区下辖县。尼玛县位于西藏自治区北部、那曲地区西北部，北与新疆维吾尔族自治区接壤，南与日喀则市交界，东与双湖县、申扎县相连，西与改则县相邻，平均海拔 5000 米以上。

谢绝了藏族师傅的留宿，答应他在找好住宿后帮他修手机，随后卸下了我们的单车和行李。一路颠簸，所幸单车没有受损。

▲这是哪，只有云知道

▲董布错

▲单车问湖

▲停车呆望

▲向左是错，向右也是错

8 点多的日头还很高。白晃晃的日光，晃得眼睛睁不开。尼玛是一座建设中的县城，到处大兴土木，藏式的建筑特征并不明显。除了往来的藏民和汉藏双语的地名标志，看不出跟内地城市的区别，一样的医院，一样的政府机关。作为“一错再错”中的重要节点，尼玛未来的繁华将比现在更甚。特别是沿途的路逐步修好后，经过此地的游客将为这个小县城带来更多的收入和文化冲击。

骑友飞云推荐的那家四川旅馆已经客满，从县城的一头一直走到县城的另一头，横穿了整个县城，才找到一家尚有空床的旅馆。扛着行李和单车爬上二楼，累得直喘。房间干净，虽然电视只是个摆设，还是感觉回到了人间。收拾停顿，看着雪白的床单，想想自己的脏，都不好意思钻入被窝。从拉萨出发到现在，已经将近 20 天没洗澡。TT 更狠，我好歹还能隔三差五地找点水刷刷牙，洗洗脸，冲冲脚，他那烂嘴巴成了他滴水不沾身的借口。虽说跟 TT 比，我的颜值还没掉光，当照着镜子时，才发现自己已经晒黑消瘦，人好像一下老了 10 岁。

烧上水，出门吃了顿饱饭，回来洗澡。脱光衣服，打开水龙头，才发现这出水量已到了惊人的地步——比小孩子尿尿粗不了多少，还热得出奇。那是一种怎样的洗澡啊，我就跟过了电一样，边跳边洗。这洗澡加健身，还是头一次遇到。

# 寒雨一夜入帐来

在尼玛休整的时候，去了一趟县医院。医生用听诊器听了听，也说不出个所以然来。给开了两块钱一瓶的甘草片，说如果还不管用，就到前面更大的医院去看看。就这样吧，有咳嗽，省得寂寞。至于那瓶甘草片，吃了几次后，就不知扔哪去了。

从尼玛县城出来，慢慢地脱离了街道的繁华。沿着夯实的路基，一路逆风，缓缓而上。

尼玛是“一错再错”第二阶段的结束点，也是第三阶段的始点。接下来，我们将用 4 天的时间，到达第三阶段的终点——班戈。如果不去双湖，此行最艰难的阶段应该结束了，我一厢情愿地认为。

▲大雨来前速扎营

▲前方是错，回头是山

▲大雪后，圣湖边

昨天休整时又去做了一些采购。每到一个大的聚集点，都要把一路上的必需品购齐，尤其是水。因为不知道下一站会不会有补给点，哪怕多带点，也不要带少了。TT 还买了一些汽油，如果缺了燃料，几天吃不到热食，体力就大打折扣。方便米饭所剩不多，只好买了最不愿带的面条。

说到这方便米饭，真是出乎意料的方便。当初带着还嫌重，一路走下来，才知道多亏了这玩意。每人大概一包半，盛入饭盒，加热水，十分钟，炒菜的工夫，米饭就焖好了。粒粒饱满，晶莹含香，加上热乎乎的菜，大口吞咽，非常过瘾。除了焖米饭，我还偶然发明了另一种用法——做稀饭。有一次早上吃剩下不少，扔了可惜，就放入保温壶，灌满热水。中午打开壶时，米饭已全都化成了米糊。我们又加入红糖和大枣，骑行到中午，吃饭时倒出来喝。呃，有一种女人坐月子的感觉。

此行最不成功的是脱水蔬菜。从网上买了不少，一泡才发现，根本无法恢复蔬菜的翠绿和水份，还有一股方便面的味道。在拉萨小雨客栈时，就全留给了老板娘。

面条是我们最不愿意带的。据 TT 说，这玩意在高原上很难做熟。水果，我们只买了一点。一来价格太高，品相不好。二来水果对我们来说是奢侈品，不是必需品。骑行不比自驾，我们不是逍遥游，这种苦行僧的旅游方式，方便实用，负重小，永远是排在第一位的。

出了县城，来往的车辆逐渐减少。路上开过的，多半是工程队的车。TT 说，这种车就别指望有人给我们东西了。这一路给过我们东西的，除了那次的牛肉和啤酒，还有一次是美女给的王老吉。接受陌生人馈赠的补给总是好的。尤其在这荒无人烟的地方，见到一个和自己一样有鼻子有眼的活物，都特别高兴。

最不缺的是云，最看不够的也是云，而最难描述的还是云。云的姿态太多了。浓者聚成一朵朵，薄者就扯成了丝。轻时直飘云霄，重时就坠向地面。爱热闹的凑成团，孤独的闪向一边。天，不管哪种蓝，都是亘古的，平静的，是胸怀博大的神，包容着云的任性，承载着云的喜怒哀乐。

远处是蓝色的达则错，我们一直行走在它的断陷湖盆。达则错，又名达克次湖、达格济错，藏语意为“虎顶湖”。湖水补给主要依赖波仓藏布（又名莫昌藏布）、那若曲。波仓藏布发源于藏北高原中部的雪山，长约 200 千米。远古时期，我们车轮下的这片湖盆全是水。

因为修路，我们不时地要离开路基，碾压过石子路，陷入过沙土区，颠簸过搓板路。如果要我选择，第一个要放弃的就是搓板路，受颠簸折磨的倒不是娇嫩的屁股，是货架。这样的负重，货架虽然加焊过，想想大神 TT 的钢制货架，还是暗自担心自己的。

荒野之上，一棵树都没有，也极少见可以挡风遮光的建筑物。我们都是讲究的人，吃中午饭要选个好地方，就算是吃枚蛋黄派，也要坐下来，对着云，对着秀美的湖。好像吃的不是饭，是一种仪式感极强的心情。

其实“一错再错”的骑行是缺少仪式感的。它不像热闹的川滇藏线，上个垭口就有经幡和海拔标志，从骑友孟工 2006 年发来的滇藏线照片发现，有的地方仪式感太过了，硕大的标志，恶俗得比城市的那些地标还要让人无法忍受。西藏，我还是喜欢它原始、苍凉、粗狂的一面。那种人为的东西，就像是给一位已经十分完美的美女拉双眼皮，那是一种犯罪啊。

说没有建筑物也不对。这一段正在修路。工段和救护站还是能看到的。TT 说，5 月份骑友铁人三项他们曾走过这条路，当时住在救护站。我们往前赶，会有地方住的。

▲当惹上空的云

▲路过，第四项目组

赶到 75 千米处，到达了第四项目组。按计划，今晚就住在这里。再往前，就没有可住的地方了。可当我敲开项目组的大门，却遭到了拒绝。我说，能不能在院子里搭帐篷，也断然不可。这是骑行以来，不曾遭过的冷遇。有些心寒，又一想，也许人家是有理由的。去项目组的小商店买上一些饮料和方便面，又灌了他们两大可乐瓶的井水，回头和 TT 一说。TT 调头就走，说我们扎帐篷去。

离开第四项目组，寻找可扎帐篷的地方。TT 说最好是平坦的，靠近水源，又能防风的。远远地看到一处，前头带路，TT 随后。拐下路基，发现远处有人家。我说去看看有没有地方可住。留 TT 等着，因为我看他状态不太好。

没有路，从草滩上跌跌撞撞地骑过去，一问，又遭拒绝。

狗追出来吠我。

折返，看到一处可扎营的地方，远远地招呼 TT。TT 歪歪扭扭地骑上车，竟一头栽进了坑里。急忙跑过去，TT 已从坑里爬出，一脸的愤怒。看来两次遭拒，对他也是一种打击。我们几乎是赌着气来寻营地。

找好地方，扎好营，TT 钻进帐篷吃了点东西，气色才好。说刚才突然有些低血糖，心情烦躁，明知是坑，还是往里骑。西藏骑行，因为长时间的营养不良，身体很容易出现问题。一旦身体出了问题，意志力和情绪也会受到摧残。

外面风大。躲进帐篷开始做饭。吃完饭，天色还早。吃着瓜子，看着外面的天空一点点地变暗。路基上，有时会有车开过，两道车前灯刷浆一般。外面的风速在加剧，忽然下起了雨。把行李往帐篷里挪了挪，继续吃瓜子。

吃到口干舌燥，漱了漱口，躺下，双手支着头，看着帐篷模糊的顶部。慢慢等着天黑，等着雨停。天慢慢黑了，雨却一直不停。有点冷。听着冷雨抽打着帐篷的声音。听着听着，起先还翻来覆去地睡不着，不知何时，竟睡着了。

# 粘稠的时间，凝固的照片

昨天路过去措折罗马镇的路口。

铁人三项他们是折向了罗马镇，并在那里住宿，第二天再返回。TT觉得那边没啥可看的，建议继续前行。这才出尼玛75千米后，住进了帐篷。

对于这个项目组，铁人三项也是颇有微词，说他们态度很不好。飞云却对修路的项目组赞不绝口，说她当年骑行大北线时，就靠着住进项目组才得以吃住无忧。呃，这个时候，女性的优势就显示出来了。再威猛的女骑友，在项目组的人眼里也是受伤的小白兔。我们这些大老爷们就不一样了，就算是缺胳膊少腿也是活该。

继续沿着路基上坡。今天的路基明显好于昨天，路压得结实，几乎相当于水泥路了。至于水泥路，我们已经很久没见到过了，只有在进村镇后才能骑那么百十米。骑行这一路来，天天都是搓板路、碎石

▲无名的错

▲别看我，看山看云

子路、沙土路，三种路的更换。重复着的是蓝天白云，或者阴雨连绵。朋友曾问我每天过这样的日子有没有期待。我说有。虽然重复的是景和路，但景还是有不一样的地方。同为大湖，达则错跟当惹雍错不一样。就算是同样的蓝天白云，彼时的心情不同，投射到天蓝云白上的色彩也不一样。还有的就是未知，不知道今天会遇到什么，也不知道在哪里住宿。这一切，加上离目的地拉萨越来越近，就成了每天骑下去的动力。但真正到了最后那几天，快要到达目的地时，又希望这时间能够慢下来，最好能凝固下来。永远在路上，永远体会路上的感觉，这种美妙，有时超过目标的达成。

TT 终于肯摘下魔术头巾拍照了。他那个烂嘴巴也有好的迹象。他说很奇怪，每次出远门，先是嘴巴烂。看来人的身上是有病灶这个东西，是有最薄弱的地方，或者称软肋。当外部环境正常时，这些病灶处于隐性状态。一旦环境有变，最先起义的，大多是这些地方。我的感冒一是鼻子上火，二是咳嗽。这个咳嗽，伴我一路，总是没有好转，有时咳起来，真想把喉咙扒开。

苍茫的藏北高原！我真是太爱这片土地了。荒凉，雄阔，繁星满布，山神湖圣。人说山清水秀，谁住谁够。这个地方，如果让我长期住，我可能也会受不了。受不了的倒不是与热闹世间的隔离，只要有书有酒，有志同道合者，何处不能安歇？我受不了的是这环境对身体的摧残。这里的平均海拔在 5000 米上下，高反虽然已经没有感觉，毕竟不是土生土长于斯的人，身体的机制要重新组合，饮食习惯也要重新适合，而我这种脆弱的肠胃只对馒头和小米稀饭有归属感。进藏这三次，几乎很少动荤腥，也曾有好客的藏族朋友递过来风干的牛羊肉，我只能笑而婉拒。TT 这适应性很强的人，20 多天下来也明显地瘦了不少。

走过“一错再错”无需再看湖了。一个一个的大湖小湖看过来，的确会产生审美疲劳。不过眼前的吴如错还是很美，在这堆土山之间，就像是一只泥制的粗碗，盛着一碗幽绿幽绿的蔬菜汤。

因为昨晚下过雨的缘故，云释放完了饱满的情绪，就像人大哭过后的那种如释重负，变得轻盈，身如羽毛，形亦如羽毛，飘飘洒洒，飘满了整个天空。只是湖面上空的云，还是一副十分凝重的表情，好像心事满满。

一个接着一个的大长坡，顶着天上光亮的大太阳。虽说有点燥热，却没有一丝的暑气。TT 撺掇我：“老贾，骑上去。”

“一口气骑上去。”我把前拨打到最小盘，后拨也打小，晃晃悠悠地往上骑。“我不

行了，小盘也骑不动了。”我在前面故意大喊。

“看我的大盘，大盘鸡。”TT 在后面，兴奋地把新疆大盘鸡也喊了出来。

储备的香肠早就吃完，路上再也没遇到送我们牛肉的游客，顿顿土豆、洋葱、胡萝卜，虽然每次炒菜我都加入大量的花生油，可是长时间的不吃肉，嘴里还会淡出鸟来。我吃不吃倒无所谓，怕的是 TT，一直吃不到肉，想肉都想疯了的人，晚上会不会把我啃了？

风化了的高原，薄薄的草皮紧贴着地面。它们浅浅的草根，无法抓牢身下的土地。有车开过，灰尘扬起。裤脚沾满了土。抖抖冲锋衣上，厚厚的，也是土。这是高原的雨季，却看不到草原的茂盛。守着一个个的大湖，也无法吸取其水分。吴如错过去了，接着是恰归错。

恰归错藏在山的背后，只露出了一个边角，却蓝得可爱，干净得近乎失真。看到她的全貌，需要爬过一座山。铁人三项他们曾爬到山顶俯瞰，据说所见非常之美。TT 瞅了瞅山脚到山顶的距离，说，我们看过那么多的湖，不差这一个。我看了看山脚到山顶的距离，也有点发怵。

远远地看一看就很好，就像人生的许多缘分，有些要亲近又亲近，有些呢，瞥一眼就够了。打动你的，不一定能打动别人。如同你走过的这一路，他人眼中的世界，只有与你的交集足够大，你才有办法讲给对方听。

朋友曾看到我拍的西藏照片，说每一张照片都像凝固了一样。并问我每天都在想些什么。时间在西藏的流速变得缓慢又缓慢，它不像城市里的沙漏，会让你惊觉到生命的细细流逝。西藏的时间是粘稠的，连风都吹不动。每天，从日升骑到月起，看惯了风景，嚼着清淡的食物，眼耳鼻舌身意这六根因为用得少，变得越来越迟钝，并因迟钝而清净。时间，除了用来计算一天的行程，已毫无意义。想什么？不想什么。自己就是这大方广里的一粒微尘，融入而非隔空。如果不是有着身体的牵绊，人早就化入，就像岩石，化入泥土。

何止是人，再坚硬的石头，也抵不过风之细手，任你 10 万年，100 万年，耐心地将之克化。温柔，才是自然界最强大的力量。眼前如此巨大的一块石头，日久天长，也会被岁月打磨成一堆的细沙。除了风，还有这蓝白二色，只有在西藏，才最纯净，最宁静。相机的那点像素就像我这贫乏的文字，根本不够用。

# 去西藏，你有搭讪神器吗

远远地，看到了一线蓝的色林错。也顾不上 TT 了，放开了速度，我要离她再近一些，更近一些。云卷成一根粗大的绳子，低垂着，横在你永远也骑不到的远方。云下是矮矮的山峦，看着毫不起眼，海拔却都在 5000 米以上。碎石的路面，起起伏伏，我们已经疲倦于上坡，也疲倦于下坡。这里不比新藏线的柏油路，那些速度能冲到 70 码的长长的光滑的下坡，人在车上，能分明体会到极速的发泄式快感。那种上坡疲惫后的发泄，是一对艰苦卓绝的补偿，而在这里，没有。下坡，要捏紧了闸线，极烂的地方，甚至下车步行，两手往后拽着单车。更不用说颠簸，时常出现的逆风，下坡也要狂蹬的逆风。别说什么快感，不骂娘就是修养很好了。

然而，我们还是喜欢藏地的骑行。平平坦坦的路面，就像一杯温开水，无滋无味。修得太好的路，最适合细轮的公路车，可以轻松地画出优美的圆弧。如果把公路车比作一把轻盈的弯刀，山地车就是重剑。弯刀游刃有余，劈砍不足。重剑的山地车，如果没有了山路的崎岖，也就不能称其为山地。藏地，尤其是我们选择的“一错再错”的藏北，正是摧残山地车的最好的地方，也是磨砺我们的好地方。

▲吴如错

▲色林错

翻过一段极陡的坡，到了山顶，俯视山下，倒吸了一口冷气。眼前的下坡，坡度极大，一辆卡车正冒着黑烟艰难地向上爬。坡顶还停着辆重卡，俩汉族司机在那聊天。

等 TT 上来，把两辆车关键部件的螺丝拧了拧，拉紧驮包上的绑绳，降低车座，相互叮嘱小心，踩蹬骑上单车。捏着闸，车轮小心地转动。闸捏到了底，车轮已经开始滑行，还是刹不住车。甩蹬下车，差点栽出去。紧走几步，才把车控制住。稳了稳心神，拖车下坡，鞋底摩擦着路面以减缓下坡的速度。虽然下坡如此艰难，但是想想如果上坡，应该是难上加难，心也平了，气也顺了，慢慢地向下出溜。逆行的大车，远远地拉开距离。要等到前面一辆上到坡顶，后面的车才敢上。

下完这段险坡，一马平川，几个大小不一的起伏后，来到了色林错的近旁。此时已是将近晚上 9 点，天光虽然还亮着，但是用不了多久，就会全暗下来。正思量着寻找住处时，路边有一座小茶馆，竟然有人。几番交涉后，藏家女子竟然让我们住下了，真是喜出望外。

收拾妥当，开始生火做饭。过不多时，有几个藏民凑了过来。为了跟藏民们套近乎，TT 故伎重演，掏出手机，半是比划半是藏汉双语，向他们展示走过的西藏各处，表示自己也是个老西藏。特别是在 TT 展示转冈仁波齐的照片时，藏民们全是一脸的惊讶和崇拜。对于后藏的藏民来说，布达拉宫对他们的吸引，比不上冈仁波齐，这一生能去转神山，是一种莫大的荣耀。在藏民们崇敬的眼光中，TT 也忘记了自己的烂嘴巴，越说越激动。呃，这是 TT 的搭讪神器，用了一路了，依然好用。

相比来说，我的搭讪方法就很简单了，见到藏族朋友就说“扎西德勒”。不过我发现，后藏对这句“扎西德勒”，使用的频率并不多，也不主动，不像滇藏的骑行，还没等你说，藏民朋友先行来一句“扎西德勒”。

是不是后藏的藏民相比前藏不够热情？也不是，吃完饭，我在路边溜达时，路过的藏民朋友，还塞给我红牛和矿泉水呢。

# 众湖之母色林错

小小的茶馆，是来往的藏民歇脚的地方。抓一把瓜子，递给刚下工的小伙。小伙家住拉萨，承包了一段工程，每年出来工作 4 个月，剩余的时间自己打发，收入也蛮不错。围上来的藏民朋友都对我们烧饭的家伙感兴趣，问问，摸摸，眼神跟小孩看到新鲜玩意一样。还有一个十八九岁的帅小伙，穿着崭新的羊绒藏袍，拉着一大家子人，在这小茶馆停车休息。跟他聊了会，借他的衣服拍了几张照。得知小伙要开车连夜赶到尼玛，很吃了一惊。此地去尼玛，虽然路程不算太远，但是路况复杂，还要翻越我们刚刚下来的大坡。替他们担心，小伙却一副不在乎的模样。他们在茶馆外面的帐篷不紧不慢地吃饭，出发时，看了看表，已经是将近 11 点。

晚上，只有我和 TT 在小茶馆休息。藏族姑娘跑到外面的帐篷去睡。躺下后，翻来覆去地睡不着。佛龛里的录音机反复地唱念。那位吟诵者，念着咒语，庄重中还杂有俏皮的咳嗽声，TT 直喊受不了。这小小的茶馆，有佛的气息，也有人间烟火，叫我莞尔。

▲分层的蓝

▲且让我洗个脸

早上起来，色林错的上空已烧成一片橘红，层层叠叠，由浓转淡。色林错的水呈现了一线光亮，而山是沉默的黑。云如过客，由南向北平移。移动着的云，慢慢地暴露出了东升的旭日，如腌透了的鹅蛋。这鹅蛋由柔和，逐渐变得刺眼；然后，天亮了。

今天的路况比起昨天好了很多，坡度也不再陡得那么变态，只是时时吹来的逆风强劲，带着丝丝的凉意，也吹来了色林错的一些气息。

色林错是"一错再错"之行的重要看点之一。藏语意为"威光映复的魔鬼湖"，曾名奇林湖。西藏有两大"鬼湖"，色林错位居其一。相传色林是居于堆龙德庆（小雨客栈的所在地）的大魔鬼，性喜吃人，不挑食，其他飞禽走兽也是他的口中美味。后被莲花生大师降伏，大师命其居于岗尼羌塘南面的大湖，终生忏悔。此湖于是被命名为"色林堆错"，意为"色林魔鬼湖"。

色林错是西藏第一大湖，中国第二大咸水湖。湖深水阔，最深处超过 33 米，东部最宽处达 40 千米。更久的年代，色林错面积高达 1 万平方千米，后因气候变化，湖泊退缩，从中分离出格仁错、措鄂错、雅个冬错、班戈错、吴如错、恰规错、孜桂错、越恰错，地道的众湖之母。

▲色林错的蓝

一直沿着色林错骑行，湖面时而狭窄，时而宽阔，唯独纯净的蓝色不变。天空，亦复如是，变幻着的是云。静止的东西容易描述，最难的是变幻者，我不知道如何向从没有到过西藏的人诉说。您可以看到我的照片，我的视频，却很难体会身处藏地天空下的感觉。因此，今天的云，我不想再去费力不讨好。云不说话，我也不说。

转过色林错，又遇到了措鄂错。措鄂错虽为色林错的子湖，纯净程度却不亚于它，湖底的石子粒粒可见，撷取了几颗，塞入驮包。正波涛冲岸，水鸟游弋。洗了把脸，抬头见天蓝云白。这么美的时光，心旷神怡。如果此刻不是天堂，那么天体当中，也就不存在天堂。

本想在湖边的小屋墙角吃午饭，惊见墙上密密麻麻地停满飞虫，慌忙逃窜。沿湖边骑行，飞虫掠过，冲锋衣、骑包上落得满是飞虫。逃出飞虫区，一一捡拾弹飞。四处全是荒野，烈阳暴晒。找了一道沟壑，两人跳入，用冲锋衣遮挡着阳光，吃着早过了中午的午饭。一辆越野车从面前开过，浮土飞动，落满了一身。

转过山，又见到了更广大的色林错。色林错的水，清澈到仿佛无有。微波荡漾，盈盈可爱，引逗着我脚底发痒。脱了鞋，踏进湖水，冰凉如水晶。还没洗彻底，正在拍摄的 TT 大声喊我上岸。穿好鞋袜，一位藏族小伙朝着我这边走来，闲聊几句，小伙远去。TT 这才解释说，藏族对圣湖有一种天然的崇敬，怕我洗脚的举动会冒犯他们。呃，原来如此！不过从小伙的举动来看，好像我洗脚的行为还是可以接受的。不像那年在纳木错拍裸照的内地某女游客，我对西藏禁忌还是有所了解，对于神山圣湖，以及西藏的一切神圣之物，都是心怀尊敬，不敢有一丝怠慢。

# 有些地方，你永远不会再来

今天是最后一次看到色林错。这里也是欣赏色林错最好的地方，一直赖着不想走，却不得不离它越来越远。这个地方，不知道还会不会来。捡了一块小石头揣进裤兜，就当是带走了色林错的一颗心，一颗纯净的心。我用色林错的圣水灌洗过，就当我也纯净过吧。

因为我的那本《西藏，一个人的浩浩荡荡》，接受过几次采访，主持人都提到过西藏对人心灵净化的问题。去过或没去过西藏的人，也都喜欢用净化这个词。西藏是否真有这种神奇的功效？是否到过西藏，人就变得高尚，心就变得干净？有弟子曾向释迦牟尼佛请教，说您跟我们住的是同一个世界，还是别有净土。佛陀就把腿放下，脚趾摁在地上。大家看到这个世界瞬间变成了金色的清净国土。

▲飞舞的云

▲一山看两错

▲翻滚的云

如果西藏真能起到净化人心的作用，把所有的人拉来过滤过滤，人间净土就实现了。凡夫心随境转，佛菩萨境随心转。我们去西藏，不过是暂时把身心放空，回来后的生活依然如旧。不同的是，我们的眼睛见过了久违的蓝天和白云，这种所见，特别是在那些雾霾天，可能对我们是一种安慰，知道还有那么美的地方。也可能让我们格外难受，因为当下的肉身，正远离着那纯净。仅此而已！

离色林错越来越远，离天上的云却越来越近。也不知道西藏哪里来的这么丰盛的云，出生无数，姿态万千，把我对云的所有想象，一一满足。你不知道西藏的天有多蓝，你也不知道西藏的云有多白。蓝与白，是我最爱的两种颜色，西藏就像一个美丽的小小女子，全部呈现给了我。

下午的状态远不如上午。中午吃的那点粮食，除了填饱肚子，没有任何营养可言。我已明显地感觉到消瘦，TT 凸出的肚子也收了回去。加上阳光的燥热，头脑的困顿，两腿的力量逐渐枯竭。幸好路基修得不错，越往班戈走，我们离柏油路越近。TT 说，今天我们就能骑进柏油路了。

顶着回避不了的逆风，闷头前行。远远地看到了白色的板房和蓝色的方形拱，还有几辆黄色的挖掘机。TT 说，那里就是柏油路。这种硕大的诱惑催动着我的双腿一阵快蹬，就像快要见到心爱的人一般。一骑进柏油路，烂路与好路的区别，如此明显地从车轮下传来。我兴奋地冲着远处的 TT 挥手，却招来一位摩托车骑手。随后 TT 也赶来了，高兴地嗷嗷直叫。是啊，骑了 10 多天的烂路，终于又回到了宛如人间的坦途。

之后是一路逆风。

好爽的逆风，起于旷野，掠过我的铠甲和战马，闭合于身后无形的空气。直行是那曲，右拐是雄梅。望着一直延伸进苍山的碎石小路，我有些茫茫然。有些人你永远不会再见，有些地方你永远不会再来。我不知道这条路通向的是一个怎样的地方，也没有机会去探知“雄梅”代表的是什么。我们的方向是那曲，距离拉萨比较近的那曲。

柏油路并不意味着繁华，举目四望，看不到有人烟的安居之所。有时会看到远离路基的帐篷，临水而居。这样的地方，是无法投宿的。眼看着天色将晚，一边骑，一边祈祷会有安身之处。

经过只有几户人家的小村落，家家门不上锁，却也看不到一个人。TT 说，放牧的还没有回来。我们不能擅入民宅，又等不起，继续向前寻找。这时，乌云压了下来，然后叭叭叭叭，砸下了硕大的雨点，赶集般，催促着我们的脚步。

天无绝人之路，雨似乎也对我们格外开恩，虽然一直下着，却没有加大。终于找到一户孤零零的人家。推门进入，仨大俩小的孩子在那里玩耍。有个机灵的小男孩，大概十四五岁，一副一家之主的模样，问明我们的来意后，自作主张地留我们住下，说等他爸妈回来后再安排床铺。问他的爸妈干什么去了。孩子说妈妈去放牧，爸爸在县里当医生。

▲亘古的蓝天

▲晚霞下的羊群

虽然在自己家，孩子的妈妈比我们还腼腆，看着我们有些不知所措。我们说，住在院子里也行。她指了指沙发说，可以睡这里。又有些不好意思，大概是觉得条件太差。其实已经不错了，没有露宿院子。当妈的烧起了火，屋里开始暖和起来，还有电视看。只是信号不好，小男孩要经常去活动天线。

见我们找到住处，雨放心地下大起来，继而是冰雹。拾起一颗跳进屋内的，看着它在手心融化。院子里的水多起来，一直漫到门前。我和 TT 暗自庆幸，如果把帐篷扎在院子里，估计这会就成了蓬蓬船了。

当妈的和最大的女儿开始做饭。一大家人一大锅菜，却也只是简单的炖土豆。还有个炖牦牛肉，肉香四溢，估计 TT 已经食指大动了。我们也开始准备晚饭。怎好意思吃人家递过来的饭菜，甚至连人家的水都不愿用，因为这水是一桶一桶地从远处背回来的。

很晚，孩子们的爸爸才回来。见着我们有些诧异，大概是很少见汉人经过此地，又恰好落在了他家。男主人对我们的入住，没有异议。寒暄几句后，开始吃饭。这才知道，牦牛肉是特意为他炖的，因为他是家里的顶梁柱。

俩最小的孩子抱着医生爸爸，就像两只小猴一样，撒娇，撕咬。想起我那可爱的女儿芊芊，这个时候，应该是和她妈妈在和酷暑战斗，而我这，扁扁的冷风，只从窗户缝往里钻。

# 爬上一个坡，还有一个

早晨，我被窗外一团金黄的光照醒。

黑色，从脚下的大地向远处退去，一直退到远处的天边。地平线以上几百米，空气正被灼烧，如融化了的金水，形成一种炽热的气体状的光。往上去，是卷土重来的乌云，如千军万马，兵临城下。四周的云也在聚集，压向这光之源。南方，光已变得柔和。高高的路基上，缓缓开来两辆跑远路的重卡。这是早早出发的工程队。

早起的还有放牧的藏民一家，把一群羊头对着头排成行。这羊也真乖，如果换作是我，早撒丫子跑了，才不受他人摆布。羊身上仿佛镀了一层金光，藏家女子的脸上也涂了一层金粉。见我拍照，笑着，不好意思地扭头过去。如果没有征得别人的同意，我一般不拍人家的正面镜头。

▲向前走，不回头

▲错鄂错

下了一夜的雨，到出发时雨仍然淅淅沥沥地下着。雨季带来许多麻烦的同时，也带来更好的风景。如果没有这场雨，天边的朝霞，我们就不会看到。还有那年的彩虹。我所见过的最美的彩虹是在鲁朗的路上，也是在一场雨后。其实，何止是风景。野夫在《1980 年代的爱情》里有一段话："我理解的爱情，似乎要有些惊心动魄、伤筋动骨的东西。如果没有痛感，而只有快感，那就是成年人的一种两性关系而已。"西藏如同刻骨的爱情，只有身体进入地狱，眼睛才能看到天堂。

TT 恨透了雨，因为没带雨衣，他那身冲锋衣虽然质量好，架不住穿得太久，有些地方已经开始进水。我的雨衣倒是能挡住雨，棉线手套却是吸水的好货。骑一段时间，就得停下来，拧拧里面的水。手泡得起皱发白，就跟泡椒凤爪一样。

这种地方竟然遇到三个反骑的小伙，我们很吃了一惊。他们是从当雄进的藏，以前只骑行过 318 线。他们自认为走过 318 就非常牛叉了，脑子一热，贸然而来。得知他们从没有过烂路的骑行经历，没有攻略，没有帐篷和炉具，没有 GPS，TT 有些啼笑皆非，劝他们走完这段柏油路直接回家算了。三人受了雨淋，本就沮丧，听 TT 这么说，正好给自己找了个台阶。当他们得知 TT 的大名时，一个小伙子顿生敬仰，说原来你就是传说中的大神啊。TT 有些小得意，俺看得出来。这个，这个，难道他们就不认识我吗？咳咳，我就是神话中的某某某。虽非大神，但是和大神混完这一路，也是半仙了。

忽雨忽晴，起起伏伏。好在是柏油路，速度能上得去。K27 千米处，开始出现一个超级大坡。看到这个变态的大坡，竟然激起了我的斗志。干它！我喊 TT，咱们干它。TT 摆摆手说，要干你干吧。

好在雨也停了，喝了几口水，稍事休息，抬腿上了单车。这一上单车，才发现腿已经是酸的了。但话说出去了，不干也不行了，咬着牙上坡。越骑腿越哆嗦，抬眼看看，看不到坡顶。哎，这不自找苦吃吗？明明可以靠推的，偏要去暴露自己的实力。而实力，嘿嘿，我就不说我已消耗完了。眼睛开始不去找坡顶，而是望向两边。左边是山，呃，右边也是山，山里还有座小庙，庙里有一群快乐的喇嘛……

腿哆嗦到一定程度就不再哆嗦，酸过后，也就不觉得酸。开始按照自己的节奏，吸两口气吐一口。就这样一呼一吸间，终于看到了坡顶。心头一阵兴奋，双腿生力，噌噌噌，我就登顶了！放下车，一阵狂咳。

▲此处可小憩

这不是有病吗。

等到 TT 也登了顶，休息了一会，TT 指着前方说，再干一个？

那就再干一个呗！

连续两个大坡，都是一口气干到顶。

面对第三个坡，再也干不动了，只能让这大坡干我了。

推吧。

累死！

骑完一个又一个的大坡，以为前面就是垭口，但是拐过山去，又一个坡。直到 K9 处，连续骑行了 18 千米的上坡，才登上了拉木错，海拔 4370 米，时间是 15：40。

这次已经彻底歇菜。

# 当心恶狗，请备好石头

接下来是我能看到的长长的下坡。垭口的风巨大，更恨的是逆风，逆风强大到下坡都要双腿猛蹬。好不容易爬上的大长坡，本想爽一把，却遭此恶风。心尖上的小火苗呼呼直烧，恨不得找条狗来敲打敲打，发泄一下。

真是心想事成！拐出一个长弯后，半坡上露出几户人家。有人家处，必有恶狗，有时还不止一条。果然，四条狗见到生人，朝着我狂奔而来！我哪敢恋战，趁着下坡，跑吧！双腿紧蹬，车子打着漩，飞速而下。恶狗 F4 看离我太远，转身去拦截后面的 TT。兄弟，哥知道你对付恶犬自有神招。对不住了，刹不住车了，走先！

去西藏，不得不说到狗。滇藏线时没有遭遇狗追，新藏线时被狗追过两次。“一错再错”的骑行，多次遭遇狗，行文至此，不好再掩瞒，写出来，图看官一乐。

▲终见柏油路

▲蒙面行者

第一次遭狗追大概是从畜牧场去色勒的路上。正悠悠地欣赏着沿途的绿色，左侧草地突然出现三只大狗。心头一抖，本能地双腿快蹬。仨兄弟本来只是远远地瞅我一眼，见车加速，径直冲着我窜过来。越跑，狗越追。我边骑边回头大喊：“狗！狗！”狗在后面边追边应答：“汪！汪！”

正是上坡啊，我都不知道哪来的能量，一路狂蹬。可双腿到底干不过四蹄，跑在前面的那只咬到了车轮。我从车上摔倒，从恐惧到发狠，摸起石头就打。狗大概被我的气势吓傻了，掉头就跑。看到远处的 TT，狗顺道冲了他追去。TT 放下车，从车上抽下气筒，冲仨兄弟边挥舞边呵斥。说来也怪，这狗看到 TT，扭头跑回了草地。

这是第一次被狗追，后面陆续还有几次，因事关个人形象，此处省略八百字。

本来就高反，吐过几口后，躺在地上半天没有回过神来。TT 赶到后，见我这狼狈样，都笑出声来了。唉，我怀疑这是个假骑友。

TT 说他当年也怕狗，进藏前为了练胆，曾主动找狗。先是和狗瞪眼。狗多半瞪不过他，因为他的眼的确挺大的。后来就开始主动挑衅，从一只到一群。我觉得那已经不是挑衅而是调戏了。

▲呼啸而来的云

那么，看到狗应该怎么办？

千万不要跑，你越跑，狗越兴奋（咋感觉跟碰到女流氓一样呢？越反抗，人家越开心）。你就停下车和它对峙。如果手里有棍子之类，就冲着狗挥舞；如果没有，就捡石头。狗多半会被吓跑。

我说，难道用这种办法就没有你对付不了的狗？TT 说，有两种，一种是藏獒，另一种是野狗。

新藏线时，曾遭遇藏獒的追赶。好在那只藏獒的野性有所磨损，大概是老了，追出它的势力范围后就不再追赶。如果是那种纯种、野性十足的藏獒，惹着它就是一场灾难。TT 说遇到藏獒，就乖乖地停下来，一动不动，等它脾气消了再走。

至于野狗，TT 说，连狼都害怕。大概是出杭达的路上，我们曾见过野狗。野狗的模样跟家狗不一样。家狗大多比较慵懒，野狗因生活无着，比较消瘦，样子却凶恶得多。那只狗盘旋在一个垃圾场中间。TT 停下车，说等会再走。看狗没反应，我们绕了个圈，远远地离开它。看 TT 紧张的样子，我的心里也是一阵发紧，就怕那只狗会抬眼看我们。好在它耽于垃圾食品，没有注意到远远的有两个绿色无污染的肉人。

至此，按照凶恶程度，可以做个排行，狗、狼、野狗、熊、雷电，至于藏獒，要分品种了，温顺的排在狗前，凶恶的排在雷电后。

# 加根村的姑娘、小伙和那群娃

赛马一直是藏北地区的传统习俗。每年的七八月，草绿马肥，正是赛马的好时节。下到班戈，恰好赶上赛马节。到处是盛装的藏民，远处还有骑手在比赛。看到这么多人，TT 比较担心住宿的问题。果然，问了几家都说客满，临到县城尾部，才找到一家。

一夜无话。

对班戈县城没有什么特别的印象，也没有时间留下来看赛马。今天的行程比较远，大概有 80 千米，起伏较大，早早的用过饭后就出发了。

风景永远都在路上。凡是有人居住下来的，除了嘈杂就是粗俗的建筑。人真是神奇的物种，可以创造一个美好的世界，也可以把一个美好的世间搞得一塌糊涂。好在西藏足够大，总有人破坏不到的地方。

▲来，教你们画孙悟空

▲草根是甜的

▲我是小骑手

▲看我的小酒窖

▲淳朴

沿着灰黑的柏油路，回避着来往的大货车、私家车和摩托车。本来就狭窄的路因赛马节的拥堵，越发狭窄。骑行了十几千米，逐渐远离县城后，人车才少下来。人车一少，看着蓝天白云也干净。

潮湿的草原，星星点点，散着一些吃食的黑牦牛。近旁的小湖，几只野鹤，悠然如风中的百合。除了恼人的长上坡，一切都是十分惬意的。还有无垠的高原草，一直爬到低矮的山丘才完结。登高而望的是错琼错。昨天还看到了巴木错，那是加根村之前的那个大点儿的湖。巴木错又称布喀池，藏语意思是勇士湖，与纳木错互为姐妹湖。错琼错很小，不是TT提醒，我都错过了。可惜远望的错琼错，因天气原因，并没有期待的那样美。西藏的湖再美，如果没有蓝天白云的陪衬，连纯净都无法显现。如同一位女子，若是有人宝爱着，就会使本如明珠的她，越发光彩。

又是骑到下午的极度疲惫，每天都是如此，没有一天是轻松走过。每天的累，已经是必然的事，只是不知道会累到什么程度。每天累的终结，就是找到住的地方。骑行到加根村，TT指了指前面一个极大的长上坡说，如果翻这个坡过去，就到了青龙乡，后面就是常规路线到拉萨，还是柏油路。如果借道加根村，就要走一条未知的烂路，到达纳木错北岸的圣象天门。这个地方还没有单车到达过。

我一向对未知有极大的热情。对人生，我希望获得一些和他人不一样的体验。三毛说过，如果你给我的，和给别人是一样的，那我就不要了。费这么大劲走这“一错再错”，怎么也得获得一些前人不曾得到过的经验，哪怕要吃更多的苦。

幸运的是，又在加根村找到了住处。一位藏家中年男子把我们带到坡下的家中。推开门，一位非常漂亮（可惜忘记什么模样了）的藏家姑娘正在忙活。除了找 TT 修手机的那位，这一路见到的藏家女子多半是藏式装扮，而这位却很时尚，脸上也没有高原红，完全感觉不到她是在如此偏远又简陋的小房子里居住。姑娘大大方方地跟我们打招呼，招呼我们住下，随后端出了酥油茶和油炸糖麻花。

正吃着，又进来一位藏家小伙。这小伙一进来，我立即错以为是个大明星。人非常帅，头脸洗得干干净净，穿着崭新的藏式衣服，腰上还挂着银饰。他一进来，整个屋子都变得特别光彩，连刚刚看到的藏家姑娘的靓丽都被他挤走。

听我们说话，屋里跑出一个小女孩，眼眸极亮，梳着几根小辫，打扮得像个小公主，手里拿着课本。小家伙极为伶俐，汉语说得非常棒，给我们展示她的课本，又掏出作业来做。这小孩算术算得非常快，看到题目，几乎连想都不想就写出了答案。语文要写得慢些，字写得不是十分规整。一问才知道，这孩子在拉萨上小学。那位藏家姑娘是她姑姑，带她回老家过暑假。在西藏，但凡重视教育又有条件的，许多家长都送孩子到拉萨上学。来多六村遇到的那俩孩子也是这样。鼓励孩子向学是好事，希望不要把鼓励变成家长望子成龙成凤的急切。每个孩子都是一朵花，只要开出自己的颜色就好。并非只有大红大紫才是春天，洁白而孤芳自赏，也有它的美。

做完饭，陆续又进来三个孩子。有个大点儿的男孩，不太爱说话，把自己画的画拿来给我看。画的多是一些简单的花草，还有人物的简笔画。我忽然想起自己小时候，也是特别爱画画。书上、本子上画得到处都是。有一次上历史课，在书上画孙猴子，被老师抓个现行。那是一位课教得不错的老师，可惜我没记得他讲课的内容，只记得他当年对我的嘲讽。让小女孩取来画笔，给他们画了一张又一张的孙猴子，还画了猪八戒、风火轮。这些陪我度过童年少年的卡通人物，如今，正在被西藏的孩子们认真地用彩笔涂抹。

不光用画画给孩子们带来了欢乐，还叠了一只只的纸飞机、战斗机，还有小狗、宝塔。孩子们都非常懂事，帮我刷锅刷盘，还拔出草根给我吃。我则教他们用嘴叼着草根，给他们拍了一张张美丽的照片。

# 一天三误入

加根村有热情的一家人，亮丽的青年男女，可爱的孩子，还有一个塑料大棚。在这荒芜的藏地，见到大棚，是比较稀罕的事，而这个大棚实实在在地起到了作用。棚里种着常见的几种蔬菜，还有油菜花，自给自足应该问题不大。藏北的这片土地，蔬菜实在是太缺乏了。

多得是的是青稞和酥油茶。早饭由这家人给准备，还是油炸糖麻花。主人拿出青稞粉和酥油，眼看着往我的碗里舀的青稞粉里有几根粗大的牛毛，还没来得及挑捡，主人已经倒入了滚烫的酥油茶，招呼我们攥着吃。狡猾的 TT 把脸转过去，我再不动手就辜负了人家的一片好意，硬着头皮，多加了好几勺糖，攥成团，憋着气咬下去。吃了几口后，感觉也没那么难以下咽。

出门拐上极陡的土坡。蓝天浩渺，白云纵贯，众山呵护下的巴木错安然沉睡。静静的山间小路，空无一人。路的两边，青稞疯长。单车腾挪着，沿着路的起伏，上上下下地翻动，直奔几十千米外的圣象天门。

昨天问加根村里的小孩，他们也没去过圣象天门，让我对那个地方更多了一些期待。TT 的攻略上写到，圣象天门位于纳木错北岸著名的恰多南卡岛上，远望纳木错，会看到湖岸线形成的两个完美的弧形，弧形的中间突兀地耸立着一块巨石，近

▲又迷路了

▲与圣湖击掌

▲圣象天门的土路

看很像一头大象。此处正对着念青唐古拉主峰，再加上完美的前景，是拍摄纳木错的最佳角度。传说纳木错与念青唐古拉的婚礼就在这里举行。婚礼的当天，由 1000 名童子和 1000 位仙女共同建造了这座婚姻之门。念青唐古拉每次来找纳木错，必由此门经过，所以这里也被称作念青唐古拉之门。

虽说这是条路，但因为车少，也没人修整。单车碾压过碎石路面，空气中是西藏特有的清冽。负重上坡，清冽自胸腔一转，呼出的是粗重的浊燥。前方是一条没有岔路的山路，已无需导航，只需一路前行，目标就越来越近。

白云悄然隐身，乌云逐渐聚合。风，一声紧过一声。刚刚穿好雨衣，雨点已至，夹带着冰雹，一同砸下。没有任何可以躲雨的地方，顶着风，硬着头皮前行。雨越下越大，冰雹转成了雪。棉手套已经湿透，双手冰凉。换上骑行的厚手套，很快又湿透。手已经麻木，好在脚上穿着 TT 的防水袜。蹚过地上的积水和积雪，担心着车胎，千万别爆。

一个多小时之后，终于走出雨雪交加的那片地区。刚走过的地方依然是乌云密布，头顶的天空已经透出了层层叠叠的蓝。太阳再次普照，根本没注意到我们先前的狼狈。摘掉手套，活动活动冻僵的手指。抖落雨衣上的水珠，折叠收好，换上备用的棉手套，带着一种冲出雨雪锤打的侥幸与喜悦，继续前行。

“那一天我 21 岁，在我一生的黄金时代，我有好多奢望。我想爱，想吃，还想在一瞬间变成天上半明半暗的云。后来我才知道，生活就是个缓慢受锤的过程。人一天天老下去，奢望也一天天消失，最后变得像挨了锤的牛一样。可是我过21岁生日时没有预见到这一点。我觉得自己会永远生猛下去，什么也锤不了我。”王小波在他的《黄金时代》里如是说。

骑行西藏的每一次经历，都像是捶打。可惜照片以及视频记录的都是一些美好与快乐。到底有多苦多累，到底经历了什么磨难，早已淡忘。或者说是已经化入骨髓。至于那些锤打，就像人生的所有锤打一样，只会让自己更加生猛下去，直到觉得我所追求的一切不再值得。

与眼前的雄天伟地相比，那些锤打算得了什么？这天地之间，只剩我和TT两个人。大路朝前，两臂伸展，将野山分作两边，以我的名字为它们重新命名。白云，那是我呼出的清气；蓝天，那是我的瞳孔；砂砾是我男性的皮肤，绿草是我的毛发；风，是我温柔的手。你来，我将为你打开最后一道密码，将这神山圣湖，连同稀薄的空气以及我的雄壮，全部给你。

车轮下的这块土地，从来没有被单车碾压过，我们是第一次造访。游客多蚁聚到盛名下的南岸。纳木错北岸的环湖路，连私家车都少有。中午12点多，看看行程还有10多千米，饭也懒得吃，一心想着早点看到纳木错，到达圣象天门。

远远地看到天边一线纯蓝，极为耀眼。白云延绵，覆盖着雪山和圣湖。路越来越烂。那条宽阔的路，全是用石头胡乱铺就。单车在上面行走，异常艰难。路基一米处，是一条小路。将单车拐入，行不多时，车轮陷入细沙，只得推行通过。看着圣湖近在眼前，干脆离开主路，从矮草上直接往湖边骑行。

晃漾浩瀚的纳木错，仿佛自蓝色的天空直接垂落，是蓝冰化成的蓝水，又像是美人蓝色眼眸流出的蓝色眼泪。捧起一把，掌心的细纹干净透明。洗把脸，把几天来的污垢冲洗干净。

远远的，已经看到了三圣石。

纳木错是西藏第一大咸水湖，也是我国第二大咸水湖，世界海拔最高的大湖，面积1940平方千米，海拔4718米，比拉萨（海拔3650米）高了1000多米。每个到过纳木错的人，整个灵魂都仿佛被纯净的湖水所洗涤。站在纳木错湖边，这世界最高最美的神湖让人震撼，仿佛置身于一个蓝色的世界。淡蓝、浅蓝、灰蓝、宝蓝、深蓝以及深邃如墨一样的蓝黑，这由浅而深的蓝色，蓝得清澈，蓝得丰润，蓝得迷人，似乎包容了世界上一切的蓝色。纳木错的形状像静卧的金刚度母。湖的南面有乌龟梁、孔雀梁等18道梁。湖的北面有黄鸭岛、鹏鸟岛等18个

▲蓝色的纳木错

岛。湖的四面建有4座寺庙，即东有扎西多波切寺，南有古尔琼白玛寺，西有多加寺，北有恰妥寺，象征着佛教上所说的愠、怒、权、势。这些寺庙的墙壁上有许多自然形成的佛像。据传纳木错是帝释之女，念青唐古拉之妻，被善男信女视为必去的神圣之地，从古到今香客不断。

离开圣湖，又陷入白沙。甚至平坦的路面也无法骑行。径直冲着远处的路基推行，一条雨水汇集成的小河将车拦住。绕了个大圈，又推行一千米才回到正途。

再次不知道往哪个方向去。路的岔口，竖着一个似是而非的路牌。向左的箭头，指向圣象天门。向右的箭头，明明指向营地，路却被土石拦住。路边恰好有格拉丹东帐篷酒店的广告牌，打电话过去咨询。狂风怒啸，两边都听不清楚，大概营地就是格拉丹东帐篷。

判断是往左边方向。拐过去就是长长的上坡。半骑半推，安慰着自己前方就是圣象天门。没吃中午饭，只在过纳木错的白沙时吃过几块饼干。这长上坡消耗大量的力气，饿得两眼昏花。打营地的电话，对方一直解释不清，入住的地方到底在哪里。

下坡后又是一个大长坡，还是指着圣象天门。人已变得烦躁，坡上了一半，发现TT还落在大后面。将单车放倒，躲到避风的驮包后面，终于听清了，营地就是山脚下刚刚看到的黑帐篷。

我们几乎绕了一个大圈！如果取道右边，拐过山就是！

从纳木错的环湖路开始，就陷入麻烦，10多千米的路，3次误入，本以为一个多小时就能骑完，却足足骑了将近4个小时。

# 圣象天门？你帮我看看吧

营地就在我们脚下！

本可以轻松地到达营地，却足足骑了将近4个小时！路牌左拐翻过的山，纯属无用之功！真是又好气又好笑。

这次错误大半在我。从烂石头路开始，就想当然地往路基外的小路骑。没等后面的TT赶到后重新定位，而是选择独自上路。TT说，他在后面拼命喊我，因为风太大，我压根没听到，他只好硬着头皮跟上来。小半错误在导航。从路牌开始，导航也不知道哪条路是正确的。不幸的是，我们凭借自己经验做出的错误决定。这可能就应了“一错再错”的咒语吧。

小雨中，我们住进了黑帐篷。帐篷很厚，把光结结实实地挡在了外面。帐篷中间有一个炉子，却没有生火的牛粪。四张床铺，干干净净，好像好久没有人住过。又冷又饿，掏了掏驮包，没啥可吃的。只找出些零食和瓜子，先垫了垫肚子。

溜达到户外，远处是夕阳返照下的三怙石。这三块巨大的石头，相传为佛教三怙主的化身，即观音菩萨、文殊菩萨和金刚手菩萨，他们分别代表着仁慈、智慧与勇气，这三样恰是我最缺乏的。向着三怙石的方向，遥遥地拜了拜。没有菩萨的无

▲只有牙是白的

▲天地辽阔，我是豆一颗

▲波涛汹涌

▲石龟望云

缘大慈、同体大悲心，我只希望在修行三项全能的过程中，护佑那些甘愿护佑的人。

指着对面山上那条绝望的之字形上坡，和 TT 互相撺掇："爬上去。"

"你爬上去，我给你喊加油。"

爬上去，是连续 2 千米的上坡。只有上到山顶，才能看到圣象天门。站在我们这个位置只能在脑子里想象她的壮美。我怀疑从路牌右拐就能看到圣象天门，路堵住，是否就是为了圈起来发展旅游呢？

我们都已经极度乏力，圣象天门？还是你帮我去看看吧，我只想吃饭，吃饭，吃饭。

留守黑帐篷的是三个小姑娘，（忘记长什么样了。后来 TT 告诉我，有一个姑娘的眼睛好大，人很漂亮。我却一点印象也没有。）自个的帐篷里烧着牛粪。打开门帘进去，一股暖烘烘的味道。她们招呼吃苹果，忘记是吃还是没吃，TT 说他吃过。向她们打听有没有方便面可卖。当得知她们还没吃饭时，忽生一念，说，我来帮你们做，咱们一起吃如何？小姑娘立即答应，说平时懒得做饭，都是随便对付。

回去跟 TT 一说，TT 非常高兴。俩人冲进人家的厨房，把能做的菜都翻腾了出来，还找出半锅米饭，好几打鸡蛋和半锅猪耳朵。那一刻真感觉是发了大财。站在洗净摆好的菜前，我这个超级神厨，竟一时不知道该如何调遣，就像一个光杆司令，突然手里有了千军万马，百感交集却又无从下手。

定了定神，把火点着，火苗窜出老高，把我吓了一大跳。调整好火力，铁勺上下翻飞。片刻功夫，蛋炒饭做好了，有荤有素的几道菜做好了。招呼小姑娘们来吃。吃的效果是什么，呃，她们想花钱把我留下，天天给她们做饭吃。你说我是该留，还是不该留？

虽然吃得很饱，但依然抵挡不住向晚的冷风。早早地钻入被子，草草睡下。半夜下起了雨，帐篷竟然漏水，把 TT 那床被子淋了个透，害得他半夜起来几次挪床。好在我这边没有水落下来，掖了掖被角，把枕头抱紧，感觉这一夜我很幸福。

# 请把我拉走

第一次起床这么晚，睁眼时已是早上 9 点。

雨还在下，随便吃了点东西。昨晚晾的袜子比刚洗完时还要湿。把水拧了拧，塞进驮包。看着雨一直没有停的意思，过了 10 点半，才磨磨蹭蹭地不太情愿地推车离开了黑帐篷。

我是真想留下来，不是为了给她们做饭，是想好好地休整一天。

实在太累了。

爬坡，出门就开始爬昨天没有爬完的大坡。

一路推着向上爬。

累。

早上没吃饱，状态不好。加上这阴雨天，走得比较艰难。

我投降

▲爬不动了

骑行到今天，行程已近尾声。我们也已经到达身体和精神的极限。原本打算从尼玛骑行到 270 千米外的双湖，再从双湖去普诺岗日冰川，然后由双湖到班戈。当到达尼玛时已经疲惫不堪，又得知双湖一路的恶劣气候和野兽出没的恐怖，看到 TT 也不是太期望，我们就打消了念头。本来 TT 是想去普诺岗日冰川近距离祭奠他的好友独孤行者李聪明，看来得以后了。这次，我们能把“一错再错”顺利地走完，就已经不错了。留下点遗憾吧，也为再来西藏，找个理由。

一路沿着纳木错转湖。

如果这是一场诗与远方的出走，这诗布满了荆棘，这路满是泥泞。远方并不只是头脑里的一场风花雪月，它每天要面对长长的上坡。阳光虽美，有时却爆裂如火，雨后的天空更见湛蓝，先要从雨中穿过。如果疲惫上身，还能有看景的心思，如果缺氧，还迷恋着西藏的美，才能说你是真的爱她。

坡太长了，长到看不到希望的头。雪山在白云中时隐时现，不知道山顶露山的是雪还是云。一样的白，一样的自由自在，何必去分辨谁是哪个，哪个是谁呢？那最白的，如同云台的，是念青唐古拉山的主峰念青唐古拉峰，海拔 7111 米。

“念青唐古拉”，藏语意为“灵应草原神”。据雍仲本教资料所言：念青唐古拉是藏地三大神山（冈底斯、念青唐古拉、玛积雪山）之一，也是九大神山之一，更是十三大神山之首。念青唐古拉是冈底斯山向东的延续，将西藏划分成藏北、藏南、藏东南三大区域。在古老的西藏神话里，念青唐古拉峰和纳木错不仅是神山圣湖，且是生死相依的恋人。

藏地的神山圣湖总被赋予各种传说。传说念青唐古拉山，是世间护法神中最重要的一位大神。他原是西藏土著神灵，后被莲花生大师收服为佛教护法神，同时还被称作“十八掌雹神”之一，又被称为财宝守护神。另有一说为吐蕃著名赞普赤德松赞的体神，拉萨布达拉宫所在地红山的保护神以及卫藏四如的地方保护神，等等。念青唐古拉山神是一副穿白衣，戴白巾，骑白马的英武模样。为免除对教法的威胁，他时常率领着他的 360 名随从（亦即念青唐古拉山脉的 360 座山峰）匆匆行进于世界八方。他还有另外几种化身，其中呈现怒相神面目时，他的表情不仅严厉深沉，还佩铁剑，挽弓箭，穿玉铠甲，缠黑熊皮。

天空过于辽阔，容纳着乌云的聚合和白云的翻滚。而乌云，最易于覆手成雨。躲又没处躲，只好眼睁睁地看着它下。往往刚穿上雨衣没走多一会儿，宣泄完的乌云就被风带走。阳光敞亮地照射着，地上的雨水很快就蒸腾殆尽。如果我们爬坡的速度就像这水的蒸发速度该多好！TT 低着头，十步一停地推着重负的单车。我在垭口等他。没有经幡招摇，只有孤零零的尼玛堆，和缠绕着的白色哈达。

直到下午 3 点，才在路边吃完了简单的午饭。昨晚的美味只能当成回味了，今晚还不知道在哪里吃。漫长的前路，延伸进了耀眼的云。蓝色的纳木错，我们依然在她的近旁环绕。

打跑了一群恶狗，单车驶入嘎雄村。与路基齐平的屋顶晾晒着洗过的衣服，路边几个玩摩托的藏家青年在拍照。打问他们可有车往前送我们一程，这坡实在爬够了。执单反的小伙开价 300 元，讲到 200 后，小伙子说回去开车。眼看着小伙子走进自家院子就再也没出来。TT 沉不住气，进去一问，原来小伙子的爸爸反悔了。

跑进村，遍寻一圈，只找到一架手扶拖拉机。开车的两个小伙，说车不是他们的，无权载我们，但可以用摩托车送我们一程。说是把单车绑在车后面，让我们坐车上。这样的山路，这技术也能玩？放弃了这不靠谱的冒险，也死了搭车的心，买了一些健力宝，继续前行。

▲念青唐古拉山

# 空荡荡的小村，空荡荡的人

出了嘎雄村，围着山绕来绕去。

起风了。旷野的风，像个口无遮拦的粗人，吹动着干燥而稀薄的空气。放羊的藏家女子匆匆地从我们前方走过，像是被风吹走了的稻草人。系了系遮阳帽的带子，把魔术头巾往上拉了拉，扭头看着TT快追上来了，急忙喝了口水，继续蹬车。

骑行的一路，我总是冲在前面。是我体力好吗？也不是。毕竟TT比我小五岁，又是玩高端户外，体力和经验都强过我。不愿落在TT后面，是因为我没有安全感。

“一错再错”不是滇藏线、新藏线，荒凉无人，心里总是有一种恐惧，不知道野兽会从哪个地方窜出来。虽然知道发生这种情况的可能性极小，但受过群狗的追咬，与野狗遭遇过，有饿狼与棕熊的传说，骑车跑在前面，好歹有TT殿后，不会担心野兽从背后袭来。目力所及之处，就是前面。除了一路看景，我也时时观察着那些可能藏有野兽的地方，山坳、草丛以及山的拐角。不知道野兽出现后会如何处理，是跑还是搏斗，但我起码知道它是从哪个方向来。对我来说，未知的恐惧才是最大的恐惧。

眼前的路需要翻过一座大山。TT掏出GPS，研究了一下路线，建议从山脚绕过去。路会多走些，却不用爬坡。

转道山脚，走不多时。地上的沙石路变成了沙子路。到处是细细的沙子，车子根本无法骑。这样的地方怎么会有沙漠呢？TT说，我们行走的是纳木错的河床。若干万年前，我们的脚下全是湖水。色林错的湖水面积在增长，纳木错却在缩小。

本就骑不动车，狂风又起。卷起湖面的水，如银雪堆积。我们已经走到了纳木错的身旁。纳木错的水，反反复复地冲刷着湖岸，把沙子带进水中，又将水里的沙子推向岸边。

将近下午6点，还是看不到可以住的地方。难道我们要在纳木错边上扎营？如果扎在这里，也是不错的选择。远处就是雄伟而闪亮的念青唐古拉山。TT说，终年云遮雾罩，很少有人能看到念青唐古拉山的真颜。

▲湖岸的乱石

想来我们是多么幸运！一路艰辛，一路惊喜不断。“一错再错”，是个浸透苦楚掺杂欣喜的过程。然而，不是谁都能站在艰苦卓绝的高处，值得欣喜的是，落下的时候，身边会有小小的幸福陪伴，或是一朵云，或是一只藏羚羊，或是一片片的湖。从“一错再错”上第一个有名字的湖，打加错，到最后一个湖，纳木错，大大小小，有名无名，我们看到了 22 个。

乌云再次聚合，风一阵紧过一阵。远远地看到一个小山村，分散着几户人家。地图上未做标志，也查不到村名。单车进了村，空荡荡的，听不到人畜的一丝声响。分头敲门问宿。走到最近的一户人家，大门紧闭。再寻另一家，院内杂草丛生。TT 也一无所获，倒是看到从有家院子里跳出的藏羚羊。

TT 说，我再到山脚那户人家看看吧。看着他远去，我信步走到方才看到的那个大棚，发现门竟然没锁。手一推，进得门来，才发现这是一个蔬菜大棚，只是还没有开始种菜。地上全是沙子。低处需弯腰，高处站立毫无问题。忙去喊 TT，告诉他，寻到了好住处。

TT 回来说刚刚去的那户人家，只有一个老人在，也不方便和人家打招呼。既然找到住处，就不去投宿了，省得麻烦。安置妥当，准备做饭。水已经不够做饭。本打算去喝纳木错的水，好在村头有口井，提着水壶、可乐瓶、绑绳和登山杖，移开井上的铁盖，很轻易地打上了水。水稍微浑浊，沉淀片刻，即可使用。

相逢的意义不在于维持多久，在于彼此照亮。有趣的人，一碗粥也能喝出玫瑰的气息。这样的地方，我依然做出了可口的饭菜，吃得也非常愉快。只是方便米饭早就吃完，主食是面条。如此海拔下，面条煮得半生不熟，只好让胃来继续完成炉火未竟的工作了。

吃完饭，天还没有黑透。咬着根草茎，四下转悠。念青唐古拉山如如不动，TT 越走越远。野草萋萋，一时乌云来聚。猎猎的风从纳木错吹来，带着一些潮湿，也有些小小的冰凉。听得到风吹浪涌的声音，却听不到自己的心跳。

# 翻过山，就当雄

这是夏天吗？我怎么感觉不到一丝夏天的温度？只有钻进大棚，白天的热从沙地里返上来，才知道，虽处广袤的藏北腹地，毕竟已是夏天。

玻璃做成的天花板，白天透进的是日光，晚上透进的是月光和星光。只可惜乌云满布，星光隐去，月光微弱。迷迷糊糊地睡着，又迷迷糊糊地醒来。透风口张着的大嘴，被我用石头塞住，就算是再饥饿的狼，也休想钻进来。

三步一回头，今天将离开纳木错，离开念青唐古拉山。

也许是不愿让我们就这样轻易地走，神山圣湖两口子连续设下了四个海拔 4900 米的大山，还有最后的烂路，和淅淅沥沥的小雨。

出大棚就是第一座大山。

▲只剩下笑了

昨天我们原本要搭车翻越的就是这座山。知道今天的艰苦，灌足水，除了留下午饭，把能吃的全部吃掉，该扔的全部扔掉（其实也没啥扔的）。要趁着早上最好的精力，去翻山越岭。

好在雨下的时间并不长。雨收风停后，念青唐古拉山完全显露了它的真颜。这是一座纯雪山，全身没有一处不被银雪覆盖。雪山之下是灰绿的群山，仿佛是将念青唐古拉凌空托起。没能从纳木错中看到雪山的倒影，也许湖水太蓝了，蓝到将雪山白色的倒影吸收殆尽。

纳木错，这西藏第二大湖正在一点点地远离我们，渐渐地缩小为一块蓝色的三角，再小，再小，直到完全消失在我们的视野，只剩下沧桑的蓝天和悠悠的白云。也许我还会与纳木错相遇，也许这是最后一次。珍惜人生的每一次相遇吧，彼此映照，可能一转身就是隔世，尘满面，鬓已星星。

离开纳木错，越骑越荒凉，从沙土里钻出来的稀稀拉拉的高原草，提醒着此处沙漠化的可能。好在沙子颗粒粗大，逆风吹不起。但是强劲的逆风却吹得我们咬牙切齿。逆风再加上坡，翻过第一个垭口，望向远处的第二个垭口，希望风能停下来。

之字形的坡最恼人，以为拐过弯就是垭口，却发现前方还是之字。车轮，只能一圈一圈转；山，只能一座一座翻。也有捷径。眼前出现了两条路，一条从山腰绕，一条直冲山顶。有个骑摩托的藏族小伙正从山顶冲下。挥手向他示意，小伙子一个趔趄，差点从车上摔下来。向他打听，他说单车能推上去。TT 瞅了瞅说，还是绕吧。本想推车直冲山顶，看 TT 愿意绕，也不好意思撇下他一个，那就绕吧。

一绕就是一个多小时，好在有兄弟俩开着玩笑，也不觉得时间太久。想到那些孤独一人的骑行者，不知是怎么熬过来的。这个地方，真的是与天地为侣，与野兽为伍了。至于人，能见到一个俩的就不错了。

最后的一座山也翻完了，没有想象中的难，看来我们还是有把子力气。下山，又见到了纳木错。这已经是纳木错的边角了吧。竟然看到自驾的一男一女远远地在湖边秀恩爱。我们看他们恩爱的同时，还得挥打着身边乱飞的飞虫。

最后的烂路也骑完了。这是烂路的真正结束！

新修的柏油路，新下过的雨，地上干干净净，心情极为舒畅。烂路，想骑都没有机会了。这柏油路将一直通到拉萨，我们的目标就在眼前。

轻松地骑进路边的一个小村，又赶上热闹的赛马节。看看时间还早，决定往

▲色林错的湖床

前赶，到 5 千米处的纳木错村投宿。缩短第二天的骑行路程，这样就能轻松地赶往当雄。

上坡，上坡。

意想不到的逆风又起。

狂暴的逆风，让我想起新藏线死人沟的遭遇。这风一直把人往车下拽，心情烦躁。推几步，停下来，看着远处草原上的白云，动得那么缓。风，你为什么不去吹那白云呢，偏偏来吹我们这俩本就疲倦的骑行者！

2 千米的上坡，推了足有 40 分钟。

进入纳木错村，又是一座空城！

仅有的几家饭店、旅馆都关着门，连藏民也是家家上锁。跑到村头才找到一家营业的小超市，一问才知道，赛马节，都跑去玩了。

住是没地方住了，从超市买来一堆零食，狼吞虎咽地对付完午饭时已经是下午 4：50。

住，就得就地扎营。进，就要翻越眼前的这座大山，连续 17 千米的长上坡。我是骑够了，浑身一点儿力气也没有。吃了一肚子零食，只管了个屁用。

TT 猛地说："老贾，咱们骑过去吧！"

我白了他一眼，指指眼前的这个超级大坡。

TT说，当年果皮兄，连夜翻过去时都10点了，现在才几点？况且他都50多了。

呃，果皮，10点，50。那还等什么，干，把这最后的大坡干了！

买好雪饼、点心、红牛，浑身上下收拾利落，告别超市老板，一头杀向通往拉萨的最后一道关卡——那根拉。

这个超级大坡的好处是一眼就能看到顶，让人崩溃的也是这一点。顶，就在17千米之外，比家乡的风门道关少1千米，海拔高出5000米。数不清究竟有几道拐，只能一个一个耗了。

山脚的这段路还能骑得动，骑过这段缓坡，又是逆风。望着坡上缓缓爬行着的大货、私家车，怀疑自己究竟如何才能到达这光明之顶。果皮不是50多吗？可那是个老土匪，我才入行几年。他连夜翻过山去，凭的是啥？回头看看远处推行的TT，他，又是为啥要执意当天翻过这山呢？

▲翻越那根拉

▲路过的湖，记住了

骑不动，就下来推。推车我也推得快，离着TT越来越远。有时停下来，吃点雪饼，喝口桃汁。吃完了最后一包点心，喝完了最后一罐红牛，把另一罐放在石砌的护栏上，用石头摆了两个大大的"T"字。幸亏他的名字不复杂，如果叫个"仗剑行天下"啥的，到哪找那么多石头。

我已经疲劳至极！

然而，再长的坡总有骑完，不，推完的时候。从4：50，一直到6：15，终于登上了海拔5190米的那根拉垭口。

那根拉垭口是跨过念青唐古拉山脉去当雄的山间通道。垭口立着一块丑陋的石头，上面标着海拔高度，还刻着仓央嘉措的那首著名的诗。

那一年，

磕长头匍匐在山路，

▲那根拉

不为觐见，
只为贴着你的温暖；
那一世，
转山转水转佛塔，
不为修来世，
只为途中与你相见。

山口缠满了经幡。北望，是灰蓝的纳木错。站在山口，心里并没有生起雄浑、苍茫、辽阔的感觉。垭口的风极大，把能穿的衣服全穿上，把雨衣也套牢，钻进山顶一座四处透风的瞭望亭，还是冻得直打哆嗦。

TT 越推越近，近到快山顶时，踩镫上了单车，歪歪扭扭又坚定地骑完了这最后的几百米。

等到 TT 爬上了山，我看到了他的极度兴奋。

TT 大声叫喊着："我说我们能骑上来吧！"

是啊，果皮老同志都能办到的事，我们小年轻（呵呵，我就不说我们年龄也不小了）怎能落后呢?

也许，一口气翻过这座山，是 TT 的一个心结吧。

也许，这种告别式的演出，格外让人心绪难平吧。

第三次单车进藏，接近尾声。所有的过往，已经全部湮灭。也许大脑不会记得，然而，这些图片和文字会帮我们记下那一切。

# 尔但一开两朵，我来万水千山

佛说，世间的一切都是缘起缘灭，缘聚缘散。有缘的人总会相见，不管隔多少重山多少道水，一旦缘分的种子发芽，巨石都压不住。一旦缘灭，还用得了一根稻草吗，管你是高楼大厦，片刻倾塌。缘来了，就随那个缘；缘尽了，就由它去吧。任你是大力神王，也休想把缘拉回来。许多事，非人力所为之事，就不要强为了。

我时常用佛的这些话劝别人，也劝自己。

可我是娑婆众生，刚强难化。道理都明白，听别人说过多次，自己也能说得头头是道，可惜执念太盛，按下葫芦起来瓢。这是我的过人之处，也是我的恼人之处。

一直就是个不讨喜的人，好在我独立自洽，活得丰盛，对美好的东西永远有向往，活了小半辈子，还保有那颗赤子之心，特别是被某种东西强烈的震撼时。更是无法视若罔闻我的感受。

我也无法面对震颤，不动如山。

尔但一开两朵，我来万水千山。

这就是我的性格。

比如，西藏。

西藏对我有一种强烈的冲击。两年一次的单车入藏，骑过了滇藏线、新藏线，还有刚刚结束的“一错再错”，如果没有很深的缘，我怎么会对同一个地方，来了又来？

如何与西藏结缘已经不再重要，重要的是，西藏，原来的地理名字，已经成了我的另一个符号——生命的符号。我在西藏种下了一颗宝贝的种子。这是一颗晶莹的种子。它有蓝白两种颜色，胚芽金光闪闪，在我的呵护下，一定会开出幸福的七色花。

昨天从那根拉垭口下山，20 多千米的连续下坡，捏闸捏到手疼。回望骑过的这片暗绿的高山，深藏着我们走过的那些路，想到马上就要到达的当雄，竟对这 20 多

▲重回布宫

▲大昭寺广场

▲最后合个影吧，我的兄弟

天的“一错再错”陡生眷恋。加之天色昏暗，微雨轻飘，从拉萨到眼前，脑中闪过一幅幅的画面，莫名的伤感和虚幻感，油然而生。直到路边的大黄狗开始咆哮，才把我拉回了现实。

总是不由自主地混淆了幻想与现实。

头是昏沉沉的，身体极为疲倦。寻好住处，路边找到一家最好的火锅店，点了满满一桌子的肉和菜。还担心吃不完，没想到 TT 的胃口奇大，眼看着肉扫光菜见底。难为我的兄弟了。这一路，虽说每次做饭我都多加一倍的油，可架不住骑车烧人油的凶猛。TT 的小肚腩消失了，我也瘦了将近 7 斤。回来后，一直不愿见人。不单单是因为瘦得可怜，也没人愿意耐心地听我说那一路的故事，尽管我非常想说。记得有几次朋友聚会，我一次次想说，甚至跟当时最好的朋友聊天时，话都到了嘴边，因为不是对方主动问起，还是硬生生地把话咽了下去。

有些东西，我还是能憋住的。

骑完了！

第一次感到完全的放松。明天不用愁三餐了，也不用早起骑车了。松软的被子，和三张超级大床，想怎么睡就怎么睡，愿意睡到几点就几点。可惜人的贱性难移，该几点醒还是几点醒。就算是睡在了拉萨时光逆流客栈的松木床上，还是按时醒了。醒来就睡不着，梦里还是骑车的画面。烂路，爬坡，雨雪交加，还有突然窜出的黑熊。如果会吸烟的话，就点上一支烟，听上铺的呼噜声和断断续续的梦话。可惜我不喜欢那股从嘴里发出来的恶臭的烟草味，喝了几口饮料，却感觉没有路上的好喝。

味蕾恢复了，开始挑食了。看来，我们是真的到达拉萨了。

拉萨，依然是车来人往。

布宫前还是挤满了转经的人，大昭寺的青石依然青光闪闪。布宫前随便拍了几张照片，大昭寺前磕了几个长头，仍旧没有步入布宫和佛寺。西藏永远都在路上，特别是对我这种矫情的骑行者来说，越人挤人的地方，越想抽身而出。

人群之中，我的木讷孤独如旧。

只是这孤独，是石头落地的孤独；这木讷，是因为话在一个地方，说完了。

每次骑行结束，都以为是最后一次。再来时，每次选择的路线都在意料之外。滇藏骑完去了新藏，新藏线骑完本想走走阿里大北线，却被大神 TT 忽悠到了“一错再错”。我与“一错再错”的缘就这样提前开始了，又结束在夏日的一个平常的黄昏。剩下的，从当雄到拉萨，我们坐着客车前往。

▲去拉萨摆个摊

▲在路上

## 不高反，你去西藏干吗

许多人犹豫着不去西藏，大多是考虑高反。去过西藏的，如果心有余悸，多半也是因为高反。高反这事，还真是挺难说。你不知道它什么时候来，不像海水来潮，有个准信，前一秒还好好的，后一秒突然就中了。更妙的是，你甚至不知道它什么时候走，有时骑着骑着，那些高反的症状就消失了，好像从来没有来过，就像生命中的有些人。你会觉得非常自豪，因为你克服了这个海拔的高原反应，又攀升到人生的另一高度。

高反跟哪些因素有关？如何预防？不少打算进藏的朋友多次向我提过这些问题。作为非资深藏地专家，我只能根据自己的三次进藏体会，从骑行者角度，发表一些个人看法。

高反肯定跟海拔有关，有时又非常奇怪的是高处不反低处反。骑行滇藏线那年遇到济南某个骑友，过海拔 5008 米的东达山时安然无事，却在海拔 4700 米的色季拉山上差点挂在我温暖的怀里。多亏有个北京自驾的好人给他吸了氧，这小子才捡回一条命。想想当时的情景真是心有余悸，他的双手已经弯曲得跟抽了风的鸡爪一样，目光发直。第一次遇到这种事，抱着他，却毫无办法。估计这时候人工呼吸是不太靠谱。仅从这一点来看，进藏还是需要伴的，关键时候能有个照应。如果流落在荒郊野外，身边无人，一旦出现危险，往往自救无暇。羌塘失踪的骑友独孤行者李聪明，如果有个伴，也许就能活着创造传奇。

高反跟个人体质有关。据说，又是据说，体质越好得像运动员一样的，越容易高反。朋友曾提起过某个同事，那是铁打的身体运动员的心，一下火车，铁人立马变面人，拖医院先输液。相反，他那娇弱的媳妇，到拉萨后，活蹦乱跳得跟夏天的蚂蚱一样。所以说，好的身体乍去西藏可能会比较麻烦。据说这跟氧气的消耗有关。身体好，耗氧量大，高原的含氧量低，供不应求，必然引起高反。还有平时比较喜好运动的，相比不太爱运动的更易招惹高反。解决方法也比较简单，进藏前一个月适当地减少活动量，能休息的尽量多休息，相当于冬眠前为身体储备能量。

我因为是骑行，强度比较大。体弱加新手，进藏前为了有个好的身体，做了一些相应的调养，还跑过步，骑过几个长途。也听了前辈的建议，临行前大概两周左右就进入潜伏状态，大大地减少了活动量，就差躺床上装死了。但

▲曲折的路，向远方

路上的经验表明，身体上的准备还是非常有必要的。特别是骑车进藏，提前准备一副好的身体就不会累到崩溃。要不说骑车进藏的多是年轻人，他们身体恢复快。

高反有时又随心情变化。新藏线过麻扎那天，高山巍巍，天高云阔，心情大好，丹田按捺不住的正能量催着我起劲往前跑，不曾想一头倒在了 K204 处的废弃道班里。攻略上提醒过，说这 K204 处极易诱发高反，原因是海拔上升太快，又处于山谷，氧气含量低。但每个人的反应不一样，老刘几乎没有什么反应。事后分析，我高反严重的原因之一是兴奋过度导致骑得太快。快，是高原反应很大的诱因，兴奋是背后推手。老刘就始终慢条斯理，跟牦牛一样，才免去这一灾。

太兴奋不好，行为容易冲动。那么太悲伤呢？似乎也不行。情绪不好，更容易诱发高反。有人拉着一张破脸去西藏疗伤？想想真是好笑，把西藏当什么了，老西医？

高反据说还跟性别有关，欺男不欺女。不知道这种说法有没有科学根据，我没有和女骑友同骑过西藏。据从阿里中线回来的东莞姑娘小猪说，与她同行的耗子高反得要死要活时，她却一点儿事没有。只有一个女小猪和男耗子，不能证明此说的真伪。存疑。

还有欺少不欺老，欺胖不欺瘦，欺高不欺矮的传闻，这让小胖子们情何以堪。更诡异的是，据光头乐嘉透露，他曾听西藏登山学校的校长说过，血型跟高原反应关系密切，最容易高反的是 O 型血，80% 的人会中招。最不容易高反的是 B 型血，甚至可以弥补体重的缺陷。曾有 200 斤的 B 型血胖子在西藏健步如飞。

许多人怕高反。有时我就想问了，不高反，你去西藏干吗？

难道你是冲着高反去的？

当然不是。

谁都想舒舒服服地身体进天堂，眼睛进极乐，可世间哪有这么便宜的事。“世之奇伟、瑰怪、非常之观，常在险远。”得到越多，付出也就越大。记得滇藏之行，骑上的第一座有名字、有海拔标志的雪山是白马雪山，海拔 4292 米。登顶时那种极大的成就感，忘记了当时自己的模样。后来看到骑友庆虎发过来的照片，才发现脸和嘴唇都冻得发了白。

▲只剩白茫茫一片

我们喘着气，为的是那些让我们喘不过气的时刻。要爬到一定的高度，只有到了那样的高度，才能见到绝世的美。比如，高原湖。

对许多人来说，去西藏，最想看的是湖。这次“一错再错”之行，我们看到了大大小小 22 个湖，过足了眼瘾。西藏湖泊众多，是全国湖泊分布最密集的地方，占全国湖泊面积的 40% 以上。到过西藏的人都惊诧于湖水的清澈。拉姆拉错，据说能照出前世的影子。圣湖羊卓雍错，颜色变幻多姿。班公错，水如玻璃。西藏湖水的清澈，首先是因为高海拔。那样的海拔高度下，阳光的透明度格外高，照澈湖水的深度大，这在全国湖泊中也是仅有的。

我为什么要去西藏？首先是因着她的高度。

对高度，我有一种天生的迷恋。

西藏，号称世界第三极。除了西藏，没有离我们更近的接近苍穹的地方了。骑行西藏时，脚下的每一寸土地，都比我生活的地方高。人生的高度一次次在这里刷新，先是米拉雪山的 5013 米，接着是新藏线上的红土达坂，5380 米。以为 5380 米就是我骑行中的最高峰了，两年后，盛夏的大雪中，又骑上了海拔 5566 米的桑木拉垭口。我徒步的最高峰是冈仁波齐的卓玛拉垭口，海拔 5760 米。这次“一错再错”之行，大神 TT 冒着挂掉的危险，爬上了海拔 6006 米的无名小山。当站上这些海拔高度时，单是看到石碑上的那串数字，没有任何感觉。只有在高反的折磨下，你才能体会到那是一种怎样的高度。

虽然有高反，西藏还是要去的，这是许多人的愿望。进藏除了身体和心情上的准备，还可以借助药物。但这个药物的用处到底有多大，很难说。对于初次进藏的人士，一般建议喝红景天。甚至有人说提前一个月就要喝，闹得人心惶惶。2012 年是我的第一次单车进藏，被各种各样的高反传言吓唬。大概在别人眼里，我这不是进藏而是找死。单说这高反。大概提前一两周开始喝红景天。记得当年端起杯，第一次喝茶汤般甘中带苦、苦中藏涩的这玩意时，竟然有一种莫名的神圣感，小心脏怦怦直跳。一直喝到尿频。骑行的路上，红景天也没中断过，用它泡过青稞粉、大饼，冲过三九感冒灵。也不知是它功效发作还是我天生神异，滇藏线一路几乎没什么高反，只是在过海拔 5013 米的米拉山时有些晕乎乎的。我那小友魏涛，则头疼欲裂。

红景天，作为最常见的抗高反良药，号称“高原人参”，据说还有驻颜美容作用。西藏是个糟践人的地方，这驻颜美容的效果嘛，嘿嘿，看看网上很火的骑友们发的那些进藏前后的对比照就知道了。抗缺氧、抗疲劳、增强耐力，这才是它最大的功效。原理是红景天能迅速提高血红蛋白与氧的结合能力，提高血氧饱和度，降低机体的耗氧量云云。至于其他的药，高原康、高原安、携氧片，也有人建议服用。有人说有效，有人说无效，大概心理因素占的比重大吧。我觉得有总比没有强。这些平时看似无用的东西，可能在关键时候就能救你一命，还是备上点吧。

欢迎更多的人去西藏，爱西藏，但我还是固执地认为，西藏这样的地方，不适合热闹。好在有高反，阻挡了更多的人到来。加之交通不便，青藏铁路贯通前，西藏少人问津。人少，污染就小。天路修成后，自驾的，坐火车的，西藏接待了越来越多的游客。这个数字随着路况的不断完善也在不断攀升，导致有些景点不得不限额。人多了，垃圾就多了，318 一路，随处可见各种垃圾。新藏线因为去的人少，垃圾还少点。路修好后，很难说不会成为第二条 318。此次和 TT 骑行的阿里中线部分，各段也在修路。以后的西藏，将不再有禁区。没有了禁区的世界第三极，能否保住中国的这最后一块净土，我非常不乐观。

附录 1

# 铩羽而归，也是英雄

于我是竭力想逃离的暴风骤雨，于他们却是藏北无数岁月中的一天。偏着头看她，双手勉强控制住车头，腾不出手来跟她打招呼。不久，黑色雨雾充斥了整个大地，而我始终没能看清她的眼眸。

2012 年我骑新藏线查阅攻略时，在网上结识了好人锅。后来得知我打算骑藏北中线，他对此也很感兴趣。我俩遂定于在拉萨汇合后同骑“一错再错”的藏北中线。

## D01 拉萨——曲水

2013 年 7 月 11 日中午，我和锅兄整装出发。两个人先骑到布达拉宫广场合影，

▼拉萨不是终点

▲再上路

▲轻车熟路

▲又见青稞

然后顺着 G318 线往曲水骑。不多久就骑出拉萨市区。天气非常好，我们沿着宽阔的拉萨河前行。

这是藏区最好的季节。河水充盈，漫过了岸边的树林。毛茸茸的绿色青稞在风中摇摆着。锅兄有些不适应，毕竟距离他上次藏地骑行已是两年多了。我还好，2012 年长达 40 天的新藏线、珠峰、尼泊尔骑行后，再次骑行在藏区大地上感觉一切仍然是那么的美好。

中午时分，在路边找了个瓜摊，吃着西瓜就干粮。偶遇几个从成都顺着 318 骑过来的骑友，他们继续前行或是要骑到珠峰，或是尼泊尔。简单的互致问候后挥手而别。他们早已适应藏地骑行。看他们匆匆地离开，感慨年轻真好。

骑到曲水县城时已是下午，先找了个小饭馆饱餐一顿。发现整个县城仅有两个小旅馆，且住宿都在三楼。实在不想扛着车子和行李上三楼，于是继续往前骑到曲水大桥，找到一家四川饭馆投宿。

## D02 曲水——羊卓雍错

今天任务艰巨，要翻越海拔 5000 米的岗巴拉山垭口。

很多骑过新藏线和中尼线的骑友都到过羊卓雍错。如果是从日喀则方向过来，

▲山路弯弯

▲坡，我爬上来了

▲飞来的石头

▲乌云下的一道光

经江孜、卡若拉冰川、浪卡子，再沿着湖边翻越岗巴拉山，一路风景怡人。且湖边海拔 4500 米，垭口海拔接近 5000 米，从这个方向骑强度并不大。骑上垭口再回看一眼美丽的羊卓雍错，然后一路放坡 70 千米直达布达拉宫广场，就愉快地结束了新藏线的全程骑行。

而反过来骑就不是这么回事了，拉萨海拔 3600 米，从曲水大桥过后要爬 25 千米的陡坡，海拔直上 1300 多米才能骑到岗巴拉山垭口。如果之前是从川藏线或者滇藏线途经拉萨一路骑过来，因为早已适应高反和爬坡的节奏，难度也不大。而我和队友好人锅是直接到拉萨后才开始骑行，之所以选择这样骑，主要目标当然是三大圣湖之一的羊卓雍错，其二就是为了这座岗巴拉山。在还没有完全适应高原的情况下翻越一座海拔 5000 米级别的垭口是非常吃力的。但如果能顺利地翻过去，那也就证明身体已经完全适应了高原爬坡的环境，为后面更高海拔、更陡的烂路奠定了基础。

9 点过了曲水大桥，开始爬坡。为了达到更好的拉练效果，我们全副重装。我单车负重 40 多斤，锅兄 50 多斤。路过山脚的岗巴拉村后，就是再熟悉不过的“之”字盘山路。路况好，但坡度很大。又一次骑往垭口，不由得想起折多山、库地达坂的骑行经历。只是岗巴拉海拔更高些。骑行第二天就爬这么高的垭口，挑战性也更大些。

渐至山腰。随着海拔的升高，整座山已经完全笼罩在云雾之中，并不时有阵雨袭来。穿上冲锋衣，继续往前骑。偶尔云开雾散，得以窥见上方层叠的“之”字盘山路。路漫漫其修远，吾盘旋而上。

在雨雾中爬坡 7 个多小时后，终至垭口。

垭口喧杂，风大，吹得身上很冷。

决定慢慢放坡，边骑边等锅兄。

山这边的相对海拔只下降 500 米，但短短的几千米路却下了一个多小时。因为羊卓雍错实在太漂亮，每骑一段路就会变幻不同的景致。即使今天天气不是很好，美景却没有缺少。

下到湖边，沿湖继续前行。两岸的村子在雾霭中静默着，周围则是在大片大片的喧闹的油菜花。在路边的一个小卖部停下来，边吃东西边等锅兄。小卖部的藏族小哥很好说话，答应让我们在后面的空房子里扎营。

拿着相机在湖边发呆，一直等到快天黑时，锅兄才姗姗来迟。他状态很糟，今天的负重拉练导致腿上的旧伤复发了。后半程他几乎就靠着一条腿发力才骑下来。

## D03 羊卓雍错——浪卡子——日喀则

早上 8 点起来。锅兄的腿伤，经过一夜休整后好了些。吃罢早饭，继续骑行。

天空仍然笼罩着漫天的云雾。近处的湖面不再是蓝色，而是灰得有些发白。对岸山脚的村子边上有一小片一小片的油菜田。一片片的金黄色点缀在灰白和绿色的山体之间，有一种身处世外桃源的虚幻感。

状态很好，保持着 20 多码的速度行驶在前。但锅兄的状态还是不理想，落在后面，越拉越远。

中午时分，终于离开羊卓雍错。前方就是浪卡子县城了。坐在县城入口处等了锅兄很久，才看到他吃力地骑过来。

看样子锅兄是无法再坚持了，当务之急是想办法治疗腿伤。在小饭馆中吃完午餐后，我们放弃了原定拉练到日喀则的计划，一路搭车当天下午就到达了日喀则。

锅兄自己就是医生，他的旧伤最重要的是静养。于是我们在日喀则开始休整。锅兄的腿上敷满药膏，躺在旅馆里，我则去逛扎什伦布寺。

▼扎什伦布寺

▲红衣喇嘛

▲转经

## D04 日喀则——霍尔

休整两天，锅兄的腿伤见好。我们继续原定从日喀则搭车到霍尔的计划。

日喀则到狮泉河的大巴刚开通不久，司机是陕西人，很好说话，帮我们把单车塞在大巴底下绑牢，没有额外收取费用。

50 个座位的大巴只坐了 10 来个人，很宽敞。车子沿着 318 线到拉孜，再转 219 线高速前行，在桑桑停下吃晚饭，直到隔日凌晨 5 点才到达霍尔。

静寂的清晨，我和锅兄两个人对坐着聊天。离开温暖的车厢，突然置身冰冷漆黑的小镇，让人心生恍惚。天空一点点地泛白，对面的纳木那尼雪山逐渐显露山顶。停在路边的大货车发车了，野狗也在路上跑起来，终于开始有人在路上走动。

锅兄带我找到两年前他住过的成都饭店。一对川籍老夫妻常年在此经营简单的食宿。放好行李后，锅兄继续躺在床上休整，我则计划单骑去鬼湖拉昂错看看。

9 点多出发。体力充沛，沿着 2012 年骑过的 G219 新藏线一路反骑。

出霍尔就到了圣湖玛旁雍错的湖边。2012 年骑经这里的时候是阴天，遗憾未能一

▲去吧，玛旁雍错

▲开往日喀则

▲远方如雷

睹湖岸边的纳木那尼真容。今天的空中仍然有很多云雾。沿着湖畔前行，不久，纳木那尼庞大的山体和直耸入云的峰顶就清晰可见，也算是一偿宿愿。

一个多小时后骑到巴嘎，这里是骑往鬼湖拉昂错和普兰县城的岔路口。

左拐以后开始爬坡。垭口并不高，轻松地爬上去，看到不远处湖边的即乌寺和旁边的小村子。传说莲花生大师曾经在即乌寺内打坐，因此这里也是徒步转圣湖玛旁雍错的起点。小村子给转湖的人提供食宿。

下了一个陡坡就到了玛旁雍错的西岸。和霍尔那边不同的是，西岸的玛旁雍错湖水要蓝得更纯净些。比起车水马龙的新藏线，这边的车辆寥寥无几。骑了大半天也仅仅碰到两辆车，绝大多数时间都是我独自一人欣赏这绝美的湖光山色。

继续往前，又开始爬垭口。这座垭口把圣湖玛旁雍错和鬼湖拉昂错分开来。这种一山分两湖的地理情况在藏北很常见。后来我和老贾的“一错再错”之行，也曾多次见到。

这个垭口更简单，半小时就爬到顶，抬眼就看到前方另外的一片蓝色湖面。这就是少为人知的鬼湖拉昂错了。

下到湖边，空旷无物，远不像一山之隔的玛旁雍错那样热闹。而纳木那尼雪峰就倚着湖岸，只因挨得太近，峰顶直耸入云，无法得以窥见全貌。

鬼湖比圣湖更安静。看着蓝朦朦的湖面，一个人坐在湖边吹风发呆良久，直到咕咕叫的肚子提醒自己，才有些不舍地开始返程。

又爬上垭口，再看了一眼寂静的鬼湖，开始往回骑。

远离鬼湖后，西边的天空开始放晴。正对着回程路的冈仁波齐主峰一下子显露出来，仿佛近在咫尺。

想起 2012 年跟星星、董哥他们花了一天半转山的经历。不过那次雨雪纷飞，神山冈仁波齐的正面一直都躲在云层里，今天却得以在圣湖玛旁雍错看到全貌。看来这神山圣湖联袂的名头并非虚假。

重回巴嘎，右转骑往霍尔，算来这是第三次骑这段路。下午逆风渐渐增长，昨晚几乎没睡，今天一天也没吃啥东西，体力有些不支，只能顶着风咬牙前行。

等到骑回霍尔，已是下午 5 点多，锅兄提前让老板准备了晚饭等我。更好的消息是他的腿伤恢复得不错，基本无大碍，明天终于可以开始“一错再错”的真正挑战了。

## D05 霍尔——扎营

早晨 9 点起，吃完早饭收拾完毕已是快 10 点，和成都饭店老夫妇告别，再次从霍尔沿着 G219 往前骑。

出门就是一个超长大上坡。我状态很好，骑在前面。这段路 2012 年骑过了，不多久就骑到了坡顶。这里同样有一个玛旁雍错的石碑。旁边是玛旁雍错观景台，不过是景区，进去要收费。从这个角度看圣湖远不如昨日我骑到与鬼湖交错的山上看到的景色更加辽阔壮观。

锅兄还在后面，我坐在石碑下休息。过一会他骑了上来，问他腿伤怎么样，说还好。说着他看到我绑在驼包上的涉水鞋，突然记起他的涉水鞋忘在霍尔的床底下了。

于是锅兄掉头从刚爬上来的陡坡骑下去找他的鞋子。我继续坐在石碑旁休息，百无聊赖地掏出包瓜子嗑起来。藏北的阳光紫外线很强，于是把帽子拉下来，靠着石碑打起盹。

睡了不知多久才被锅兄叫醒。看看时间，离早上出发已经过了 2 个小时。

重新出发，一路缓上。行至不久，见路边小溪有中年藏族大哥在提着个桶捞鱼。这小溪流向前面的公珠错。这个季节有很多的鱼群洄游产卵。这种高原冷水鱼产卵之后不久就会死去，那个大哥捞的就正是这种将死的鱼。

▲玛旁雍错

一般说来，藏族是不吃鱼的，于是隔着河跟藏族大哥交流，问他捞鱼是打算自己吃吗。很明显，藏族大哥不懂汉话。鸡同鸭讲了一番后，他误以为我是要他的鱼，随手从桶里拿出一条打算扔过来。忙制止了他。同时我瞧见这面的溪边也有两条鱼在随水飘动，于是下车顺手捞了起来，给藏族大哥看。他大笑起来，才打消了送鱼给我的念头。

这时锅兄也骑了上来，我显摆地给他看我捞的鱼。他说不错，晚上可以炖个鱼汤喝。听说有鱼汤我一下来劲，忙掏出电话打给家乡的朋友，问他鱼的做法。

往前开始爬公珠错垭口，坡度加大，好在路况不错。路的左侧一线的雪山呈现出来，想来明天要翻越的极高无名垭口就在其中。爬到垭口，等着锅兄上来。后面是起伏路，不多久，又一个坡。远远的看到坡顶有一个巨大的路牌。看看路线，这就是拐向烂路的岔路口了。

下午 2 点多，骑上坡顶。这里有几个路牌，最详细的一个写明沿着 G219 直行 90 千米是马攸木拉检查站。这段路 2012 年同样也骑过了。而左拐进山是去亚热的路，距离亚热乡有 200 千米。按计划，我们骑三天到达亚热乡。

岔路口处有个帐篷茶馆。一户藏民在此边放牧边经营茶馆。和锅兄在帐篷里一人泡了桶方便面当午餐。吃完我端着相机追着拍这家的小孙孙。他跑到另外一个帐篷，躲在帐篷门口拉住妈妈的衣角，胆怯地回头看我。转头看见帐篷边上挂着一串晒着的鱼干，正是之前在小溪里捞的那种。看来藏族不吃鱼的说法还是有待商榷的。

休息一阵后，差不多下午 3 点半，将两辆单车一起摆在烂路的入口留影一张。拍完，锅兄先行前往。我随手拍了一张他远去的画面。从这个路口开始，下次再骑上柏油路面将是 1000 千米以后的事情了。精心策划了一年，马上就要沿着自己计划的路线骑行“一错再错”了，心中非常激动。

往前骑，路面是碎石、沙土路，一路缓上，好在坡度不大。路的左侧有条小溪，对岸有一些废弃的羊圈。有两头在山坡上吃草的藏原羚被我们惊吓到，跑过山脊不见了。

这一带是禁牧区，毫无人烟。往前骑不久就在路边看到一具尸骸。头脚都还完好，但内脏都已被吃光了，不知是哪种食肉动物的杰作。

对面两辆越野车疾驰而来，看牌照是那曲地区的，车顶上大包小包绑了很多生活用品。路过时摇下车窗，里面的一家老小都冲着我打招呼。不出所料，

▲路边扎野营

这条不知名的烂路就是那曲等地区藏族穿越藏北来朝拜冈仁波齐的捷径。既然越野车能走，自行车当然也能走。

坡度加大，海拔已经接近 5000 米。在后面的锅兄速度慢了下来。时间还不算很晚。但前方的巨大山体挡住了西斜的阳光，四周开始昏暗下来。回望骑过的路，被透过云层的阳光照成金黄，惊艳异常。

9 点骑到海拔 5000 米的时候，路面被溪水截断了。天色已暗，看看路边有片比较平坦的草地，于是决定就在此扎营，靠着溪水也好做饭。

### D06 海拔 5000 米营地——阿果错牧民家；里程：45 千米。

早上起来做饭，收拾完毕时已是 10 点多了，换鞋推车过溪。雪融水冰凉刺骨，好在溪面并不宽，过河后换鞋开始爬坡。

今天将要翻越海拔 5500 米的无名垭口，这也是整个行程的最高海拔。这个高度已经超过一般的入门级雪山，也是个人的骑行高度记录。

虽然海拔高，但相对昨天的营地高度只有 500 多米，所以坡度还不算太陡，能骑。只是路沿着山谷和溪水相并上升，时不时需要涉水，比较麻烦。

上到海拔 5400 米的时候，坡度加大，沿着一段连续的之字盘山路上升。不愿意推车，一直坚持骑，但骑几米就得踩着路边的石头休息。不下车，继续往上蹬。就

▲小河弯弯

这样骑骑停停，下午 2 点多终于骑上了这个无名垭口，看看 GPS 实测海拔 5515 米。垭口照例有个经幡阵，四周还有遍地的小玛尼堆。不多久锅兄也骑了上来。我俩坐在垭口开始吃东西。边吃边搭了个小玛尼堆，也算是到此一游了。

差不多快 4 点，才开始下山。山这边要显得荒凉得多，黄色的山体上没有一丝的绿色。下山路意外的好，泥巴路被晒得很平实，下坡很爽。但好景不长，下到谷底后照例的石头、沙子、搓板路又回来了，而且还有不短的上坡路。

再往前骑，左拐出了山谷，眼前是一片非常开阔的盆地，远远的可以看到盆地尽头一片极深的蓝色。

——阿果错到了！

很多年后，还记得初见的一刻。

翻过海拔 5515 米的无名垭口，远远的看到阿果错湖面时已是下午 5 点多。

骑上一个陡坡，在这里可以看见前方湖面上空已是黑压压的一团，其间电闪雷鸣，有如魔境。

停下来，阳光直射在脸上，温暖且舒适。

片刻后让队友先走，看着他从陡坡上疾驰而下，越骑越远，直到背影完全融入在广袤的旷野中。收好相机，平静地吸了口气，追随着队友的车辙，迎着雷暴，坠向无尽的荒原。

▲大路朝天

风越来越大。低着头使劲蹬，不能抬头，一抬头帽子就会被吹翻过去。

平生从没有如此恐惧过。

第一声雷响起来的时候是闷的，漆黑的云层翻滚着撞在一起。只是抬头看一眼，帽子就被吹翻了。接着一道刺眼的光柱在右前方的湖面上突然闪现出来。几乎同时，巨大的炸裂声就在头上响起。吓得我一个趔趄，差点连人带车直接摔在地上。一道白色光柱又在湖面上闪起，距离很近。紧接着雷声几乎就在耳边炸响。没有任何的迟疑，跳下车来，扯了 GPS 手持机就跑。看到前方有个凹地，跑过去蹲在里面，双手抱头。

又一声炸雷。原本一片乌黑的天地被照得通明。低头盯着自己脏兮兮的鞋面，身体完全控制不住地颤抖，心中默念着雍和宫祝融峰大昭寺灵隐寺扎什伦布寺各路拜过的神佛保佑。

雷声终于又归于沉闷，在湖对岸的雪山顶上响起。或许它们之间的战场已经转移。抬眼看着不远处立在风雨中的单车，在空无一物的旷野中作为唯一的金属物立在那里，完全暴露在雷电的威势之下。货架上绑着的塑料袋在风中剧烈地摆动着，如同被抛弃的另外一个自己。

其后我们在暴风雨中受尽磨难，被近在咫尺的雷击吓得几乎崩溃，弃车趴在地上瑟瑟发抖，直到天完全黑透才得以逃离。

过后想起来，这阿果错是真正意义上的闯入蛮荒的第一错。而且每当看到这组拍的照片中锅兄的背影由近及远，从明丽阳光中冲向险境，仿佛又感受到了强劲的逆风，振聋发聩的霹雳。在空无一物的荒原上，唯余天地两人，如同

▲路在脚下

孤独骑士发起的决死冲锋，如同冲向惊涛骇浪的独木孤舟，那种虽千万人吾往矣的错觉，让我全身颤栗。

——是害怕，是兴奋，更是发自心底的期待。

或许，这就是我如此热爱藏北的原因之所在了。

前几年的藏地骑行，即使路烂如新藏线，荒凉如甜水海、死人沟，也还是在地图上标明的公路上骑行，心里知道离下一个目的地还有多远。但历尽艰辛从暴风雨中爬出阿果错湖盆时，已经是快晚上 9 点了，预计中的营地还没有找到。不停地查看自己画的线路和攻略。按照我的计划，早在 5 千米前就应该有房子可以扎营，但从昨天骑到现在，我们并没有看到任何牧民活动的迹象。

天色渐暗，好在这边的天空风平浪静。加快速度，又爬上一个小坡后，终于看到前面坡下的两间房子以及房子周围大片的羊群。有羊群就一定有人，今天的骑行终于可以结束了。我高兴地回头大喊着告诉锅兄，然后一路加速，飞快地冲到几间房子前。

这里有两间土房，其实是一家人。一间房子是老夫妻带着未成年的儿子居住，另外一间新点儿的房子是已经结婚的大儿子夫妇居住。

屋后有一座桥，桥下的河水充沛。这也是从新藏线岔路口骑过来后遇到的第一户牧民。往后还有 10 多千米的搓板路才到下一个牧点。

牧民一家很热情，同意我们在土房旁边的帐篷借宿，也有方便面提供。

## D07 阿果错——却藏村——亚热乡；里程：75 千米。

早晨 8 点多牧民全家都在屋外忙活了，早餐照例是方便面。收拾完毕，和牧民一家告别。过桥右拐上坡，骑上坡顶停下，回头再拍一张。

再见了风雨阿果错，再见了热情的牧民一家。

今天路程比较远，仍然是搓板烂路，但上午基本以缓下为主。爬出阿果错的湖盆后，就一直在一片开阔的山谷里缓下。

雪山的尖顶被云层笼罩，间或有一道道阳光从缝隙中透射下来，山腰以下全部都是青黄相间的草地。顺坡而下，不时有被惊走的兔子慌慌张张地跑开。更远处的藏羚羊和藏原羚只是偶尔抬头看我们一眼，至于呆萌呆萌的藏野驴则根本对我们视而不见。近处路边，还可以看到一窝毛茸茸、尖头、小耳朵的家伙直立在那里，口里嚼着草根半天不动。那是一群肥硕的土拨鼠。

没有丝毫的人类活动痕迹，偌大的盆地草原中除了风声显得格外宁静。但动物们的存在又让人感觉热闹非凡。沿着盆底边缘起伏的搓板路慢慢缓下，直到盆底边缘，然后爬坡离去。回头再望，愿这宁静而又生机盎然的草原永远不受外界的惊扰。

沿着河边骑了一个多小时后，过桥就到了却藏村。却藏村有十来户人家，有茶馆、小卖部。和锅兄在茶馆喝酥油茶，吃午餐。茶馆提供一种青稞粉油炸的面饼，略吃了几块。

▲却藏村

今天要走的路还很长，在却藏村没有停留多久，便出村沿着河道前行。河谷全是碎石路面，搓板加剧，颠簸至极。好在仍然是以缓下坡为主，费力不多。

牧民逐水草而居，因此河道两旁的房子逐渐多了起来，但这个季节牧民多半转场到更高的山里去了。这里少有人迹。

越往前骑，河道收得越窄。下午5点多，终于冲出河谷，来到另外一个盆底的边缘。这时，前面的路一分为二，沿主路前行是一个上坡，左侧有一条小路伸向不远处的一座新修的水泥桥。这是进入亚热乡的近道。

过桥后，路仍然是碎石搓板路。不多久，后货架发出异响，原来是固定螺丝被颠掉一颗，幸亏发现即时，也足见这段路的颠簸程度。

处理好货架已是快下午6点。又爬了一个小坡，这时已经可以远远地看见在开阔盆地另外一头的亚热乡的经幡阵了。只是风云聚集，强大的逆风扑面而来，在开阔的荒野上躲无可躲，只能咬着牙顶风前行。

看着亚热乡就在前面，却被逆风逼着几乎是寸步难行，受尽折磨。将要到时，大雨瓢泼而至。下午8点多，才狼狈地骑进了亚热乡的小巷。在热情的孩子们指引下，找到亚热扶贫旅馆。

旅馆是新开的，蓬松的被褥在风雨烂路颠簸后让人感觉非常好。门口的藏餐店居然提供稀饭包子，从霍尔出来三天，终于可以不用再吃泡面了。

亚热，真是让人舒坦。

### D08 亚热乡——格玛村；里程：52 千米。

早上在藏餐店吃了碗藏面再走，出门已是10点。天仍然是阴的，沿着路从亚热乡派出所转出村。村外是一片很大的垃圾场。过桥，爬个坡就是检查站了。检查站难得看到骑车的，拉着我们说了很久，告诉我们前面全是烂路，有狼和熊，一定要注意安全。

今天一路都是缓上，好在没有逆风来捣乱。出发不久就看到第一个5千米的路碑，这是“措亚公路”的路碑，意味着出亚热5千米了。

过路碑不久就开始爬坡。隔老远就看到垭口上有个移动的无线基站铁塔。这个垭口就是今天要爬的目标。但这坡实在太长，骑到一半老天又过来捣乱，逆风吹得只能推。左侧的山间电闪雷鸣，让我想起了在阿果错被吓破胆的场景，一刻都不敢停歇，一直爬到下午 3 点多才到顶。终于爬出雷电区，回头看看锅兄还在半山腰。

露营装备都在锅兄那里，他负重比我多，加上腿伤的缘故，速度一直都不快。我一般骑在前面。但全套的修车工具都在我这里，所以尽量和锅兄保持在可视距离内，这样可以相互照应。

看着锅兄在坡下挣扎，回想起自己刚骑过的艰难。与骑友同行，无论怎么陡的坡，无论多么烂的路，都有人在和你一起面对。还可以随时抬头看着他的背影，丈量我们之间的差距，心无旁骛地一直向前。

在藏北的荒漠中，队友就是另外一个自己。

等到 4 点，锅兄才爬上来。稍微吃了点东西，便放坡下山。山这边是一个更大的盆底。只是这边气候干燥，也没有河流小溪的踪影，草的长势明显不如那边。

全程缓下。遥望前方，乌云一片。再次冲过风雨区，到达格玛村时已经是下午 7 点多。格玛村有近十所土屋四散在路边，但都没有人。这一带仍然是禁牧区，村民们大概都转场到山里去了。

找了间空房扎营，刚坐下没多久，噼里啪啦的大雨就砸了下来。雨势甚大，房子四处漏水。再看屋外，天地灰蒙，雪山、荒野弥散无踪。手机没有任何信号，整个世界就只剩下我们二人。残破的土屋是一座孤岛，我们蜷缩其中，暗自庆幸却又惊恐不安。

▲骑行至此

## D09 格玛村——仁多乡；里程：47 千米。

一夜的雨。

雨停出发时，已经是 10 点半。出门就是起伏路。两边散落着些房屋，但都空无一人。

在开阔的盆底里继续往前骑，一路缓上。左侧是一排壮观的雪山，让人看了心生愉悦。午后，骑到盆底尽头，开始爬坡。途中碰到有人放牧羊群，或许那就是转场的格玛村牧民们。

在藏北放牧是个轻松却又枯燥的活儿。早上把一大群羊赶出来，整个山谷就你一个人。雪山永远都沉默在那里，狗们负责看守羊群，而你就整天站在无垠的旷野里，风雨来时就裹紧羊皮袍。直到有一天，你看到有两个骑自行车的汉人路过。他们的速度慢得连 3 个月大的小羊羔都不如。于是你走过去，试着跟他们攀谈。

波切就是这样一个穿着冲锋衣，戴着棒球帽的小伙子。看到我们时，我正在吭哧吭哧地骑垭口。他飞快地从旁边的山坡上走到路边上来，跟我们攀谈起来。波切在内地读过藏族高中班，打篮球，喜欢科比，后来放弃了考大学，回到藏地。他说他有 70 头牛，然后往后面一指，那片山坡上都是他的牛。问他还去内地吗？波切说不去啦，这里就是他的家。

▲藏北的云，藏北的人

下午的风雨就要来了，我们告别波切，祝他的科比和牛群一切都好。

下午 3 点多，终于骑上另外一个古湖盆的垭口。黑云团就在后面追着，而前面一片极其辽阔的盆底展现在面前。一条土路在荒野中无限延伸，直至更远处的雪山。

等锅兄到了，便开始下坡。搓板碎石路即使是下坡的速度也不快。刚到坡底，身后的漫天黑云便铺天盖地而来。好在是顺风，穿上冲锋衣，发力快蹬，只期望能摆脱雨带。狂风吹得帽檐盖住了眼睛，视线变得模糊。骑不久，隐约地发现右边的荒地里有人。努力偏过头，从布满了雨水的镜片里看过去。只见旷野的一群羊中站着一位穿着黑袍的阿佳。风雨正吹得她的头巾飘起，但她一动不动地站在那里看着我，一如惊涛骇浪中的灯塔。

于我是竭力想逃离的暴风骤雨，于他们却是藏北无数岁月中的一天，无需惊慌。偏着头看她，双手勉强控制住车头，腾不出手来给她打招呼。不久，黑色雨雾充斥了整个大地，而我始终没能看清她的眼眸。

在风雨中足足熬了 2 个多小时，终于骑到土路的尽头。这是挝那荣错。也许刚才骑行穿过的偌大湖盆是它昔日的版图，但现在的湖面已经萎缩到很小。今天的目的地仁多乡，就在这小湖的后面。

## D10 仁多乡休整

仁多乡是措亚公路上的交通要道，也是“一错再错”骑行的重要节点。从霍尔出发已经连续骑行 6 天，人车都需要休息。尤其是锅兄的膝盖，被搓板烂路蹂躏了几天后适当的休整是必须的。加上风雨冰雹，就愉快地决定在仁多乡休整一天。

仁多比亚热要繁华，进村就有一条宽阔的水泥路。由于包车旅游线路的热度，这里也成了从狮泉河到措勤停歇的中间点。路的两边有很多茶馆和小旅店，遗憾的是没有汉餐。每天都有很多载着包车游客的越野车在这里停车过夜，第二天再到措勤。

终于可以睡一个懒觉，快中午才下床，外面正下着冰雹。5 分钟就把整个乡逛了个遍，回头和锅兄坐在茶馆里喝酥油茶，吃蛋炒饭，看几个藏族老乡打麻将——藏区流行的是四川麻将的玩法。

寻思着买一些补给，茶馆老板娘介绍到一家杂货店买风干牛肉。杂货店老板娘告诉我们有牛肉，然后带我们进去看。一个巨大的牛腿吊在房子中间，问价钱，说 1500 一条腿，不单卖。

▲仁多的云

便宜是真便宜，只是后悔没开个拖拉机来藏北。眼馋了半天之后放弃，回头跟茶馆老板娘唠叨。她大笑着说，你们只要一点儿的话我这里就有，然后硬塞给我一块巴掌大的风干肉，死活不收钱。

### D11 仁多——仁青休布错——康玛村；里程：54 千米。

早上 8 点多出发，天空仍然阴沉。出门还是起伏的沙石搓板路。沿着山谷骑行不久就看到路边一块久违的路碑，里程数是 100，也就是从亚热骑到此处是 100 千米。

再往前，就是仁青休布错。搓板路从湖边经过，蓝色偏绿的湖面有白色的水鸟群掠过。湖对岸的雪山距离非常近。舍不得走，和锅兄决定在湖边休息，顺便吃午餐。

打了个盹后继续出发。不久就骑到岔路口，主路往右上坡进山，左侧的路去往昂拉仁错。几座雪山间夹着两座漂亮的错。只是湖边路实在太烂，速度勉强保持在 6 码左右。

离开仁青休布错，进入一片山谷。这里的野生动物非常多，不远处就有一群藏野驴。据仁多的藏族说，这一带有熊狼出没，因此今天必须翻过垭口到山那边。

爬山不久就可以远望到一片碧蓝的昂拉仁错。昂拉仁错面积比仁青休布错大得多，但在接近海拔 5000 米的高处眺望，整个湖面的一角被群山环绕，与蔚蓝的天空呼应。湖边没有任何人类活动的痕迹，无声，沉静。这种不被惊扰的蛮荒之美让人失神。

继续往上，坡度加大，碎石路陡峭难行，直到下午 6 点多才爬上这海拔 5100 多米的嘎啦山垭口，并在垭口意外地捡到一条小黑狗。

天气晴好，继续下山，只是下不多久就发现整个下山路全都被雪融水覆盖。或者说这路本来就是河道，水可深达 30 厘米。无奈，只能换上涉水鞋，开始从河里下山。

V 刹的缺点这时候就显现出来了，车圈在水里根本刹不住。水深坡陡根本看不清路面和河底的情况，只好握紧车把随着山势往下冲。前轮还好，后轮承重，不断地砸向一个个的石头，落进一个个的石坑。

好不容易冲出一截河道，发现后轮有窸窸窣窣的金属响声。忙停下检查，担心刚才的撞击导致后货架出问题。检查一番，货架完好。刚放松下来，发现后轮组一根辐条已经被颠断，吊在那里。

心一下子跟刚骑过的冰河一样，凉到了底。真是怕什么来什么，出发之前特意在拉萨车店调试过的轮组辐条还是出问题了。而且，我和锅兄都没有带备用辐条，整个藏北大地都没有任何一个自行车店。

告知锅兄这个噩耗，他也没有好办法，只能先下山再说。再往前推车过一个深塘，

▲云来雾去

终于从河道中走了出来。前面的路虽然不再涉水，但坑洼程度丝毫不减。让锅兄先走，小心翼翼地下着坡，但骑不多远又听到后轮一阵金属的断裂声。

又一根辐条断掉了。

自行车轮组的钢丝辐条本就是设计成一对一对的，均匀受力，从这种乱石坡负重下山，加剧了整个轮组的负荷。断掉第一根辐条后，其实结局就已经注定了。

停下，木然地把断掉的辐条取下。接下来会有更多的辐条断掉，难道只能放弃骑行？一时无法接受。

不知道在坡下坐了多久，直到手机响。原来锅兄带着小黑狗早就下到山下康玛村，那里有一个太阳能的移动无线基站。他看我久未下山，打电话来询问。

顺路下山就是康玛村，路边的无线基站有几间房子，但照例没有人。我们挑最近的一间空房子扎营，锅兄在羊圈边上做饭。我不死心，把后轮大卸八块，看看能不能找出凑合解决问题的办法。

斜阳西沉，火红的晚霞将天空烧得炫丽无比。明明红霞满天，却心如冰水，无力欣赏。

**D12 康玛村——扎布耶——盐业公司；里程：45 千米。**

车最终没能修好，虽然这是注定的结果，但我仍然把整个轮组仔仔细细地检查了一遍，徒劳地想找到解决的方法，只是奇迹并没有出现。

连续几年的藏地骑行很少失眠，而这个晚上根本无法入睡，整个人都显得有些恍惚。锅兄看出我的心思，不停地宽慰我，说他当年在夏特古道掉下悬崖，却幸运地因背包卡住崖壁而捡回一条命，今天能骑到这里已经是赚了。

是的，天下之大，可去之处不胜枚举。但当锅兄睡去时，我仍然张目凝视着黑夜，想起出发前花费无数的时间来查阅藏北的资料，在藏北空旷的大地上一笔一笔地画出每天的行进轨迹，想起拉练翻越岗巴拉，想起翻越海拔 5500 米无名垭口初见阿果错时的激动。一路骑来，最艰难、最烂的路段都已经被我们抛之脑后，前方不远就是措勤，就是梦寐以求的扎日南木错、当惹雍错、色林错，就是“一错再错”最精华的路段。

▲涉过无名的河

现在这一切都是泡影了！深夜躺在这连地图上都找不到的藏北无人村，唯一要考虑的是，如何撤回拉萨，并在最短的时间内修好轮组，再搭车回到措勤重新开始。或者去措勤碰碰运气，看有没有自行车店。但理智告诉我这都是幻想。

胡思乱想到天明，做饭收拾好出发时已经是 10 点多。往前骑不远路已被河水冲断，换鞋推车过河后在布满沙坑的古湖盆上前行。后轮已经断了两根辐条，我小心翼翼地骑着，心中希望不会继续断下去，那样也许可以凑合着继续。

上午天气极好，晴空万里下我们缓慢地骑着，远离嘎啦雪山而去。荒芜的古湖盆上有头藏野驴在悠闲地小跑。停车拍下它欢快的样子，心说驴兄，驴兄，你能借我两根辐条吗？

中午时骑到一片盐碱地，路的两旁都是雪白的盐碱。这情景像极了新藏线上的甜水海路段，只是路烂程度有过之而无不及。

这一天我很少说话，相机也懒得掏，浑浑噩噩地往前骑，直到又听到后轮嘣的一声金属断裂声。这声音比阿果错劈在眼前的闪电更让我心惊。

停下，却不敢回头看。

锅兄慢慢地从后面赶上来，问我怎么了？我说辐条可能又断了一根。锅兄说又断了？于是也停下来，凑过来看我的后轮。真的又断了一根，锅兄说。

所有的幻想都破灭了！

干脆停下来吃东西，边吃边和锅兄商讨如何撤回拉萨的计划。

前方就是著名的扎布耶错，是世界第三大，也是亚洲第一大锂盐湖，蕴含了巨量的硼砂、锂、钾等矿产，尤其是锂矿的价值很大。比亚迪这种科技巨头来这极偏僻的苦寒之地投资修建了基地，而我们的目标，就是从基地往拉萨运矿的大货车。

午后3点，前方路侧出现一个黑色的漩涡。这种云气漩涡在藏北的下午很常见，接下来多半又会是一场暴风骤雨。裹紧了冲锋衣裤，擦着气漩的边缘，有些漠然地继续往前骑。骑过那漩涡不多久，就听见那黑色云团中心的一阵阵炸雷闷响，然后原本略显沉闷的大地突然慌乱起来，一股惊涛骇浪般的风声呜呜地响起来。

没来得及回头，就被一股强劲的气流猛地往前一推，慌乱中差点被吹倒，忙抓紧车把。气流越来越强，而且是从正后方涌过来。顾不上脚蹬，只是用力死死地控制住车把，但单车并没有停住，被强大的风力推着继续往前。

骑车碰到风雨是很正常的，大多时候碰到的是逆风或者侧风。很少碰到顺风，像这种连人带车被风吹着在搓板路上走的情况还是第一次。单车的速度还在不断地加快，看着码表上的速度从原来的6码跳到10码，然后15码，最后居然上升到了20码！

干脆从搓板路上转到旁边的草地上，风势越来越大，挂上高档，自己还趁兴踩上几脚。耳畔强劲的呼呼的风声和着我和锅兄从开始的惊慌到后面兴奋不已的啸叫，在这无人的旷野中一路狂奔。

原本要骑上3个小时的搓板路，一个多小时就被风“吹”到了。到了湖边，已经可以看到各种各样大型的工程机械。湖畔的一座山崖上刻了“扎布耶”三个红色的大字。

扎布耶错到了。

沿湖右转，远远的看到一大片的房子和矿场，还有一片居民聚集区。还没进村就有一口水井，扎布耶错是咸水湖，在此长居水井想来就是饮用水来源了。

扎布耶是个大地方，比之前所有的村子规模都要大得多，村子后面是盐业公司的驻地。在荒芜的藏北骑了半个月突然看到钢筋水泥的楼房还是挺震撼的。当然，更让人眼热的是停在那里正在装车的一辆大货。

这种地方自然不缺茶馆，但骑到村子的尽头居然发现了一个窗明几净的汉餐馆。推车到门口，一个中年汉族老板走了出来。一番交流后，得知老板姓金，是锅兄的浙江老乡，讨了个藏族老婆在此安家。老板自己在盐业公司开挖掘机，老婆经营这个小饭店，闲暇时间他就掌勺自己做菜吃。

不得不说老金的厨艺确实一流，听说我是湖南人，特地炒了一盘不可描述的野味湘菜来招待我们。在这离家十万八千里的藏北盐碱地上吃到一个讨了藏族老婆的浙江人做的正宗湖南菜，让我有种陷入到马尔克斯魔幻小说的感觉。

老金已在藏地生活了 10 余年，很多地方都待过。随着扎布耶的开发，他来到了这里。时至今日，已有 5 年多。除了偶尔路过的车辆外，整个扎布耶就他一个汉族人。他好不容易碰到我们，尤其是锅兄这样一个老乡，热情地留我们在他的店里留宿，坚决不收费用。还表示盐业公司的人都在他这里吃饭，至于来往的大货车司机们，那是熟得很。

下午被顺风吹着很爽，代价是后轮辐条又断了一根。到目前已经断掉四根，继续往前骑的结局显而易见。老金帮我们联系好隔天搭货车回拉萨。而扎布耶，就是我们这次“一错再错”骑行的中止点了。

傍晚的扎布耶仍然被云层覆盖，偶有阳光从间隙中穿透下来，将灰白的湖面抹上一层光幕。我走到老金饭馆后的高地里把两根断掉的辐条埋起来，再回此处不知是何年何月，或许此生永远不会再有机会。

## D13 尾声

第二天早晨，我们搭上运锂矿的大货，沿着措亚线前往措勤。我们在大货车厢里摇晃了一天一夜。早晨，藏族司机大哥提醒我们，措勤快到了。抬眼往前看，货车正在爬一个坡。我知道措勤就在翻过去的坡底，而在坡顶，就可以远眺到扎日南木错。

大货终于爬到坡顶。坡下显出一大片的房屋，这就是措勤。在这片房屋的后面，一片博大的湛蓝占满了整个天地，那就是扎日南木错。货车马上就会下坡，拿出相机，手指却终究没有按下快门。货车从坡顶徐徐而下，扎日南木错也消失在房屋的后面。

计划过无数次如何拍摄扎日南木错，却从没想过是以这种方式来看她第一眼。扎日南木错、当惹雍错、色林错、纳木错，这些憧憬了一路的名字和美景，而当我越过藏北无数的雪峰和荒漠，即将触摸到她们的时候，却只能转头离去。

人生不如意者，十之八九。但倒在梦想前的不甘，是如此剜心！终于，我无奈地远离了那片蓝，但心里却一直放不下。同时，还有一个更强烈的念头在心底升起——

藏北，我会再来的！

附录 2

# 嘎啦是座山，嘎啦是条狗

费尽了力气骑上嘎啦山垭口的时候，锅兄还在后面，我把单车停在垭口经幡边上拍照。没拍几张，听见经幡堆里窸窸窣窣的有响声，一个小黑脑袋从五颜六色的经幡里面探出来。我倒是不怕狗，看了一阵，见它没动静，便不做理会。站着边吃东西，边等后面的锅兄。

不多久，锅兄也骑了上来。等他停好车，两人就在那里大口地嚼东西。

他也看到了那小黑脑袋，好奇这荒野的垭口怎么会有狗。我说大概是野狗，之前在山下看到过一条大的，已经腐烂多时。一路上在荒野里见了太多的动物尸骸，早已见怪不怪。

▲嘎拉，你在想啥

▲那车那人那狗

锅兄把吃剩下的半截火腿肠扔过去。过了一阵它才有点勉强地站起来，走到火腿肠边。吃完后，抬起头看着我们，尾巴轻轻地左右摇摆。又剥了根火腿肠丢过去。没丢远，小黑慢慢地走近，叼在嘴里。吃完后走到我们身边，两个小黑眼珠看着我们，轻轻地摇动尾巴。

海拔 5000 多米的垭口几天也不一定有人路过，这狗多半会饿死。不如我们捡了它。锅兄说，在嘎啦山捡的就叫他嘎啦吧，然后叫着嘎啦，开始逗它。

不多久，开始下山。锅兄先骑，嘎啦小跑着跟在后面。

下山的路巨烂无比，很多地方要涉水。下到尽头，是一个比较急的积水潭。锅兄已经推车过去。嘎啦回着头看，好像在等我。看我过来，它才游了过去，又蹲在岸边看我。

到山下时，天色已经暗下来。路边有几间房子，照例空无一人。我们在屋旁的羊圈边上准备扎营，嘎啦趴在旁边。煮了最后一块风干肉给它吃。看它用力地大口嚼着，嘴里发出唬唬的声音，好像在吓唬那些跟它抢食的幻想中的对手。

等嘎啦吃完肉干，又把自己的半锅面糊糊倒给它，不多久就吃得一干二净。看它狼吞虎咽的样子，也不知道多久没吃过东西了。想起在爬垭口时见到的那具干瘪的尸骸，生命在这荒漠中是如此脆弱。

第二天天气极好，拔营出发。越过一条小河，远远地离开雪山，在一条布满沙坑的路上，朝着开阔的湖面前进。

骑在前面，嘎啦欢快地跟着我跑，偶尔停下来等一等后面的锅兄。小家伙跑着跑着就越过了我，发现我没跟上来，等我一会，便回头去接锅兄。

坐在路边，远远的看着锅兄骑过来，嘎啦像个小黑点在后面跳跃着，再后面是崔巍的雪山。阳光真好，拿起相机拍下这张“父与子”的温情画面。

午后3点，藏北的天空照例积起黑云，又一次在风雨中前行。嘎啦在我旁边的草地上被风吹得毛尾乍起，但小短腿跑得飞快，像一只贴地飞行的黑鸟，把我们远远地落在后面。

冲出雨带，前方已经离村子不远，路边开始有放牧的羊群。看守羊群的狗凶猛地冲向我们这群奇怪的外来者。嘎啦迎上去，对着比它足足高出几倍的狗们狂吠，丝毫不露下风。牧羊犬们退却了，嘎啦继续在前方巡逻。

离村子越来越近，路旁逐渐有一些废弃已久的羊圈。每个羊圈，嘎啦都会跑进去探寻一番。不多久就钻进一个残破的羊圈转着圈嗅，不时地抬头悲鸣两声，久久地不肯跟上来。

或许这是它从前的家吧。

刚进村口，就看见一大群狗围着一个垃圾堆。藏北的野狗大多以垃圾为生，如果离开了人类聚集区，结局往往会比较悲惨。嘎啦在离狗群一定距离的地方站住了。里面有一条毛色跟它很像的黑狗叫了两声。嘎啦回头看了看我和骑过来的锅兄，慢慢地往狗群走去。

锅兄骑上来喊着，嘎啦干吗去，回来，回来!

嘎啦回了回头，停下，片刻后还是继续往狗群那边走。

我和锅兄站在那里。我也喊着它，但它已经走到狗群中，和几只小狗撕咬嬉戏起来。

锅兄嘟囔着说，哎，吃垃圾也比在垭口上饿死来得好，随它去吧。

我们并没有停留多久，穿过村子继续向前骑。

后来我骑过了很多很多的村子，也碰到过很多很多的狗。它们呲出锋利的牙，从旷野的另一头冲我扑过来。或者朝我摇着尾巴，讨好地靠近我丢过去的吃食。每一只都不一样，只是没有一只是我熟悉的。

几天前在QQ上和锅兄有一搭没一搭地聊着。他突然来了句：想嘎啦了。

然后就记起那陪着我在风雨中飞奔的小黑影来。

是啊，我也想嘎啦了。

# 攻略篇

藏北骑行远不同于其他各条进藏线路，路况、补给、食宿都需要自己来解决。类似川藏 318 线那种吃完早点爬个坡，下垭口喝啤酒撸个串，晚上在宾馆洗了澡发个朋友圈的经历套用到藏北的话会死得很难看。

也就是说，在本书“一错再错”的线路攻略中，最重要的是线路信息，最不靠谱的是食宿信息，心存和 318 线一样不带帐篷，不带油炉炊具可以骑“一错再错”的念头至少在目前来说是不可取的。从霍尔出发到当雄结束的整个行程中能付钱食宿的旅馆饭店不到全程食宿次数的一半，很多时候需要到村落的藏族家里借宿。如果不幸遇上全村转场放牧（这是很常见的），就会碰到整个村子空无一人的现象，这个时候你有钱也不好使了。

当然，现在藏区的发展日新月异，柏油路修了不少。从 22 道班到措勤原来那条被轰炸机炸过的小北线 S206 现在已经修好了柏油路。尼玛县城居然在大兴土木修建下水道。班戈到尼玛到双湖都在修路，整条大北线说不定过几年全是柏油路面，沿途跟现在的 318 线一样食宿无忧。

“一错再错”藏北骑行的核心是仁青休布错、昂拉仁错、扎布耶错、扎日南木错、当惹雍错、色林错、纳木错等这些风光大错。但藏北荒原，地广人稀，有车辙的地方就是路。遍布各处的雪山圣湖，难免让人眼花缭乱。车辙多的地方，就很可能会迷路了。故此，在骑行之前，计划好线路是非常有必要的。

首先说线路：

最符合“一错再错”这个称谓的走法是从神山冈仁波齐脚下的小镇霍尔开始。霍尔就在圣湖玛旁雍错的边上。与玛旁雍错一路之隔的是鬼湖拉昂错，从霍尔出发一天可以轻松来回。“一错再错”从神山冈仁波齐和圣湖玛旁雍错、纳木那尼和拉昂错开始。沿着新藏线从不远的岔路口左拐，翻越冈底斯山脉海拔 5515 米的直龙拉山达坂后可到亚热乡，然后沿着措亚公路到仁多乡、扎布耶、帕江乡，一路往东到达措勤县城。

措勤县城是重要的补给点，可以休整一天。同时，措勤也是“一错再错”骑行的核心节点。无论哪种线路规划，都会经过措勤。

接下来是“一错再错”线路的精华路段，从措勤往东，骑经扎日南木错和当惹雍错到达文布南村。文布南属于尼玛县。由于分属不同的两个县，措勤和文布南的当地藏族很少来往，只有旅游包车的越野车才经常走这条线。因此此段也是极其容易迷路的路段。这就扯出另外一个骑行此线的必备技能——熟练地掌握 GPS 导航和地图在野外的使用。如果没有地图导航，即使是常年包车的旅游公司也经常在此路段迷路。

走过文布南后，翻过垭口，路过当穹错和文布北村到达尼玛县城，然后从尼玛县城沿着 S301，即传统的阿里大北线路过色林错后到达班戈县城，出班戈后往南经巴木错、纳木错，翻过念青唐古拉山脉的那根拉垭口后到达当雄县城。

从三大圣湖之首的玛旁雍错始，到面积最大的纳木错止，“一错再错”线路就此完成。

从霍尔出发的缺点是第二天就要面对海拔 5515 米的烂路达坂，且一路到措勤县城才能有比较好的补给，对体能和装备都有比较高的挑战性。

因此，还有从狮泉河出发的第二种规划。从狮泉河出发，沿着大北线往东 123 千米到革吉县城。这一段现在已经修好了柏油路，中间无垭口可爬，一天可以轻松到达。从革吉县继续沿着大北线骑到雄巴乡，这里是大北线和中线的分岔口。从雄巴乡往南，爬一个海拔 5290 米的达多拉山垭口到亚热乡，接下来跟霍尔线路汇合，沿着措亚公路往东到措勤。

狮泉河是阿里地区最重要的城市。这样规划的好处是各种补给都很充足。此外，沿大北线骑行到亚热的前期并没有高山陡坡可爬，中间还有革吉县城，很利于用来拉练适应高反。但缺点是从狮泉河到亚热这几天的路程全无美景可言，较为枯燥。

对于假期时间比较紧的朋友还有第三种线路规划，即从新藏线上的 22 道班开始，沿着省道 S206，也就是俗称的阿里小北线北上，直插措勤。这条路现已修成柏油路面，从 22 道班只需 3 天就可骑到措勤县城，然后再从措勤往东骑“一错再错”的核心美景区。

这样规划的优点是可以比霍尔线节约 6 到 7 天的时间，同样也没错过扎日南木错、当惹雍错、色林错这些绝美大错。但缺点显而易见，措勤以西的仁青休布错、昂拉仁错、扎布耶错、塔若错就全错过了。不过从22道班北上会途经打加错，同样很漂亮，算是各有所得。

此外，从22道班出发的第二天需要翻越海拔高达5550米的桑木拉达坂。虽然现在路已经修好，但如果前期没能适应高原重装骑行，这仍然是一个巨大的挑战。成功翻越桑木拉达坂后，如有兴趣，可沿隐秘小路去挑战隐藏在冈底斯山脉群山深处的世界记录——骑上世界最高公路达坂，海拔高达5830米的拉琼拉垭口，并可尝试徒步垭口旁的山顶，看看海拔6000米的风景。

——郑重提示：此线路海拔极高，且人迹罕至，补给困难，请谨慎从事。

线路的走向大体就是以上这几种，但藏北之大，本就没有既定的成规可言。只要车后背粮，心中有路，自然可去之所甚多，包括跳离主线，额外骑寻美景所在，都是可以的。以下几条支线就是在能力富余时可当作选项的小小挑战。

## 塔尔钦（冈仁波齐）到措勤攻略

骑行新藏线，如果脑子一热，可以选择由塔尔钦转道措勤，走走“一错再错”。

### D01 塔尔钦——霍尔乡——亚热乡岔路口；里程：70千米。

从塔尔钦出发，骑行柏油路21.8千米到巴嘎检查站。巴嘎是到普兰关口的岔路，这条岔路也可以到玛旁雍错和拉昂错。如果有时间和体力可以拐进去30千米到达鬼湖拉昂错，来回60千米。

巴嘎过后就是玛旁雍错，对面是神山纳木那尼雪山。再走21千米平路，就到了霍尔乡。从霍尔乡出发往拉萨方向大约骑26.4千米到达去往亚热的岔口（有路牌指示），此后，就要在烂路上骑行了。

注：如果骑过G219转过冈仁波齐，完全可以直接在霍尔下车，从霍尔出发，那么第一天的行程可以尽量往前骑。注意带好水，做好随时扎营的准备。

### D02 亚热岔路口——却藏村；里程：80千米。

岔路口海拔4760米，烂路上坡33千米到达冈底斯无名垭口，海拔5520米。

垭口有经幡，满地的小玛尼堆。下坡 7 千米后进入起伏路段，可以看到阿果错。阿果错旁边有两个废弃的羊圈。再爬两个垭口（一个海拔 5230 米，另一个海拔 5193 米）后离开阿果错湖盆。从垭口下坡，骑行 33 千米后到达一个淡水小河的桥头。桥头有一户牧民（如果没搬走）。

从岔路口到此基本为无人区，没有其他可投宿的地方。如果时间较晚，可在此扎营投宿。

离开那一户牧民，骑行约 8 千米的烂路，左面约 20 米坡上有电信手机信号（哇，太精确了，20 米，多一米都不给。骑行 14.46 千米到达却藏村居民点，有茶馆，可以喝奶茶、吃方便面。今天的路比起前两天更烂、更颠簸，对货架和辐条的考验巨大。

## D03 却藏村——亚热乡；里程：62.3 千米。

从却藏村出来，沿烂路顺水而下。在山脚下，上坡起点有个岔路，左拐过桥，离开河道去往亚热。前方左拐爬个小坡，进入相对好骑的沙石路。远远地看到有经幡的地方就快到亚热了。直行骑进亚热后沿着大路一直骑，别拐弯，向革吉县亚热乡派出所的方向骑就能骑到阿里扶贫宾馆。路右边会经过亚热乡综合文化站。也可以去派出所搭帐篷，派出所有个汉族官员，还有 WIFI。

扶贫旅馆有住宿，供应藏餐。

以念青唐古拉为界，西面高原上算是后藏了。除了那曲地区和阿里地区交界处的当惹雍错附近是本教外，前藏和后藏还是有区别的。前藏和后藏的区别在于：前藏，包括康区的五大藏区，多数是叩长头，将朝拜布达拉和活佛作为一生的目标。后藏，一般是转神山圣湖。

## D04 亚热乡——格玛村；里程：52 千米。

早上沿措亚线前行，骑行 3 千米的小起伏路面经过公安检查站。依次是 10 千米平路（偶有平缓起伏），15 千米大上坡（偶尔坡度平缓，且有短小下坡）至垭口，海拔 4959 米。垭口有巨大的移动信号塔。然后，2 千米大下坡，8 千米平路，14 千米平缓下坡（偶尔坡度较大，且有短小上坡），骑行约 52 千米到达格玛村路口。十几户人家散落在湖盆上。这一天全天有移动信号。

格玛村不一定有人居住，无旅馆饭店，可选择扎营或投宿。

**D05 格玛村——仁多乡；里程：43 千米。**

今天一路全是沙地、乱石、浮土、浮沙、搓板。出村后，平路 10 千米左右的沙地，然后是 10 千米缓上坡，垭口最高处海拔 4950 米。骑行在挝那荣错湖盆，还是浮沙。其实挝那荣错是一个小湖，以前在水位没降时，可能是昂拉仁错的一部分。仁多是个繁华的地方，过往车辆大多在此停歇。有一条 200 米左右的水泥路街道，有很多小旅馆、藏餐和小卖部，可以选择在此休整一天。

**D06 仁多乡——嘎啦山下康玛村移动基站；里程：54 千米。**

从仁多出来，一路小碎石路。几千米后就看到一座小湖。仁青休布的湖盆峡谷里，小下坡几千米后，会看到一个蓝色湖泊，这是海拔 4756 米的仁青休布错。骑过一段浮沙路到仁青休布错，沿湖是乱石路。对面的雪山（卡顶冈日）和蓝色的湖水，很美。22 千米沿湖路，碎石路居多。

38 千米处是昂拉仁错路口，这里平缓些，然后又是陡坡。这一段，7 千米大上坡至隆格尔山脉的嘎拉山口（海拔 5146 米），2 千米缓下坡，7 千米大下坡渐缓，至移动基站（海拔 4669 米，空牧房边露营，有信号有 3G），旁边有几户人家。上坡浮沙路，连骑带推。下坡大石块路，推下去吧。

今天仁青休布错就在路边上，在爬垭口的过程中可以看到不远处的昂拉仁错，同样非常漂亮。

上下嘎啦山的路都很烂，尤其是下山路巨烂无比。雨季下山路很可能变成河道，全程在水里面下山。请及时关注货架和辐条。

**D07 康玛村——扎布耶盐业公司；里程：45 千米。**

出村 10 千米平路（偶有平缓起伏），6 千米平缓上坡，6 千米小起伏，16 千米平路（偶有平缓起伏），全是沙子路。直到扎布耶边上，路才硬一些。7 千米小起伏（偶尔坡度平缓）后，抵达扎布耶村，海拔 4520 米。有 3G 信号。有藏家茶馆，20 元一个床位。

扎布耶茶卡（也叫扎布耶错、查木错、扎布错等）号称西藏最惊艳和最神秘的高原盐湖，是西藏最大的盐湖，海拔 4421 米，面积 235 平方千米。这个咸水大错已经分为南北两半，北湖为卤水湖，南湖为近乎干枯的盐湖。绕着整个盐湖前行，远处的盐堆就是碳酸锂矿，从中提取的锂则是原子反应堆、轻合金、锂电池的重要原料。这里的锂、硼均达到超大型或大型规模，且伴生有丰富的钾、钠、铷、溴等元素的多矿种盐湖矿床。其中锂资源含量为世界已知三个超百万吨级的超大型盐湖之一，储藏量位居亚洲第一，世界第三。

### D08 扎布耶——帕江乡；里程：42 千米 +10 千米。

在扎布耶的南端湖盆，有很多野毛驴。沿着湖边绕行，地质比较硬，能骑。半路有村子，再往前有个锂矿公司。围了很多水池，将绿色湖水抽上来晒干。湖面上，铲车很多，在湖床里铲那些天然的盐碱。绕湖半圈离扎布耶村 42 千米处就看到帕江乡了。

从扎布耶盐业公司出来 19 千米处路过塔若错路口。5 千米翻一个海拔 4700 米的小垭口可以到另外一个大湖塔若错。

### D09 帕江乡——加波错（46 千米处）——52 千米处（46 千米处有村庄，不过比较远，多走 6 千米路边有村子）；里程：52 千米。

一出门就是起伏缓上坡，还是碎石路、搓板路，但开始 20 千米不会有太多浮沙路。再加上便道多，选择多，还可以骑。今天的湖盆，有不少的野生动物。25 千米处沿山右拐，前行一段后有人家。30 千米处看到了右边远处的塔若错。

过一座小桥后沿河谷缓升。河谷里有很多水禽，以黑颈鹤和赤麻鸭居多。38 千米处有个村子，藏北藏民都很友好。43 千米处再过一座小桥左转，急上坡 3 千米，还是松土为主。骑不动，推车。到垭口看到了另一个小盐湖加波错。藏北基本都是急坡，路基本上都是超厚浮土，被越野车的轮胎一刨，浮土基本没过双脚。下了垭口，到坡底盐湖边有个三岔路口，路边是加波错。可到 52 千米处村子羊圈安营。这里有个三岔路口，有一个难得一见的措亚公路 280 千米程碑。

### D10 52 千米处——措勤县；里程：74 千米。

沿错亚出发，有个三岔口。右边是去江让乡的路，对着轨迹，直走，朝对面的山那边的峡谷去才是正确方向。稍后进入一个峡谷，一路缓上。经过一个很漂亮的小湖，水质很怪，有很浓的铁锈味。过了这个小湖，路边开始有人家。从 52 千米处出来 22 千米处，有一个村子，叫大东村。40 千米处有一个村子，过了这村子有一座小桥。左转沿湖盆缓下，到 46 千米处还有一个村子叫迦居纳卓村。

如果时间较晚，可选择在此投宿扎营。

往前到措勤，22 千米的路边再没人家。一出来是一个近百米的爬坡，然后是起伏路，到一个小垭口。荒原上有很多藏原羚，不太怕人。一路浮沙，骑行很是累人。骑了 10 多千米到 S206 路口。再一个急上坡，车也多起来了。坡有点陡，骑行一段浮土路，到垭口，看到了扎日南木错。下坡全是浮沙乱石路。最后到了高处，看到措勤县城。骑行 3 千米柏油路下坡，直接到县城。

## 措勤到当雄攻略

### D01 措勤县——畜牧场（扎日南木错边）；里程：56 千米。

出措勤县城沿着 604 县道出发。一出县城就有路牌指示去磁石乡的柏油路和去扎日南木错的土路。但是，没必要按指示牌走，直接走去磁石乡的柏油路，30 千米处有指示牌去扎日南木错，可以选择从这里拐进去。也可以在不到 35 千米，不过无指示牌，有土路（车碾压的痕迹很明显），拐进去。骑行一个上坡后，然后下坡到坡底，沿着路向东骑行一段起伏路。差不多六七千米后过一处钢铁桥，右拐走向湖边。到达一处阴阳山，继续往前，路况不好。然后一直骑，沿湖边 3 千米烂路上坡，到达观景台（旁边有个大厕所）。下坡到达措勤县紫绒山羊原种场（海拔 4650 米，找个羊圈露营，无信号无 3G）。

注：此为最合理的线路版本。如果出城沿着湖边骑，路不好，而且雨季路很可能被湖水淹没。

今天出措勤很远就可以看见湖边的山。但望山跑死马。尤其是山脚下快到目的地时的连续沙坑上坡路，很折磨人的耐性。过铁桥之前可以看见湖边有一座白色的房子，那里是新修的度假村，但是一般没人。

畜牧场在观景台过去一点就可以看到，能否借宿要看运气，最好是掏借宿费。吃的话里面只有方便面。

如果时间足够，可以继续往前，骑 7 千米左右有一个新修的两层楼度假村，同样不一定有人。

## D02 畜牧场（扎日楠木错边）——砂来村；里程：48 千米。

从紫绒山羊原种场出发，2 千米小上坡渐缓 +5 千米小下坡渐缓 +13 千米缓上坡至经幡垭口（湿地 82 号界碑）+13 千米平缓起伏（偶尔坡度较大，上坡居多）+8 千米大起伏（偶尔坡度平缓）+4 千米平缓起伏到达砂来村（有茶馆，有信号有 2G），茶馆有方便面卖，但不一定能住宿，可在村部扎营或周围几家借宿。

## D03 砂来村——杭达村（也叫来多一村）；里程：41 千米。

今天是出发到现在最轻松的一天，从色勒村出来后路况也最好。不过小心迷路，最好是先对着奥维地图，找到要走的路，出村路口往右走小路。往南过湖盆，地形和措勤到畜牧场一样，但路况完全不一样。大部分的路面，是稀泥干燥后的硬地，沙少了。后半段，是沙砾路，不会太耗体力。开始在湖盆一段的道路多如牛毛，严格按 GPS 所指引的方向前行。上了一个又一个的沙石梁，路况不错。一路缓上，到湖盆东南端过一个小村后再缓上，一直到垭口。垭口没什么难度，下坡没多久就看到一个小错——昂俄错。再一个小上坡，很陡，右边是昂俄错。1 千米左右上一个垭口，能看到当惹雍错和右手边的达尔果雪山。下坡比较陡，小心骑行，下完坡过一座铁桥和一个小上坡就到了杭达村。有移动信号。

注：今天是最容易迷路的一天，请一定按照轨迹前进。本地少有车辆走这条线路。如果出砂来村直行，走了大路，则会沿路进山到军仓乡、来多乡。

杭达村比较大，进村的第二家是个小卖部，可询问住宿，能做饭吃。骑到快出村子可以看到路的右边有个小油库。这是村长家的，同样可以住宿吃饭，还可以买到汽油。

## D04 杭达村——文布南村；里程：82 千米。

今天一天基本沿着湖边走，风景很美，没有辜负神山圣湖的盛名。路还是很烂，以碎石沙地为主。出杭达村是一个上坡，然后一路缓下，20 千米处到达河谷。河谷呈沙漠化。下坡很陡，注意安全。此处切记，要及时右拐按轨迹走，不然就顺着大路骑到了群山中的来多乡。山谷中有几户人家，过了一个铁桥，一个长上坡，坡中间有个村子，然后连续的上下几个小垭口，25 千米后到达来多六村。如果时间比较晚，可在此尝试借宿。翻过最后一个垭口，此后的路一直贴近湖边骑行，风景非常漂亮。到湖的最北端，绕湖半圈往南，换成软沙路，一直到文布南。

从杭达到文布南，如果一天骑到是比较累的。过来多六村后路边偶尔有房子，但不一定能借宿，这一天要做好扎营的准备。建议两天骑到文布南，这样第二天半天骑到文布南村很轻松，可以休整半天看看湖景。

文布南村现在是尼玛县的重点旅游开发地，有非常多的旅馆饭店，以及小卖部，还有卖蔬菜的店，有派出所和油库。附近有青稞田，是藏北地区罕见的农耕区。

可选支线：文布南往返象雄古迹

古代西藏分为象雄、吐蕃和苏毗三大部落。其中象雄部落联盟占的地盘最大。西边是阿里上象雄，东边是昌都下象雄，位于藏北高原的文布一带是中象雄。穹宗遗址就是当年的中象雄王宫。据说王宫规模很大，是山南的雍布拉康和拉萨布达拉宫以及阿里古格王宫那种类型的建筑，环山而建，险峻峭拔。公元 7 世纪，象雄被吐蕃打败，穹宗由此荒落。

穹宗遗址在文布南村的东南面，距村子 14 千米，建在当惹雍错边上的一座高耸的山崖上。山体上已经几乎看不到有人为建筑的痕迹。如果不是当地人指认，一般人根本看不出这是一座曾经富丽堂皇的王宫，所以有人认为这是一处最不值的景点。如果游客开车去，每车要收 600 块钱。如果坐村民的摩托车去，每人 100 块钱。骑自行车或者徒步过去不收钱。

可选支线：可从文布南村骑往象雄遗址，然后继续环湖前行，前面还有本教徒的隐居修行地玉彭寺、吉松村，具体参见后面详细攻略。

## D05 文布南村——文布北村；里程：47 千米。

文布南出来是一个 10 千米左右的上坡，爬升 100 多米，坡度不陡，但在沙石地骑行，很耗体力。再回望一下当惹雍错，翻过一个沙梁就是当穹错的湖盆。22 千米处是扶贫温泉，不知道以后会不会开发，现在是免费。这是一个地热温泉，可以好好地洗澡。温泉旁边有房子，也可以搭帐篷。接着一路起伏到文布北村，地图上叫南木村。藏北名寺当琼寺就在此地。文布北村有个招待所，就在当琼寺的边上，50 块每人。吃的也在这里。但吃住都比较差。

当穹错与当惹雍错 100 万年前本来是一个湖，现在一分为二各守一方，且高低两样。当惹雍错湖面海拔 4650 米，当穹错湖面海拔只有 4516 米，两湖的高差有 100 多米。据说，当穹错将会在 100 年之内消失。高度矿化的湖水散发着一股股恶臭，让人远避。它正在走向生命的晚期。今天前一段路面干硬，骑起来比较轻松。

接近湖面时有很多藏野驴。之后沿湖又是一段碎石路，比较耗体力。当琼寺很是气派，文布寺规模也不小。当琼寺就端坐在村头最高处，这是佛教寺庙，规模比文布寺大得多。据说信本教的文布南村与信喇嘛教的文布北村不相往来。

### D06 文布北村——尼玛县城；里程：81 千米。

文布北到尼玛这段路可以根据个人情况来安排。第一种路线，是不住文布北，尽量往前翻过当穹错的双坡垭口海拔 4800 多米（要爬两次陡坡），下山沿路有房子，可尝试借宿或扎营。这样第二天到尼玛县城就比较轻松。

第二种路线是如果第一天住在文布北村，那么到尼玛县城还有 81 千米，包括爬当穹错的垭口。尽量早起，路上不耽搁的话也可以赶到。

喜爱人文的可多在文布北拍一些藏式民居。到尼玛县城之前的大草原上野生动物也非常多。

尼玛可供住宿的地方有几处，贵一点儿的有 WIFI，可洗热水澡。一品香川菜馆厨艺不错，楼上也可住宿。

可选支线：从尼玛县城往北骑往双湖。

### D07 尼玛县——措折罗马镇；里程：67 千米。

从今天起就骑在 S301 大北线上了。我们骑的时候，这一段正在修路，路基已经铺完，估计 2017 年骑的时候就已经大部分是柏油路面了。从尼玛到班戈这段路来往的车辆比较多，路边民居也不少。如果不能骑到目的地，或者有体力可继续前行，可随时借宿或者扎营。

出尼玛不远就是达则错，64 千米处有岔路进措折罗马（由于修路路口可能会改动），措折罗马有藏茶馆可食宿，但条件很一般。另外，明天出来还得多骑几千米，我们直接选择在路边扎营。

75 千米处有修路的项目部，路修完后不一定有人。但此地有河，河边有平坦草地，适合扎营。

## D08 措折罗马镇——色林错泽典村茶馆；里程：67 千米。

从出尼玛 75 千米扎营处出发，一路上可看到吴如错（在山口处可看到一段）、恰归错。下恰归错垭口的坡有点陡，最好还是推车下山，注意安全。

然后就可以看到色林错的一个附带小错。爬一个小垭口，再往前就到了色林错的边上。湖边泽典村散落着一些房子。路边进村第一户人家就是个茶馆，可食宿。

今天骑行行程不长。如果体力充沛，可继续往前骑，绕过湖盆，翻过小垭口后有项目部。

## D09 色林错茶馆——雄梅镇三村；里程：94 千米。

今天是风景绝美的一天，出门沿着色林错骑行，绕到湖的南面后翻过一个垭口，站在垭口上就可以同时看到北面的色林错和南面的错鄂错，即一山看两错。下到错鄂湖边，景色非常漂亮。这里有项目部板房（可能已废弃），又翻过一个小垭口回到色林错湖边。这里的湖面正对着湖中心的一连串的高山，景色极其壮阔。继续骑又到了错鄂错的边上，这里有一个错鄂错茶馆，但已废弃。然后离开错鄂错，沿着色林错的东南骑行，87 千米左右骑到三岔路口。从这里开始就全都是柏油路了。再往前骑 7 千米左右到达雄梅镇三村村委，有茶馆，有住宿。

## D10 雄梅镇三村——班戈县；里程：109 千米。

雄梅镇三村到班戈都是柏油路，48 千米处是申扎路口，继续骑行 27 千米开始爬坡，在路碑 22 的地方攀到垭口，然后开始大的上下坡。最后到了 8 千米路碑，上到了第二个垭口。然后一路下坡到班戈。班戈真的比尼玛县城大多了！吃住都很充足，住宿推荐粮食局招待所，厕所很有特色。

## D11 班戈县——青龙乡；里程：94 千米。

出了班戈县路比较窄，注意车辆。23 千米处是往那曲去的岔路口，右拐后车辆明显减少。骑行 60 多千米后可以看到巴木错，很漂亮。81 千米到达加根村，然后几千米上坡，87.5 千米下坡加平路到青龙，青龙乡有吃有住。

可选支线：从加根村可离开主路走右侧岔路翻山插到纳木错边上，可环湖骑行，并经过圣象天门。

### D12 青龙乡——纳木错乡；里程：75 千米。

从 S301 的 107 千米处出发，40 多千米缓上，到错龙错最东端的北拉镇尼玛乡。从 S301 的 64 千米处爬坡 3 千米，S301 的 61 千米到顶，然后骑行一个爬升 200 米左右的垭口，（经过七八个发卡弯）上到垭口，你就能看到纳木错了。下坡一路沿着纳木错湖骑至纳木错乡。一路上乡村众多，随时可以借宿。

### D13 纳木错乡——当雄——羊八井；里程：106 千米。

从扎西半岛路口开始骑行陡坡，8 千米上升 400 米。过了扎西半岛路口后，车辆开始多起来，全是蜂涌的游客和越野车。上到那根拉山垭口，海拔 5190 米。翻过这里，就走出了藏北！再见，羌塘大地。再见，藏北。一路下坡。下坡很陡，下降 900 米。然后一段缓下坡，G109 汇合处 0 千米到当雄，80 千米到达羊八井。

附注：严格意义上来说，"一错再错"的骑行到当雄就结束了。当雄到拉萨的青藏线异常繁忙，大货和速度极快的越野车非常多。为安全起见，建议从当雄坐小巴车到拉萨。

### D14 羊八井——拉萨市；里程：86 千米。

三个多小时的长下坡，从羊八井海拔 4300 米一路下降到拉萨海拔 3700 米。切记躲避前后方高速行驶的大货带来的横风。

## 小北线攻略

### D1 22 道班——芝麻茶馆；里程：78 千米。

从检查站到 G318 转 S206 岔路口约 7 千米，从岔路口到芝麻茶馆约 78 千米。岔路口海拔 4900 米，22 千米处温泉垭口海拔 5100 米，40 千米处打加错垭口海拔 5270 米，78 千米处芝麻茶馆海拔 5200 米。

22 道班是 G318 转 S206 的交通节点。这里有一个检查站，以前 S206 也就是小北线还没有修好的时候，这里是进出措勤的重要中转站。现在路已经修好，住宿和餐饮都有。村口那家拉妥茶馆的老板老板娘都不错。他家院子里还有一家修摩托车的，可以从那里买油。

今天的路况很好，爬两个垭口，但强度都不大。但如果前面没有适应高反的话，还是会骑得很吃力。翻过第二个打加错垭口后下坡，不久就可以看到漂亮的打加错。沿着湖边骑行，最后骑到湖尾，绕过一座小山，就到一个小检查站了。过检查站后，路的左边就是芝麻茶馆，右边是废弃的一大片活动板房。芝麻茶馆可住宿，吃的只有方便面。

**D2 芝麻茶馆——废弃工地；里程：58 千米。**

从芝麻茶馆 14 千米后到达小垭口，海拔 5470 米；然后是一小段下坡，33 千米处桑木拉垭口，海拔 5560 米；下坡 25 千米到废弃工地，海拔 5120 米。

今天要爬海拔 5560 米的桑木拉垭口，这是全世界主要公路能到达的最高海拔。几年前还是超级弹坑烂路，现在路况相当好。但由于海拔太高，大概率会遇到雨雪天气，注意保温。另外，如果前期没有拉练适应高反的话，此处高海拔也是很大的挑战。

下山 25 千米到达废弃工地，这是一个完整的院子，后面有小河，很适合扎营。天气好，体力有富余，可以继续顺着柏油路往前骑，下山 47 千米后可以到美朵村检查站。那里有一家川渝饭店，还有藏族茶馆，吃饭住宿都没问题。但从废弃工地到美朵检查站中间并无人烟。

**D3 美朵村——措勤；里程：54 千米。全程缓下。**

措勤县城是藏北最重要的县城。由于修路的缘故，这里很繁华，饭馆相当多，但住宿处不多。顺着第一条街往里骑，路的右边会看到一个扎西宾馆，条件一般，不能洗澡。

## 支线攻略

文布南到昂孜错、董布错、尼玛攻略

### D01 文布南——吉松村；里程：34 千米。

从文布南村往象雄遗址 16 千米，沙石路面，全程几乎都是上坡和下坡。下坡为了安全最好是推车，快到象雄遗址时的垭口坡度极陡，体力消耗很大。

骑到象雄遗址后继续往前，8 千米下坡到一座铁桥，然后急剧爬坡到垭口海拔 4750 米。12 千米处到玉彭寺。这是本教的大型隐居寺庙，半座山都是隐居的修士。有几位年轻喇嘛很热情，此处可投宿。

出玉彭寺，下一个陡坡。建议推车下坡，然后一路起伏，快到吉松村时又开始爬坡，最终 34 千米到达吉松村。

吉松村有小卖部，可投宿，但小卖部要仔细找。

### D02 吉松村——折夏木村；里程：39 千米。

今天的重头戏就是翻越海拔近 5400 米的达尔果雪山垭口，从海拔 4600 米的吉松村行走 7.5 千米爬到海拔 5400 米的垭口，只有一个字，推。

快到垭口时，回头再看一眼当惹雍错，到垭口就可以看到山另一边的昂孜错。下山 2 千米有岔路口。路口往左，从山谷一路狂下到昂孜错湖盆。沿轨迹横穿湖盆到达折夏木村。

折夏木村有茶馆，可食宿。

### D03 折夏木村——布岗村；里程：32 千米。

出门沿湖走，看轨迹千万不要走错路（我们就走错骑到山里浪费半天时间）！离开昂孜错湖盆后开始爬坡。坡度不大，20 千米后到达海拔 4800 米的垭口。陡下坡到董布错，波涛汹涌，颜色炫丽，非常有特色的一个小错。布岗村就在湖边上，有茶馆，但不能住宿。为了减轻明天的压力，建议再往前爬坡 10 千米到山谷最后一户牧民家投宿或扎营。

**D04 布岗村——尼玛县城；里程：66 千米。**

今天任务非常艰巨，建议早起，沿山谷缓上，过海拔 4880 米垭口后就可以看到一对孪生错——张乃错和戈芒错，一座危桥从两错交界处穿过。然后开始爬今天的最大挑战垭口。垭口在 53 千米处，海拔 5000 米，坡度很陡，只能推。

过垭口基本全程缓下，一路略有起伏，到达尼玛县城。

## 加根村到圣象天门、环纳木错攻略

**D01 加根村（地图上是加苏村）——圣象天门；里程：54 千米。**

从加根村右拐上山，爬垭口海拔 4950 米，可以看到错琼错。下山 15 千米处到加岗村，然后是一段起伏路。沿着轨迹从两山之间的山谷插过去，就到了纳木错转湖路上。这里有一块刻了纳木错三字的石碑和一个水泥停车场。

沿路骑就到了纳木错湖边，湖盆路很烂，远远的可以看到三圣石和对面的念青唐古拉主峰。

骑行 54 千米到圣象天门景区。这里是班戈县重点打造的景点，有帐篷旅馆，可食宿，住宿比较贵，100 元一个人。

圣象天门的景点就在帐篷旅馆的上面，被整个山围了起来。去看的话得爬一个大坡，门票 70 元，而且下午 7 点就收工关门了。

**D02 圣象天门——无名村；里程：40 千米。**

从圣象天门出来后，碎石搓板路 27 千米到达岗雄村。这里有很多为游客服务的旅馆和商店，从这里往北离开湖边有大路插到 S301 柏油路上。

右拐继续环湖，沙滩路面，大逆风，让人骑到崩溃。岗雄村 10 千米后绕过山脚到达一个无名村。我们去的时候既无村牌标志也无人。村里有水井，找了个温室大棚扎营。

无人村正对着念青唐古拉主峰，日落日出非常漂亮。

**D03 无名村——纳木错乡——当雄县城；里程：31 千米搓板烂路 +61 千米柏油路。**

从无名村继续碎石搓板烂路，翻 4 个海拔 4800 米左右的小垭口，31 千米到达柏油路。想要吃好喝好，早日解脱，继续 61 千米，翻越海拔 5200 米的那根拉垭口，一路狂下到当雄。

如果体力不够，可在纳木错乡停留，有超市，有茶馆，简单食宿无忧。

## 芝麻茶馆骑世界最高海拔垭口

注意：此线路海拔极高，请勿轻率挑战。

**D01 废弃工地——5830 垭口；里程：77.5 千米。**

从废弃工地走左边岔路上山，7.5 千米到无名垭口（无经幡），然后下坡 16 千米到无名小村（很大概率无人）。过河后，到 18 千米开始爬坡，36 千米到达 5830 垭口（海拔 5830 米）。

如果不能在中午 12 点前过河到达上山山谷路处，建议在河边房子处扎营，第二天再爬垭口。

垭口海拔 5830 米，有雪融水。提醒严重注意高反和防寒。经幡对着的山包海拔 6120 米，坡度较缓，有时间可以徒步上去，试试海拔 6000 米的感觉。

**D02 下坡 18 千米到岔路口村子，岔路口后 13.6 千米到诺仓村，34 千米到美朵村检查站，有四川人开的南充饭馆，再全程柏油路缓下到措勤县城。**

## 尼玛进出双湖、普若岗日冰川攻略

### D01 措折罗马——阴日村；里程：49 千米。

从措折罗马出发，19 千米爬坡，小垭口海拔 4670 米。下坡继续往北，骑行到 32 千米处和西边过来的路汇合。再骑 17 千米，从甲热布错东侧湖岸经过，穿过山谷，就到了阴日村，有几户居民。借宿或扎营。

### D02 阴日村——诺尔玛错北端牧点——扎营；里程：62 千米。

从阴日村出发，骑行不久就是诺尔玛错，沿着湖西岸骑，32 千米经过诺尔玛错北端牧点的最后一户人家。建议在这里带足水，继续往前翻过垭口随机扎营。51 千米到垭口，海拔 5000 米，然后下坡 62 千米处有河，随机择地扎营。

注意：过垭口后到双湖之前这段路是纯粹的无人区。骑友果皮兄在此路段白天遇到过狼，建议选择合适的扎营地。

### D03 营地——双湖；里程：93 千米。

营地出来可以看到朋彦错。骑行 32 千米到嘎措乡岔路口，往右上坡开始爬垭口，爬坡 21 千米后到达垭口，海拔 5100 米，离双湖还有 38 千米。下坡就到了鄂雅错琼的湖盆，北端有牧点，太晚可扎营。这里离双湖还有 13 千米，平路加缓上，建议直接骑到双湖。

### D04 双湖——普若岗日冰川；单边约 87 千米。

普若岗日冰川现在是景区，县城北端入口有关卡，要登记身份证和收费。进入之后，里面在修路，有项目部可借宿。

# 关于装备及其他

**自行车**：车架套件这些基本过得去即可，V 刹和碟刹都能适应，油碟在高原上比较麻烦。最重要的是货架和轮组，前后货架一定要全钢货架，轮组辐条必须加强，这两样是最受搓板路、烂路考验的。此外，切记带好飞轮、扳手和备用辐条，以备不时之需。外胎尽量选择 1.95 以上尺寸，并带好备用内外胎。总之，整个藏北找不到任何可以维修自行车的车店。如果车出问题，只能靠自己。

**衣物**：羽绒服一定要带，其他的基本按照新藏线的骑行装备即可，但要注意带足防雨保温的装备。尤其是防寒防水手套、防水鞋。另多带一双涉水鞋备用。

**电器**：建议使用户外 GPS 手持机，佳明的较好用。手机装上奥维地图之类的也可以顺利导航。只是在出发前请了解并熟练地掌握如何使用，查看 GPS 轨迹，并用之于野外导航。

太阳能充电板不是必需品，每隔几天就可以到达一个县城或者乡镇，带上两个大容量充电宝即可为随身电器供电。建议购买小米快充版的充电宝。另外购买快充充电头，这样即使充电宝用完，也可以在一个晚上完全充满。

藏区大多为移动信号，县城有 3G 信号。偶尔有的地区是电信信号。联通手机出了拉萨城区即变砖头，不建议携带。

**露营装备：**帐篷必须带，普通国产户外帐篷就可以。但那种自动开关的沙滩帐、自驾游用帐不适合。泡沫的防潮垫就可以。睡袋建议用羽绒睡袋。适合“一错再错”线路骑行的时间是每年 5 月到 10 月之间，太早或太晚都不太适宜。因此睡袋要根据季节来选择，如果是 5 月或者 10 月，则遇暴风雪的概率会很大，建议温标为负 20 度以上的羽绒睡袋。棉睡袋既重且不保暖，不建议携带。

“一错再错”沿路很多天都没有提供食宿的地方，因此吃饭是要解决的大事。如果吃得惯糌粑是最好不过，各个村镇均有购买，一般藏民家也有。如果要吃米饭（可以从网上购买方便米饭，开水泡个 10 分钟即可食用，还可以做成大米稀饭，加上红糖、大枣，享受产妇待遇）或者面条（面条不好控制火候，容易变成糊糊），就需要携带高压锅。不用专业的户外高压锅，普通双喜 1.6 升的小高压锅就足够两到三人使用，路上有机会还可以炖肉吃。另外，建议携带 500 毫升以上保温杯。备用 6 升以上水袋或塑料壶一个。

炉头强烈建议使用 MSR 或者 SOTO 的油炉，因为除拉萨和狮泉河有气罐购买外，沿途均无买到气罐的可能。如果带气炉就必须备足一个月的气罐用量，这显然不现实。国产的油炉可靠性也不是很好。建议提前购买好油炉，并熟练掌握油炉的使用和保养。

沿途只有县城才有取款机，多为农行或邮政。另外，双湖县城银行没有联网，不能用取款机取款，请提前备足现金。

跋 1

# 请停留一下

初见老贾是在拉萨的出站口，瘦瘦的，略显单薄，头发略有些花白，跟我印象中的一口一碗白酒的山东大汉完全不一样。见到我，老贾很高兴，但说话显得不太精神。后来才知道他在车站边便宜的客栈里洗了个不冷不热的澡，有些轻微的感冒。

我俩都是不止一次骑过进藏线路的老麻雀，并没有把这小感冒当回事。毕竟，高反也就是个适应的过程。几年没进藏，我在火车上也有点儿头晕。

接下来拉练骑行到尼木搭车，在漆黑的凌晨到达了新藏线上的 22 道班。我和老贾的状态都不太好。我是睡不踏实觉，从拉萨上来的速度太快，身体还在适应期，有点轻微的高反。而老贾的情况更糟。他有点低烧，而一旦进山，就要直面无人区海拔高达 5566 米的桑木拉达坂。

隔天从 22 道班北上，途中骑经风景迤逦的打加错，两个人都很兴奋，高反和感冒似乎都一去不复返了。但从芝麻茶馆开始遇雨，淋到崩溃，后来大雨变成了暴雪。我冻得失温，被迫在路边扎营，同时担心老贾的情况。他的手套，鞋子都不防水，只是爬坡速度远比我快。等雪停我再翻过桑木拉垭口下山，在预定的营地没有找到老贾。

无人区里根本没信号，无法取得联系，就此和老贾失散。我在废弃空房里扎营，仔细地翻阅地图，分析老贾可能所在的位置。第二天回头骑上山，试图找到老贾，结果并无踪迹。那只有一种可能，就是老贾已经远远地越过垭口到了措勤。在那里，他会很安全。我这样想。

之后我按原定计划独自进山，骑越世界最高垭口，徒步到达海拔 6000 米的高度。在我被高反和低温折磨得够呛的同时，为最终挑战成功而兴奋，也为老贾未能同行而略感遗憾，同时担心他的情况。

后来老贾跟我说，一个人待在措勤的时候，没有我的消息，一直在发低烧。他有过放弃的想法。队友走散，失去所有的装备和攻略，苦守偏远的小城，并不是每个人都能熬过这段无望的时光。

出无人区后终于和老贾在措勤汇合，陪他去医院挂了两天水。待他病愈，我们再次出发，从措勤往东，开始了“一错再错”的精华路段骑行。

出措勤以后，我们沿着扎日南木错、当惹雍错骑行。老贾恢复禽兽本性，每天冲在前头，把我远远地落在后面。只是这次他学了个乖，每次骑到垭口，总会回头下来从半山腰推着我上坡。估计可能是怕再次把我给弄丢了，哈哈。

除了担心有野兽夜袭不愿在野外扎营外，老贾可以算得上是一个完美的队友，体力好，性格好，关键是厨艺一流。一路驮着各种瓜菜，每天扎营或投宿后，随便弄个土豆黄瓜啥的，也让人吃得心满意足。我独自在山里时顿顿是米糊糊和烧焦的米糊糊，比起来这简直就是米其林三星级别的大餐。想象一下蹲在荒野臭烘烘的羊圈里，吃着姜蒜炝锅的蔬菜，你无法不爱死笑嘻嘻的、随手就做出这些的老贾，贾大厨。

在加根村借宿时，老贾教主人家的小姑娘画大老虎，不久就引来了全村的小孩。老贾带着他们画大恐龙，画飞机，又领着他们去拍照。全村老少都知道来了两个骑车的，笑眯眯地一批批地来围观。没办法，老贾就是这样一个自带光环的魅力大叔。

老贾走的时候，拉萨正在下雨。在户外，雨是相当讨人嫌的。我懒懒散散地躺在床上跟老贾说，要是咱俩还在搓板路上骑着，碰到这雨就麻烦大了。看着他收拾东西，也没动身去送他。然后老贾说走啦。我说走吧，上车再 QQ 联系。

然后老贾就走了。

分别就是这样，朝夕相处，甚至是生死相依的队友，到了目的地，挥一挥手就告别了。彼此都很轻松，就当他是去门口买个饮料。

只是我们都没注意到，绝大多数的人，就是这样一转身从彼此的生活中彻底地离开。

一直以来，告诫自己，弱者回忆过去，强者放眼未来。每一次旅途结束，心思就又飞到了天山、冈底斯、喜马拉雅、喀喇昆仑、念青唐古拉。正如那些鸡汤文章所说，完美的旅途总是在下一次。或者是害怕自己成为和魔鬼打赌的浮士德，只要有片刻的满足，就会马上消失，而灵魂归魔鬼所有。

但现在却开始想念老贾，想念我们在逼仄脏臭的羊圈里的开心，想念我们坐在蔚蓝的扎日南木错边上嗑瓜子，想念我们被烂路折磨得一门心思想搭车的怂样，想念从荒漠里钻出来提醒对方刚看到一个美女时的兴奋。

是的，不只是藏北，不只是“一错再错”，不只是老贾。我开始回想起那一个一个转身离去的身影。

记得送我到门口的小开和杨兄，记得紧紧握手的随风，记得一起在神农架丛林里摔倒无数次的夏天，记得欲言又止的阿言，记得在夜色中下车的怪怪，记得扶我到医院的斌斌，记得踩松石头砸向我时一脸惊恐的虫草，记得永远和我同进退的锅兄，记得看到丽影骑安久拉的背影，记得跟着我骑到深夜却吃上臭肉的星星，记得和老李、董哥、老王在拉萨的夜晚，那时我们多么的高兴。

这么多年过去了，我骑了很远很远的路，爬过很多很多的山，记不清经历过的风雨，也记不清每向前一步的艰难。当黎明的曙光从我们眼睛里消逝，当前进的道路被无边的黑暗笼罩，当我终于看到高耸入云的雪峰，唯有内心的渴望和你们的相伴支撑着我，谢谢你们，我的队友，我的兄弟。

最后，要感谢老贾，不仅仅是因为他一次又一次地回头来帮我推车上垭口，和我一起骑完了这次“一错再错”的旅途，更因为老贾“逼”着我写完了这些文字，让我掀起尘封的记忆，想起和那么多队友的美好时光。

如同再次看到老贾给我拍下的那张照片，我记起那天看到的最美的当惹雍错，最契合我心中梦想的神山圣湖，以及老贾和我对前路的向往。如果当时魔鬼问我是否停留？我想，我会说，我愿做浮士德，这里真美，请停留一下。

TT

## 跋 2

# 途中与你相见

我除了鲜艳的披肩没有别的，
我那红色的无畏。
我那红色的无畏出去冒险
在一些小小的国家。
我除了腋下的竖琴没有别的，
我艰难地弹奏；
我艰难的竖琴为人和牲口作响
在空旷的路上。
我除了高戴的花冠没有别的，
我那上升的骄傲。
我那上升的骄傲把竖琴挟在腋下
鞠躬告别。

——索德格朗

春天来了，万物萌动，老贾又要骑着他的小车漫山遍野地撒欢儿去了。其实也不一定是在春天，他的骑行无论寒暑，不管昼夜。想着他这年已不惑的大叔轻车一辆，穿行在落英缤纷的山间小路，陡然就生出些要命的小感动。生活不止眼前的苟且，还有骑车到远方的田野。张岱说，人无癖不可与之交，以其无深情也。老贾的情深入骨髓，家乡这方块之地已经装不下他的日渐满溢，所以，他从大理骑车去了西藏；没骑够，又从新疆叶城去了一趟；还不行，从拉萨出发，历经“一错再错”再回拉萨……大概接下来还会有第四次、第五次，谁知道。讲究兵法的人说一鼓作气，再而衰，三而竭，彼竭我盈故克之。老贾讲究的是毫无章法，他从来也不是个有章法的人，所以才能执而不悔。说他是天上星宿我信，说他是田间野汉我也信，他的目光越过山川看到的是星辰大海。江湖太远，时光太短，老贾你大胆地往前走，带着我们这帮朋友越过地上的六便士看到天上的月亮吧。

关于西藏，好多人把它当成一个梦想，包括我。10 年前的日记里明晃晃地记着，要去一趟云南和西藏。10 年倏忽而逝，云南去了，只是西藏，至今未成行，是因为过去太久，距离太远么？孔子说，未之思也，夫何远之有？是啊，想去的地方，想念的人，哪有时间和距离的问题？墙高万丈，挡的是不来的人。老贾没有这个问题，第一次去的时候没做他想，坐言起行，传说中说走就走的旅行，千里走单骑，一骑绝尘只留下一个潇洒的背影。本是无心而往，却从此有心而住，写成他第一本关于西藏的书《西藏，是毒也是解药》，更促成他第二次选择了更艰难的新藏线，写成了第二本《西藏，一个人的浩浩荡荡》。时隔两年，又一次回应内心的召唤，穿越“一错再错”无人区，从拉萨出发骑回到拉萨，跳了一段人生的圆舞曲，以自己的方式贴近他心中的西藏，无数次魂牵梦绕、噬骨侵髓的圣洁所在。他终究没有辜负那时时闪回在梦境里飞扬的经幡和荡漾的湖水。郎心自有一双脚，隔山隔水会归来。自然的，这第三本书就此落地。他爱那里的高远辽阔，同时爱那土地上的人，所以，书稿收入捐给了西藏的教育事业。那些文字因西藏而生发，最终也回馈于它，尘归尘，土归土，水溶于水中，美好也该落于美好。这种痴缠无法解释。西藏大概是他前世的情人吧，才会几番赴约，接下来不知还有几世的轮回。凯伦·布里克森在《走出非洲》里写道：“我在非洲遇见了为自由奋不顾身的情人，热爱动物胜于人，折桂而来，情迷而往。我在非洲曾写过一首歌，哪里有已逝的热土，哪里有纯洁的朝露。我总是两手空空，因为我触摸过所有。我总是一再启程，因为哪里都陋于非洲。”总觉得，这段话，地名改成西藏，就是老贾说的。

这简单而又迅捷的描述看上去很美，没有提及他在这三番西行路上的痛苦与磨难。那些孤独与寂寞，疲惫与无助，抵不上他曾见过最灿烂的星空，最澄澈的湖水，或许这世间有一种心安正是要去远方荒凉处寻。“寻”这个字是活的，活泼泼的不愿停止的脚步和内心，所以《千与千寻》中忘掉名字去努力追寻的也是自己。想起了玄奘法师为求真经不惧路途遥远，历经千难万险的西行故事，后来被演绎成西游记的奇幻。那些妖魔并非虚幻，是各人内在的心魔，一路斩妖降魔正是验证自我的求心之路。艰难苦恨繁霜鬓，潦倒新停浊酒杯。在人生这条路上不断求证，拨云现月，得见澄明。如果最终求得自己的真经，祝福你，回首向来萧瑟处，定是一片风光大好。

这万般心情不经历者难与言说。老贾的文字一贯的轻松幽默，那些难堪与孤独被他不经意的一笔带过。茶道大师森下典子在《日日是好日》中说，重重的东西要轻轻地放。是的，有时，最深沉的情感就隐藏在不经意中。那看似一阵清风略过眼角眉梢的，恰恰是不可言说的郑重。走的是磨砺艰险的路，看的是让人震颤的景，但愿我们都能拥有生命某刻感到窒息的极致体验。美好不说话，美好会静静地流泪。即便只有片刻刹那，也不负这一场来时便无归路的征途。人生逆旅，何处而向，脚踏大地，仰望星空。电影《燃情岁月》中说：“一个人如果遵循他的声音去活着，要么成为一个疯子，要么成为一个传奇。”电影里崔斯汀听从内心如熊一般强有力的声音出走当前，离开家园、父兄、土地和财富，去经历此生所能经历的所有，那是激情、梦想、爱与自由，最终他死于与一头熊的搏斗。这或许是个隐喻，不是悲观，是来处来，去处去，自然而自由。

天地有大美，我们的内心何尝不是宽宏的深海，否则，怎能装下这天地上下还有情意万千。它隐曲而幽深，无限向内，就像宇宙浩瀚，看不到终点。心怀珠玉，本自具足，不必向他人行乞。所以，一个人，也可以浩浩荡荡，心甘情愿“一错再错”，这也许就是追寻的意义，正如芥子粒装下了须弥山。

转山转水转佛塔，不为修来生，只为途中与自己相见。

白衣蓝裳

（感谢 TT，也感谢飞云、人生永恒、小猪、铁人三项、咖啡等骑友提供的部分精彩照片。）